TRADIÇÃO, CIÊNCIA DO POVO

LUÍS DA CÂMARA CASCUDO

TRADIÇÃO, CIÊNCIA DO POVO

Pesquisas na cultura popular do Brasil

São Paulo
2013

© Anna Maria Cascudo Barreto e
Fernando Luís da Câmara Cascudo, 2011

1ª Edição, Editora Perspectiva, 1971
2ª edição, Global Editora, São Paulo 2013

Diretor Editorial
Jefferson L. Alves

Editor Assistente
Gustavo Henrique Tuna

Gerente de Produção
Flávio Samuel

Coordenadora Editorial
Arlete Zebber

Revisão
Julia Passos

Foto de capa
Procissão de Círio de Nazaré, Belém — PA/Rosângela Aguiar/Opção Brasil Imagens

Capa
Eduardo Okuno

CIP-BRASIL. Catalogação na fonte
Sindicato Nacional dos Editores de Livros, RJ

C331t

Cascudo, Luís da Câmara, 1898-1986.
  Tradição, ciência do povo : pesquisas na cultura popular do Brasil / Luís da Câmara Cascudo. – [2.ed.]. – São Paulo : Global, 2013.

  Inclui bibliografia
  ISBN 978-85-260-1756-6

  1. Usos e costumes. 2. Superstição. 3. Folclore. I. Título.

12-6145.   CDD: 390
                                              CDU: 39

Direitos Reservados

Global Editora e Distribuidora Ltda.
Rua Pirapitingui, 111 – Liberdade
CEP 01508-020 – São Paulo – SP
Tel.: (11) 3277-7999 – Fax: (11) 3277-8141
e-mail: global@globaleditora.com.br
www.globaleditora.com.br

Obra atualizada conforme o **Novo Acordo Ortográfico da Língua Portuguesa**

Colabore com a produção científica e cultural.
Proibida a reprodução total ou parcial desta obra
sem a autorização do editor.

Nº de Catálogo: **3434**

SOBRE A REEDIÇÃO DE
TRADIÇÃO, CIÊNCIA DO POVO

Em *Tradição, Ciência do Povo*, Luís da Câmara Cascudo reúne algumas de suas mais preciosas investigações na Ciência do Povo Brasileiro. Ciência no plano da concordância e da compreensão geral, base inamovível para a apreciação e percepção dos nossos fatos sociais. Estes encontram no presente livro a voz do Brasileiro dos sertões, cidades-velhas e praias, sem constrangimento e disfarce, na memória e na realidade de sua existência.

Os editores

O Costume é o melhor intérprete das Leis.
Direito Canônico, II, 29

*Devemos compreender o indivíduo vivendo em sua Cultura, e a
Cultura como vivida por indivíduos.*
Franz Boas

*E à noite, nas tabas, se alguém duvidava
Do que ele contava,
Tornava prudente: – "Meninos, eu vi!"*
Gonçalves Dias, "I-Juca Pirama"

Ça n'empêche pas d'exister.
Charcot

SUMÁRIO

Introdução 11
I.   Notícia das chuvas e dos ventos do Brasil 13
II.   Meteorologia tradicional do Sertão 27
III. Botânica supersticiosa no Brasil 49
IV. Respingando a ceifa... 73
V.   O morto brasileiro 81
VI. Folclore do Mar solitário 93
VII. Os quatro Elementos 101
VIII. Para o estudo da superstição 125

Introdução

A Memória é a Imaginação no Povo, mantida e comunicável pela Tradição, movimentando as Culturas convergidas para o Uso, através do Tempo. Essas Culturas constituem *quase* a Civilização nos grupos humanos. Mas existe um patrimônio de observações que se tornaram Normas. Normas fixadas no Costume, interpretando a Mentalidade popular. O código do Direito Canônico afirmava ser o melhor tradutor: *Consuetudo est optima legum interpres*, Tit. II. 29. Não lhe sentimos a poderosa e onímoda influência como não percebemos a pressão atmosférica em função normal. Nem provocam atenção porque vivem no habitualismo quotidiano. São águas mansas nas quais descemos e boiamos na vida diária. *Guárdate del agua mansa*, aconselhava Calderon. São a nossa paisagem permanente.

Aqui reúno algumas investigações na Ciência do Povo Brasileiro. Ciência no plano da concordância e da compreensão geral. Constituem bases inamovíveis para o Julgamento anônimo, para a *apreciação* e mesmo *percepção* do fato social e econômico. Fundamentos na Memória, a "Memória coletiva", de Halbwachs.

Falará o Brasileiro dos sertões, cidades-velhas e praias, sem constrangimento e disfarce.

Não me foi possível maior extensão geográfica porque trabalho sozinho. Houve, entretanto, a vantagem do conhecimento direto em que a reminiscência se defende do Olvido. A maioria do registo não resultou de cousas *olhadas* para a notação curiosa, espécie de turismo em Wonderland, mas *vistas*, vividas na adolescência sertaneja e maturidade urbana. Não bibliotecas, mas convivência.

Essas observações fixam imagens sem idade, resultados de longos e obscuros processos de raciocínio, critérios-soluções, herdadas, indeformáveis, e reproduzidas íntegras, ante o automóvel e o avião. Comunicações sobre fenômenos meteorológicos e a visão do Mundo natural numa recepção fiel a si mesmo. E gestos, frases, que perderam explicações e resistem na velocidade anterior, quase sem os atritos do Tempo.

Lógico que incluísse o meu estudo sobre a Superstição, de responsabilidade pessoal como fora a indagação fundamental. Publicado pela Universidade Federal da Paraíba em 1966, inesquecível distinção do Magnífico Reitor Prof. Guilardo Martins Alves, distribuiu-se naquela e na Universidade Federal do Rio Grande do Norte, entre professores, alunos e amigos, sem nenhuma circulação no âmbito intelectual, alheio aos "responsáveis" universitários, paraibanos e norte-rio-grandenses. Com algumas alterações, sem modificação nas conclusões, edita-se para maior amplitude leitora, querendo Deus.

Ouviremos a Tradição, Ciência do Povo...

Cidade de Natal.
Março de 1970.
LUÍS DA CÂMARA CASCUDO

I

NOTÍCIA DAS CHUVAS E
DOS VENTOS DO BRASIL

Chuvas

Augusto César Pires de Lima estudou *A chuva na língua e nas tradições populares de Portugal*: (Estudos etnográficos, fisiológicos e históricos; Porto, 1950), resultado de um inquérito no norte do país, inicial sedutora. O Dr. Francisco Carreiro da Costa pesquisou *O tempo na linguagem popular micaelense*: (Angra do heroísmo; Terceira, Açores, 1945), enviando-me, com inesquecível bondade, um dos raros exemplares possuídos. Um mestre da Etnografia Galega, D. José Ramón y Fernández Oxea, comunicou alguns meteoros da Galícia. O Prof. Filgueira Sampaio, de Fortaleza, trouxe a generosa colaboração do Ceará. O Comte. Pedro Tupinambá, etnógrafo amazônico, recenseou a participação do Extremo Norte. Não foi possível consultar J. Leite de Vasconcelos no registo dos ventos portugueses. Enfrentei o assunto com a prata de casa, livros, reminiscências, inquéritos nos jangadeiros, pescadores nordestinos e velhos catraeiros, veteranos do rio Potengi.

Aqui está uma relação portuguesa, fonte inicial para a denominação no Brasil.

– *Aberta*. Espaço de bom tempo por ocasião de chuva ou entre dois chuveiros. Santo Tirso e Barcelos. Estiada no Brasil.

– *Aguaceiro*, chuva violenta e pouco duradoura. St. Tirso. Lembro ser um dos quatro grupos na classificação das chuvas, de J. Bjerknes. Os outros são: chuvas ciclônicas, orográficas e neblinas. *Chuveiro*, no Brasil, assim como Aguaceiro, mais referente às águas abundantes de enxurrada.

– *Águas-Novas*. Primeiras chuvas após o Estio. Castro Daire. *Primeiras águas* no Brasil.

– *Aliviar o tempo*. Melhorar, clarear. St. Tirso. Também *Suspender*, no Brasil.

– *Borrasca*. Temporal.

– *Carga de água*, aguaceiro. St. Tirso. *Carga-d'água* brasileira. Chuva intensa e breve.

– *Chuvada*. St. Tirso. Chuva forte, de pouca duração. Paredes de Coura. Alentejo.

– *Chuvazinha*. Chuvinha. Chuva Miúda. Miudinha. Borrifos. St. Tirso. Alentejo.

– *Chuviscar*. *Chuvisco*. *Chuvisqueiro*. Cair chuva miúda. St. Tirso, Paços de Ferreira, Paredes de Coura. Alentejo. Viseu.

– *Corda de água*, aguaceiro. St. Tirso. *Corda de chuva*, os fios d'água, no Brasil.

– *Criadeira*. Chuvinha criadeira, miúda, favorável ao desenvolvimento das novidades. St. Tirso, Paços de Ferreira.

– *Grande*. Chuvas-Grandes, abundantes, prolongadas. Fim do séc. XIV ou princípio do XV. *Chuva Pesada* no Brasil.

– *Levantar o tempo*. Estravantar. Cessar de chover. Turquel. Alcanema. Estravantar, não se conhece no Brasil. *Estiar*, comumente.

– *Mormaço*. No Brasil é calor abafado, tempo-quente, sem viração. *Buchorno*. Em Portugal é Chuva-miúda.

– *Neblina*, chuva miúda. Vila do Conde. *Nebrinar* nos Açores (Carreiro da Costa).

– *Orvalhar*, chuviscar. *Serenar* brasileiro.

– *Pancada de água*, aguaceiro. *Pé-d'água*. St. Tirso. Arcos de Valdevez.

– *Pegada*, chuva-pegada, persistente, fustigada pelo vento. Paços de Ferreira.

– *Peneira*, chuva miúda. *Peneirar*, choviscar, neblinar.

– *Relento*, orvalho, umidade noturna. St. Tirso. *Sereno, orvalho*, brasileiros.

– *Salseiro*, aguaceiro. Semelhante no Brasil, também barulho, briga, luta, confusão.

Esses nomes estão populares no Brasil e alguns julgados "brasileirismos". As locuções "chover a cântaros", "chover a potes", em bátegas, pertencem ao uso letrado e não vulgar. "Era chuva que Deus mandava", expressa a impetuosidade e abundância do meteoro. O Céu estava "escampo" de nuvens, não é popular. Existe o "esgazear", dissiparem-se os cúmulos, mas é arsenal de escritor.

Não há personalização da Chuva no Folclore brasileiro, como vivem *Maria Molha* e *Maria das Pernas Compridas* na tradição portuguesa. Na cidade do Natal, no meu tempo de colegial dizia-se: "Lá vem o Doze!" quando ameaçava chuvada. Debalde investiguei. Não existiu criatura com esse apelido nem unidade do Exército com esse número, na capital do Rio Grande do Norte. Deve ser figura importada. Diz-se "Abril, águas mil", como em Portugal, mas não as valorizam tanto quanto o francês: *Pluie d'avril vaut mieux que le Chariot de David*.

Chuva é sinônimo de abundância, ouro como chuva! Também o bêbedo e a embriaguez: – "Ia *numa chuva* medonha! Vive *na chuva*!". Óbvio que no Brasil se conhece o *Manda-chuva* poderoso, título que os indígenas do séc. XVI utilizavam, dizendo *Amanaiara*, senhor-da-chuva. Para modelos belicosos ou desafiantes, "choveu balas ou choveu canivetes!".

Não comporta essa exposição os processos provocadores da chuva, desde as orações *Ad Petendam Pluviam*; molhar o pé dos cruzeiros, trocar processionalmente as imagens, desfiles penitenciais com cânticos peditórios, as "misericórdias" rogativas, vultos de Santos mergulhados n'água. Há uma longa bibliografia na espécie. Adivinhação. "Que é que cai em pé e corre deitada?" Chove, chuva...

O General Gustavo Cordeiro de Faria (1893-1948) dizia-me que na Escola Militar identificavam os cadetes vindos do Nordeste pelo ciumento cuidado em apertar as torneiras dos lavatórios. Os rapazes do Sul e Centro, com a lembrança dos rios perenes e dos invernos regulares, deixavam-nas sem atenção maior vazando água. Quando, no Sertão, dizemos "Tempo bonito!" é a visão do céu prometendo chuvadas, nuvens escuras, pesadas e lentas, Sol oculto, vento esfriando...

É nessa minha região natal onde ainda vive, da Bahia ao Piauí, a *experiência de Santa Luzia*, estudada em Portugal pelos Drs. Joaquim Alberto Pires de Lima e Fernando de Castro Pires de Lima: (*Tradições populares de Entre-Douro-e-Minho*, Barcelos, 1938), denominada as *Têmporas de Santa Luzia*, registadas em 1897 por Euclides da Cunha, na Bahia, onde nos aspectos atmosféricos de 13 a 24 de dezembro figurarão os prognósticos meteorológicos do ano próximo. Corresponde às *Cabañuelas* espanholas que emigraram para o continente americano, do Chile ao México. Talqualmente no Brasil, cada futuro mês é representado por uma pedrinha de sal, como o Dr. Alexandre Lima Carneiro constatou nos arredores do Porto. J. A. Pires de Lima julgou as *Têmporas* reminiscências da noite muçulmana do *Alkadr*, e o Prof. José Maria Llorente, meteorologista em Madrid, viu presença da Festa dos Tabernáculos. Evidentemente as "adivinhações de chuva" no Brasil são portuguesas. Vieram no espírito religioso do povoador.

Para evitar o excesso invernal recorrem os brasileiros ao patrimônio oblacional português: Sta. Bárbara, S. Jerônimo, Sta. Clara, S. José, S. Antônio; ensalmos, promessas, orações coletivas na Igreja, toque de sinos, queima de palha benta do Domingo de Ramos, rosários expostos, jaculatórias e ladainhas. Como não há fogueira no Natal brasileiro, ocorrendo em pleno e ardente verão, desaparece o amuleto votivo do cepo.

> – Chuva não quebra osso mas entorta pescoço.
> – Na hora da chuva o sapo fica na loca.
> – A chuva ensopa mas não derrete.
> – Deus dê chuva ao milho e Sol no atoleiro. "Sol na eira e chuva no nabal."
> – Chuva bem forte, e eu deitado no quente...
> – A chuva é para todos mas eu preciso mais.
> – Banho de chuva faz menino.
> – Na hora da chuva, cada um pegue seu pote.
> – Muito vento, pouca chuva. *De grand vent petite pluie.*

No Brasil pastoril e lavrador, com nomenclatura secular e fiel:

– *Aruega*, chuva fina e breve, com neblineiro, em Minas Gerais. O Dic. de Moraes, 1831, regista *Bruega*, chuva que dura pouco. Possível resquício nominal do vento *Noruega*, ríspido, violento, glacial, soprando do norte, em Portugal.

– *Abriu o tempo!* Alvejou. Clareou. Levantou. Já não chove.

– *Aguada* é bebedouro no Brasil e não chuveiro, chuvada.

– *Apaga-poeira*, chuva leve, rápida, borrifando a terra. Neblinando.

– *Cambueiras.* Termo do sertão da Bahia, o qual "nomeia chuvas grossas, invernadas, que costumam cair no mês de setembro, enchendo córregos e transbordando açudes e tanques. São chamadas também as *Chuvas dos Imbus*": Bernardino José de Souza, *Onomástica geral da Geografia brasileira*, Bahia, 1927.

– *Chuva com sol.* Casa a raposa com o rouxinol. Casamento de viúva. De moça fugida (raptada). A mucura, gambá, está casando-se, Pará: Comte. Pedro Tupinambá. Não há no Brasil o *Solejar*, do Minho, valendo fazer Sol e chuva ao mesmo tempo.

– *Chuvada, Chuvarada, Chuveiro*, chuvas incessantes. Bernardino José de Sousa escreveu sobre *Chuveiro*: "Termo amazonense que indica chuvas de inverno, prolongadas e copiosas. Em alguns Estados do Brasil usa-se o brasileirismo *Chuvarada* para designar as chuvas fortes, as *Chuvadas* dos portugueses". *Chuvoeiro*, não conhecemos no Brasil. *Chubascada*, na Galícia (Oxea).

— *Chuva Açoitadeira*, com ventania "solta". Pancada d'água.

— *Chuva de Caju*, caindo fora do inverno de julho, ativando a maturescência desse fruto de verão. Willem Pies, vivendo no Nordeste do Brasil, 1638-1644, registou as *Chuvas de Acaiú: História natural e médica da Índia Ocidental*, IV, VI, Amsterdam, 1658. A ausência dessas chuvas é probabilidade de Seca. *Chuva de Cajueiros,* Goiás.

— *Chuva de caroço*, temporal violento. As gotas são volumosas e a ventania as faz quase contundentes.

— *Chuva de janeiro. Chuva de babugem*, fazendo brotar a vegetação. *Chuva de rama*. Intermitente, espaçada, renitente. "Certo como chuva de janeiro", rifão antigo.

— *Chuva de manga*, caindo isolada, sem propagar-se. Ceará. A manga, *Mengifera indica*, Linneu, foi trazida da Índia pelos portugueses. Permaneceu litorânea e urbana, sem grande penetração nos sertões. Fixada nas povoações vizinhas ao Mar, a chuva beneficiaria unicamente essas frutas hóspedes, e não a flora legítima, resistindo no interior.

— *Chuva de matar sapo*. Chuvão, chuva longa, pesada, copiosa, alagante. Inverno de matar sapo, como o de 1924 (Filgueira Sampaio, Ceará).

— *Chuva de pedra*, granizo, saraivada. Saragana, na Galícia (Oxea).

— *Chuva de preguiça*, fina, miúda, vaporosa. Capaz de molhar o pelo fofo do bradipodídeo. Morrinha, nos Açores (Carreiro da Costa).

— *Chuva de Santa Luzia*, chuva equinocial, dezembro, forte e breve. Rasgando o chão.

— *Chuva emendada*, sem interrupção. De-contino. Efetiva. Sem parar.

— *Chuva no mar*, dispensável, pródiga, dando de beber aos peixes. Inútil. Chover no molhado.

— *Chuva das experiências*, zenitais do equinócio. Ceará.

— *Cinzeiro*, nevoeiro, parecendo cinzas. Fumaceiro. Pouco denso.

— *Garoa, Garua*, nevoeiro fino, persistente, glacial. São Paulo. Vocábulo galego.

— *Pingando*, gotas de chuva no vento solto.

— *Mofina*. Chuva Mofina, miúda e transparente. Neblina continuada.

— *Molhadeira*, demorada, penetrante, fecundadoura. *Criadeira. Molha-Molha*. É a *Molha-Tolos, Molha-Parvos*, em Portugal. D. Francisco Manoel de Melo regista-a na *Visita das fontes*, Lisboa, 1657: — "Como a chuva que chamão *Molha-Parvos*, faz mayor damno que as águas groças, sobre quem descarga".

– *Neblineiro*, neblina insistente, rala e clara. *Lebrina* nos Açores (Carreiro da Costa). "O neblineiro das primeiras chuvas" (Olegário Mariano).

– *Rezinga de mulher*, miúda, interminável como obstinação feminina. *Raiva de mulher*, no Pará (Comte. Pedro Tupinambá).

– *Ripada d'água*. Pé-d'água, brusco, molhador, com ventania, com pouca duração. *Raiva de homem*, no Pará (Comte. Pedro Tupinambá). Lembrando pancadas com ripas.

– *Ruço*, espesso nevoeiro que envolve a cidade de Petrópolis.

– *Tempão*. Nuvens densas, iminência de chuva pesada (Filgueira Sampaio, Ceará).

– *Tempo Arrependido*, indeciso, ameaçante. Nem ata e nem desata. *Tempo Amuado* em St. Tirso, Portugal.

– *Toró*, temporal inesperado, violento, rápido, com trovoada, relâmpagos, vendaval. Rio de Janeiro, Guanabara. De "tororó", jorro, enxurrada. *Torbon,* na Galícia (Oxea).

– *Xixixi*, chuva miudinha, incessante, aparentemente inoportuna. Choviscando macio. *Ennuyeux comme la pluie*.

– *Xororô*, chuva fina, inacabável, irritante. Nem chove e nem deixa de chover. Aplicam ao choro infantil, sem motivo e sem fim.

"O tempo enxombrou". Assim entendi. Em Portugal há *Enchumbrar* (Sta. Vitória do Ameixial), valendo "quando ameaça chuva". Para nós é o tempo *fechado*, enevoado, mas sem certeza de carga imediata da chuva. Pode-se atingir a casa.

– *Rabanada de Chuva*, pé-d'água com vento "doido", durante momentos atordoantes. Vezes ocorre o Remoinho, girando em turbilhão poeira e folhas, com breves choviscos. A imagem do golpe com a cauda sugere a curta violência do meteoro. A *Escrabanada* portuguesa é "chuva grossa e muito fria, misturada com granizo". Nada semelhante à brasileira. *Rabanada* ou *Rabissaca*, nos Açores, são rajadas (Carreiro da Costa).

Moraes, citando o Padre Antônio Vieira, registou: "À chuva rija chamamos 'lanças de água'". Deveria ser expressão brasileira no séc. XVII mas nunca ouvi. O pregador dissera: "Chover o Céu lanças de água". Não seria imagem de criação pessoal, alheia ao patrimônio da fraseologia vulgar?

Quando na ilha de Fernando Noronha havia o grande Presídio, o ajudante do Diretor era apelidado *Chuva!*

Fim. Aleluia. *Après la pluie, le beau temps...*

Os Ventos

O Diário da Navegação de Pero Lopes de Souza (Ed. Comte. Eugênio de Castro, 2º tomo, Rio de Janeiro, 1940), voltado agora a ler, com atenção e vagar, amigos pescadores, tal e qual haviam sido registados em 1530--1531. Detenho-me ouvindo os Ventos eram suas modalidades funcionais de 440 anos imperturbáveis, ditos nas vozes dos marinheiros de Portugal, quando o Brasil amanhecia...

"Andamos em calma sem ventar bafo de vento" (93). Não havia bafo de vento, dizia-me Mestre Filó, Pescador-Rei, que foi de Natal ao Rio de Janeiro era simples bote-de-pesca, agosto-setembro de 1922. Pescara sessenta anos. Bafagem é literatura. "Acalmou o vento" (101). "Não ventou vento, senan choveo muito agoa" (102). Ventar vento, apenas os pescadores, normalmente jangadeiros, sabiam dizer. "E toda a noite andamos amainados com muitas trovoadas e com mores pés de vento que eu até entam tinha visto" (143). Pé de Vento no Mar é lufada, rajada, e em terra também pode ser o Remoinho, rodando folhas e levantando poeira. "O vento nos era escasso" (103). "Mas ventou vento" (148), duplicação expressiva e típica. "Passamos com muitas trovoadas de vento e relâmpados" (145). Trovoadas secas, diversas das "Trovoadas de muita agoa" (147). Os nossos pescadores do Nordeste dizem "relampos", como Fernão Alvares do Oriente (1607), evitando o esdrúxulo. O "relâmpado" escrevia Luís de Camões. "Carregou muito o vento" (159). "Ao meo-dia se fez vento do mar, e entramos dentro com as naos" (187). "Deram-nos tam grandes tromentos desses ventos, e tan rijos, como eu em outra nenhua parte os vi ventar" (213).

Uma cantiga popular, antiquíssima e anônima, fixa a navegação das jangadas nordestinas:

> – Minha jangada de vela,
>   Que vento queres levar?
> – De dia, vento de terra,
>   De noite, vento do mar!

Penetrando a baía da Guanabara, abril de 1531, Pero Lopes de Souza e o Capitão-Irmão, Martim Afonso, aproveitaram o "vento do mar", empurrando para a costa. O "vento de terra" é o Terral, levando para o largo de 60 milhas as velas infladas.

Tromenta, Tormenta, ainda é vocábulo marinheiro. Não o dizemos quando o meteoro ocorre em terra. Será Temporal ou Tempestade.

Despeço-me de Pero Lopes de Souza, Donatário de Itamaracá, cuja viúva, Dona Isabel de Gamboa, questionou com o meu Donatário, historiador João de Barros, por causa do Porto dos Búzios, 40 minutos de automóvel da minha casa. Desse porto, praia deserta do Atlântico, levavam os búzios, cauris, para Angola, antes de Paulo Dias de Novaes fundar São Paulo de Luanda. Eram moedas como continuam sendo indispensável ornamento (Luís da Câmara Cascudo, *Made in Africa*, Rio de Janeiro, 1965).*

O Donatário de Itamaracá não dá nome aos Ventos senão os da marinheiraria: lessueste, lesnordeste, sulsudoeste. Nenhuma denominação vulgar portuguesa reaparece nas notas do navegador. Seriam ventos-de-terra, os oestes úmidos, vindos do Mar, e os lestes, soprados de Espanha, secos e mornos. Não interessariam às jornadas de mar alto. Cita os "Gerais", Sul, Norte, Leste, Oeste.

Não topo o *Noruega*, forte e frio, correndo do norte e que não atingiu o Brasil, diz mestre João Ribeiro, como o *Vendaval, Vent d'aval*, forte e rijo, inclinado ao poente, familiar aos navegadores dos séculos XV e XVI. Para as imagens de intensidade, *Nortada, Rajada, Refega, Lufada*, são termos letrados. Vulgarizou-se *Ventania* mas não a *Ventaneira*. Zéfiro, só os poetas sabem dele.

Entre as duas dúzias de conjeturas etimológicas do topônimo *Ceará*, Estado meu vizinho ao norte, a mais original e menos conhecida é a do eminente filólogo Júlio Nogueira, estudando o verbete *Saara*, relacionando sua Província natal com os ventos ardentes o grande deserto africano:

> *Saara*. Nome do grande deserto africano. Esta palavra tem história interessantíssima. Para começar, diremos que o árabe *Çahra*, de si mesmo, já significa *deserto* e nos deu também o qualificativo *sáfaro*. *Çahara é* o plural. Isso, de certa forma, explica a indecisão entre *Sara*, forma baseada no singular, preferida pelo mestre prof. Rebelo Gonçalves (*Trat. de Ortogr. da Língua Port.* 365) e *Saara*, com a tonicidade na segunda sílaba, baseada no plural arábico. Quando à forma oxítona *Sahará*, talvez tenha sido influenciada pela pronúncia francesa. O gênero, primitivamente, era feminino, como no árabe, e assim usaram a palavra diversos escritores portugueses. A mudança para o masculino deve-se possivelmente à

---

* Pela Global Editora, 2ª ed., 2002. (N.E.)

palavra *deserto*, que sempre se antepõe pleonasticamente ao topônimo. Aceita a forma paroxítona, a melhor maneira de escrever a palavra seria *Sahara*, mas as grafias modernas eliminaram o *h* interno, o que reduz a escrita a *Saara*. Em Portugal a redução é ainda maior: *Sara*, o mesmo nome da mulher de Abraão. O oxítono *Sahará* nos tenta a admitir a hipótese de que dele vem o nome da nossa antiga província, em cuja capital nascemos: o velho e inesquecível *Ceará*. Seria apenas uma questão de dissimilação vocálica: *Saará – Ceará*. Em nossa costa continuam os areais africanos. Nos anos de seca, todo o Ceará é um areal árido e ardente. Às vezes, sente-se em grande parte do atual Estado a chegada de um vento quente, que penetra profundamente pelo território cearense e se faz sentir até a longínqua cidade de Sobral. Somos levados a admitir esse étimo de Ceará, porque os que têm sido propostos a ninguém convencem: não se apoiam nos princípios gerais de formação. JÚLIO NOGUEIRA, *Dicionário e gramática de "Os Lusíadas"*, Rio de Janeiro, 1960.

Falta a essa tentadora sugestão os antecedentes documentais comprovantes. Entretanto Bernardino José de Souza, *Onomástica geral da Geografia brasileira* (Bahia, 1927), registando o *Simão*, vento frio e violento do litoral de Alagoas, pergunta: "Será corruptela de *simum*? – note-se, porém, que o *simum* é um vento quente, abafadiço". O Simum (*Semoun*), com suas tempestades de areia revolvidas em turbilhão, mandaria ao Nordeste do Brasil seu terrível título na total entidade geográfica. Este, como o Maastral, Mistral, o egípcio Chemsin, o poderoso Hermatan, da Guiné, o Sirocco, sudoeste feroz do Mediterrâneo, soprando apenas vinte dias por ano, tem uma literatura fantástica entre as tripulações veleiras nas áreas trágicas da jurisdição catastrófica. Mas impunha-se a menção de um vento africano denominando Estado e sopro regular no Brasil.

Permito-me a outra revelação. Diz-se *Cruviana* a um vento sudoeste, intenso e frígido, vindo das cordilheiras dos Andes, no Peru, espalhando-se nas bacias dos rios Juruá, Purus, Madeira, nos Estados do Acre, Amazonas e Pará. Determina o fenômeno da *Friagem*, como o chamam também no Mato Grosso. A temperatura de 33° cai em 11°. *Cruviana* na Bahia e *Currubiana* em Minas Gerais, com vento sueste, nevoeiro e neblina, na região montanhosa. No Nordeste amenizou-se em *Curviana*, constituindo o "frio da madrugada", exigindo reforço nos agasalhos habituais. No Ceará, além de *Curviana*, dizem-no *Graviana*. Não lembra a *Gravana*, monção do sul do Cabo Verde e Serra Leoa, tão conhecida aos pilotos da Volta da Mina e carreira da Índia, como aos que rumavam ao Brasil? Esse nome, tão comum desde o século XV, prolongou-se ao XVII. A corrente equatorial da Guiné abre-se em bifurcação na altura do Cabo de São Roque, ou, bem mais possivelmente, na Ponta do Calcanhar, ambos no Rio Grande do Norte. O braço ascendente da corrente orienta-se para o Ceará. Não teria *Gravana*, viajando nessa navegação tradicional, se assimilado em *Graviana*, na substituição da monção, tornada atributo atmosférico regional cearense? Moraes dá *Igarvana* como "homem navegador".

Os ventos constantes, ou de monção regular, podem criar topônimos ou vice-versa. O *Aracati*, vento nordeste para sudoeste, vindo do Mar à noite, "Vento de Maresia", como o apelidou o sábio Teodoro Sampaio, penetra o sertão como uma aragem refrescante. Aguardam-no, sentados nas calçadas, nas povoações semeadas no seu percurso, como a um amigo dileto e generoso, nas primeiras horas da noite quente. Aracati é cidade, sede municipal do Ceará, 15 quilômetros da foz do rio Jaguaribe. Não esquecemos José de Alencar na novela *Iracema* (1865): "Era o tempo em que o doce aracati chegar do mar e derramar a deliciosa frescura pelo árido sertão". No Rio Grande do Norte há o vento *Mossoró*, nascido do Mar e ao norte, irradiando-se num refrigério pelas noites de verão e buchorno até a sertaneja cidade de Souza, na Paraíba, num estirão de 318 quilômetros. Os ventos ampliam as denominações prestigiosas, levando aragem marítima às terras ensolaradas e ressequidas. Mossoró fica a 38 quilômetros do mar.

Essa mesma ação benéfica compete ao *Vento de Baixo* no oeste amazônico, vento leste soprado da foz do Rio-Mar. Belém do Pará alivia-se do calor quando cai o *Marajó*, depois das 16 horas, vindo da ilha, derramando-se do estuário do Tocantins, justamente quando cessam os alísios. É o "Geral", de leste para oeste. O *Vento de Baixo* nos sertões da Bahia é o Vento Sul, semeando bem-estar às populações do interior que o esperam como a visita festiva.

Naturalmente possuímos o *Vento Solto*, com desordenado e sonoro rebojo, parecendo girar em todos os rumos. Na linguagem náutica jangadeira, *Vento Doido* ou *Vento Rodador*, encontradiço nos pesqueiros longínquos, com "terra assentada", escondida no horizonte oceânico.

Vento Seco, como onda de fogueira oculta, pergaminhando a pele e secando a língua como a de todos os papagaios. Pero Lopes de Souza sofreu um desses Noroestes esbraseados, agosto de 1531, na ilha dos Alcatrazes, costa de São Paulo: "Nos deu por riba da ilha um pé de vento quente, que nam parecia senam fogo". *Vento de Chuva*, tépido, depois álgido pelo contato nas nuvens densas, os cúmulos armazenadores da água suplicada nas promessas e provocações litúrgicas. É o arauto das súbitas invernias ou *Pé-d'Água* imprevisto, plantando alegrias nas almas tristes. Há o *Vento Fixo*, numa única direção, *Vento de Proa*, retardando a marcha dos barcos, conhecido no mundo pastoril por *Vento de Escornar Boi*. Também o *Vento Ponteiro*, teimoso, seco, tinindo nas enxárcias, como em cordas de harpa. No Mar, diz-se *Corda de Vento*.

As ventanias de agosto, rajadas e remoinhos, fortes e breves, erguendo as saias dos antigos trajes femininos, é o *Encandaloso*.

10 de agosto é Dia de São Lourenço, Padroeiro dos Ventos, tendo-os sob sua obediência e guarda. Em situação de necessidade, grita-se: – "São Lourenço! Solte o Vento!". O Santo, às vezes, atende. Não há culto algum a S. Lourenço.

Vento Feito, *Vento de Feição*, para o marinheiro, favorável e portanto, *Vento de Mão*, camarada, prestadio.

Ventão, forte, rijo, 12 a 15 metros por segundo. No Mar provoca as vagas e em Terra paralisa a tarefa agrícola.

Ventania, assobiador, irresistível, lufadas ferozes. Vendaval. Temporal. Destelhando casas, arrancando e levando pelos ares a cobertura de palha dos ranchos e choupanas. Arrasando as *Favelas* nas Cidades-grandes. Mais de 20 metros por segundo. No Mar, "arma vagalhões" de crista alta. Nas pescarias, enrola-se a vela, e reza-se. Semeador de pavores e inseguranças.

É o vento que figura nos noticiários, estarrecendo os *técnicos*. "Há no vento, mais do que a ameaça que talvez não se cumpra, uma zombaria ruidosa, ávida por desmoralizar-nos" (Carlos Drummond de Andrade).

Dos pampas da Argentina, grandes planícies de vegetação forrageira, vem o *Pampeiro*, sudoeste, sul-sudoeste em Santa Catarina. Frio, seco, violento, turbilhonante no Rio Grande do Sul. Enfrentar o *Pampeiro* é resistir às adversidades. Vento do campo. Entontecendo viajantes novatos.

Minuano, sudoeste, seco, cruelmente frio, navalhante, soprado dos Andes, das geleiras permanentes da cordilheira, para o Rio Grande do Sul, até às praias. Anuncia a vinda do bom-tempo, julho-agosto. Atravessa a região outrora habitada pelos indígenas Minuanos.

É um brasão do povo gaúcho. Confundem-no com o *Pampeiro*. Cantou-o Augusto Meyer:

> – Este vento macho é um batismo de orgulho;
> Quando passa lava a cara, enfuna o peito,
> Varre a cidade onde eu nasci sobre a coxilha.

O homem do Rio Grande do Sul fala no *Pampeiro* e no *Minuano* como glórias locais, indiscutíveis.

Carpinteiro da Praia, "lestada" em Santa Catarina, impetuoso, nascido no alto-Mar, sacudindo temporais que impelem os barcos às pedras, fazendo-os soçobrar, facilitando madeira aos carpinteiros, e daí o apelido. É um vento sueste nos Açores (Carreiro da Costa. Ponta Delgada, S. Miguel), "Crapinteiro".

Rebojo, vento do sudoeste nos litorais do Sul. *Vento Rodador* no Nordeste. Rajadas infixas e circulares. "Mestre pescador com o *Vento Rodador* pega no rabo do Diabo!" dizem os jangadeiros.

Carroeira, vento sul nas costas pesqueiras de Alagoas. Rabanada.

Pirajá, litoral da Bahia; chuvadas com vento rijo e açoitador, alagante e de pouca duração. Aguaceiro repentino que Antônio Feliciano de Castilho comparava aos "monomocaios" de Moçambique. Nos pirajás o vento desfaz as nuvens de chuva, precipitando-as em bátegas. *Parajás*. Traiçoeiro para os veleiros.

Pancada-de-Vento, pequeno *Pé de Vento*, algumas lufadas atordoantes.

Ventinho, brisa, aragem, vento brando.

Brisa de Pororoca, vento amazônico, originado pelo deslocamento da massa atmosférica em virtude do movimento das águas da Pororoca: "Encontro das altas marés com a corrente dos rios que, ao passar nos baixios, produz arrebentação com estrondo" (Barbosa Rodrigues). Macaréu. Mascaret. Bore.

O vento *Sudeste* é tradicional no Brasil. Em Portugal no século XVI diziam-no *Vento Assomado* (Gil Vicente, *Força dos Físicos*, 1519). Para nós é o responsável pela *drenagem caótica das torrentes*, na síntese de Euclides da Cunha. Tem mistérios, preferências, manias.

Os ventos do quadrante do *Noroeste* deixaram fama bravia na velha navegação portuguesa. Eram os *Ventos Xamais* do golfo Pérsico, que *são muy tormentosos*, advertia Diogo do Couto. Em Setúbal, Portugal, é o "Vento Mijão" por trazer aguaceiros. No Brasil ainda tem poderes na capital de São Paulo, onde dizem *estar de Noroeste* ou *Noroestado*, significando "mau humor transitório, ser presa de nervosismo", fixou o Prof. Dr. Fernando São Paulo (*Linguagem médica popular no Brasil*, I, 377, Rio de Janeiro, 1936). Informa Afonso de Freitas (*Tradições e reminiscências paulistanas*, 75, S. Paulo, 1921): "Muito do paulista, paulistano, é *Estar de noroeste*. Os outros povos de S. Paulo, do Brasil, o resto da humanidade podem, como Hamlet, ao sentir zumbir-lhe pelos pavilhões auriculares o noroeste do velho continente, ser atacado de neurastenia, tornarem-se implicantemente rabugentos, rabugentemente impertinentes: porém o paulistano, por um fenômeno mesológico, de fácil explicação, torna-se de *noroeste*, mal-estar transitório, verdadeiras sacudidelas nevróticas, estado mórbido que, se fôssemos patólogos, não hesitaríamos de classificar em *Neurastenia Efêmera Paulistana*". Em Portugal, trovejando de Valadares, que é Noroeste, diz-se: "Valadares, vai tudo pelos ares!".

O *Nordeste* provoca, na dedução popular, uma epizootia nos galináceos, despovoando as capoeiras. "Deu-o-Nordeste" vale dizer epidemia mortal. Não há imagem mais expressiva pela região nordestina, evocando uma calamidade súbita e total.

Os ventos *Nordeste, Leste* e *Suleste* "são inimigos" das chuvas, arrastando as nuvens, cheias d'água, para longe. O *Leste*, "Vento do Nascente", é o mais impiedoso e feroz dispersador dos nimbos e cúmulos-nimbos. *Leste* é ainda o chamado "Vento-Geral" pelos navegantes dos rios do Pará, informava C. F. P. von Martius em 1819. Para Belém é o Marajó. O leste é o "Vento Espanhol" em Portugal.

* * *

Os nossos avós amerabas não possuíram no Brasil reverência anemolátrica, e não creio que haja descido pelo Amazonas, dos planaltos andinos, superstição alguma ligada aos Ventos, cortejo do Deus "Huracon" que apaixonou o sábio Fernando Ortiz, identificando as figuras unípedes, espirais, sigmoides, cruzes suásticas, na Tempestade detonante, com o furacão girador: (*El Huracan*, México, 1947). Com o mesmo critério generalizador seria possível indicar a onipotência solar nas representações plásticas exibidas. E com maior aparato lógico.

Tivéssemos qualquer vestígio cultual aos Ventos, esses desapareceram mesmo nos círculos agrários, quando permanecem noutros povos vizinhos. Encontrei orações à Pedra Cristalina, ao Sol, ao Meio-Dia, às Estrelas, mas nenhuma referência votiva aos Ventos (Luís da Câmara Cascudo, *Meleagro*, "Depoimento de pesquisa sobre a Magia Branca no Brasil", Rio de Janeiro, 1951).[*] Nenhuma devoção a São Lourenço Padroeiro deles. Nenhuma fórmula atrativa ou expulsatória entre os velhos jangadeiros, longamente convividos para a documentação da *Jangada* ("Uma pesquisa etnográfica", Rio de Janeiro, 2ª ed. 1964).[**] A maior e mais poderosa incidência, mórbida ou terapêutica, na Cultura Popular, é relativa aos famigerados "*Ares*", portadores de todos os Bens e Males, sob o complexo da tradição supersticiosa. Fácil é verificar a parcimônia do registro em pesquisadores como Pereira da Costa (*Folklore Pernambucano*, 1908) e Getúlio César (*Crendices*

---

[*] 2ª ed., Rio de Janeiro, Agir, 1978. (N. E.)
[**] Pela Global Editora, 3ª ed., 2002. (N. E.)

do Nordeste, 1941). Nada sabem, os do Povo, de suas origens, finalidades, destinos, constituição intrínseca. Continuam, porém, entidades definidas, passíveis de encantamento e obediência. Jesus Cristo e os Santos tiveram poder de acalmá-los, denunciando-lhes capacidade receptiva e uma "consciência" orgânica. Todas as homenagens, sacrifícios, templos, aras, *Ara Ventorum* em Antium, a monumental *Venti Bonarum Tempestatium Potentes*, em Lambressa, Argélia, o Tempo dissipou. Apenas, numa sobrevivência mítica, ouvimos o voto: "Bons Ventos o levem!", nem sempre sincero. Os mais melancólicos pensarão em Jó, 7,7: "Lembra-te de que a minha vida é como o Vento!".

II

Meteorologia tradicional

do Sertão

O Povo guarda e defende sua Ciência tradicional, secular patrimônio onde há elementos de todas as idades e paragens do Mundo. Esse "estudo" do Tempo é grave e circunspecto na comunicação, irritando restrições e "novidades" críticas. Ninguém poderá saber mais do que os "Antigos", doutores do Tempo.

Tempo, estado atmosférico, situação da densidade aquosa nas áreas do Espaço, é a imagem mais vulgar no Brasil. O Tempo-duração, medida cronológica das coisas, ocupa suplência na linguagem brasileira. É herança de Portugal, tendo outra amplidão vocabular.

Bom e mau Tempo; fechado, aberto, cerrado, carregado, claro, escuro, indeciso, seguro, ameaçador. O Tempo "se armando", quando o Céu escurece de nuvens. Tempão! Desabou um Tempão! Temporal. No Mar é Tormenta e no Rio de Janeiro ou S. Paulo, Toró.

Interesse vital das chuvas ou evitação dos excessos prejudiciais. Lubbock, Tylor, Lang, Mannhardt, Frazer, Saint-Yves, pesquisaram as inter-relações da Meteorologia supersticiosa e a intervenção mágica do Homem. J. Leite de Vasconcelos é bom, infelizmente parcimonioso, informador em Portugal. Também pertenci ao grupo coral, publicando umas "Superstições Meteorológicas" no *Boletim do Museu Nacional* (vol. V, n. 1, março de 1929, Rio de Janeiro), ampliadas e reproduzidas no *Informação de História e Etnografia* (Recife, 1940).* Na *Revista de Etnografia* (nº 26, Porto, Portugal, 1970), divulguei a "Notícia das chuvas e dos ventos no Brasil". Tais são os antecedentes da simpatia indagadora.

---

* 2ª ed., Mossoró, Fundação Vingt-Un Rosado, Coleção Mossoroense, 1991.

Pertenço a famílias do Sertão onde vivi e deixei já rapazinho. O material desse depoimento constitui cenário de infância e juventude. Gado, cavalos, vaqueiros, cantadores. Residindo em Natal, a casa de meu Pai era o "Consulado do Sertão", cheia de exilados das caatingas e derrubadas. Como não *entender* a preferência temática da minha Raça? A imagem que me aplicavam na inquietação menina, ainda emprego, maquinalmente, aos netos inocentes de Sertão: "Você está adivinhando chuva?"

Viagens, leituras, convivência, a cátedra, não apagaram o menino sertanejo. Essas informações são quase autobiográficas. *On écrit de telles choses pour transmettre aux autres la théorie de l'universe qu'on porte en soi.* Escreveu, desculpando-me, Ernesto Renan.

Nuvens

Dividem-se em Nuvens de Vento (Estratos e Cirros), e Nuvens de Chuva (Nimbos e Cúmulos). O Cúmulo é o mais importante nas previsões. Em proporções avantajadas, espessas, imensos globos brancos em marcha serena, como um desfile de elefantes, são denominados "Torre" ou "Torreão", notadamente quando assumem forma vagamente piramidal, a base horizontal mais negra voltada para o solo ou na linha do horizonte marítimo. O conjunto é o "Torreame". "Ao pôr do Sol o Torreame estava formado." Nimbos e Cúmulos reunindo-se dizem que as nuvens "estão fiando". É um sinal de esperança.

O Céu cheio de Estratos anuncia "vento-solto", ventania-doida, rodando sem fixação constante nos quadrantes. É a "Carneirada", rebanho pastando, todo igual, ou "Céu pedrento", pela ideia de pedrinhas claras decorando o Espaço azulado. Se é visível o azul entre os Estratos, é mesmo a "Carneirada". Notando-se o cinzento-escuro, é o "Céu pedrento", chuva-e-vento. Mas sem intensidade e duração fecundantes. "Cielo empedrado, mañana mojado", dizem em Chile. Os Estratos, faixas paralelas, não merecem confiança de "Bom-Tempo". No Sertão tradicional, da Bahia ao Piauí, Bom-Tempo é o que promete chuva. Inverso do conceito urbano, que é europeu. "Prometia Bom-Tempo mas o Vento espalhou e também o Arco da Chuva bebeu muita água." O *sign of a very fine day*, para o sertanejo brasileiro, é a garantia de uma farta chuvada. E não dia de Sol. Tempo-bonito é um anúncio de inverno.

As Nuvens não são formadas pela evaporação condensada. São invólucros de matéria fluídica, transparente, resistindo às pressões do líquido contido. Essa é a lição vaqueira e plantadora. Não se desfazem em chuvas.

Apenas descarregam as demasias, e vão embora, ao sabor do vento, "beber água no Mar" (Aristófanes, *As nuvens*, 423 a.C.: *Megha Douta*, de Kalidasa, VI d.C.). É ainda a ciência popular pelo Mundo. Lição do Padre Antônio Vieira, na Sé da Bahia, ante o primeiro Vice-Rei do Brasil, D. Jorge de Mascarenhas, marquês de Montalvão, em 1640: "Apareceu uma nuvem no meio daquela baía, lança uma manga ao Mar, vae sorvendo por oculto segrêdo da natureza, e depois que está bem cheia, depois que está carregada, dá--lhe o vento, e vai chover daqui a trinta, daqui a cincoenta léguas".

É semelhante a do padre José Gomes de Souza Gadelha, um século depois, no poema "A marujada ou a vida marítima":

> – Afirma por cousa certa,
> E não duvida jurar,
> Que já viu, estando alerta,
> As nuvens com a boca aberta
> Bebendo as águas do Mar.

Não recebemos essa imagem dos ameríndios ou negros africanos, sudaneses e bantos, que a sabiam também. Era o Classicismo em Roma, Atenas, Índia. Antes da sucção, de estender um filamento como uma tromba na superfície marítima, a *manga* do Padre Vieira, as Nuvens são finas, incolores, transparentes. Todos nós vimos passar na altura essas "Nuvinhas" sedentas, esponjas autênticas, inocentes e tranquilas rumando o oceano, centro da inesgotável subsistência. Lucrécio morreu 55 anos antes de Cristo e ensinava que as Nuvens eram criadas pela exalação, evaporação partindo da Terra. O Povo continua ignorando o VI do *De Natura Rerum*. Nos sertões e nas cidades do Brasil, um homem ou uma mulher do Povo dirá que a Nuvem traz água do Mar. Constitui um conteúdo independente do continente. A Nuvem é apenas o envelope.

Procurei saber se a Nuvem "carregava" água doce dos rios e lagoas. As afirmativas foram em percentagem mínima. Mesmo no Rio de Janeiro contemporâneo, janeiro de 1969 em Copacabana, confirmaram a sabedoria imóvel sertaneja. E o Sal? A Nuvem coa, deixando-o no depósito oceânico. Noutras versões, o sal é atirado em poeira impalpável nos dias furiosos de calor. Os Ventos de rajadas "raspam" o sal das Nuvens, acumulado na parte inferior. O vento quente é sempre salgado. Mas o bafo da chaleira, mesmo fervendo, é doce.

Fazem os prognósticos das chuvas pelo volume e coloração das Nuvens. Preferencialmente nos crepúsculos matutino e vespertino. É a mesma técnica por toda a Europa, no plano da Cultura Popular.

> – Vermelhão no sertão,
> Velha no fogão.

> – Manhã encarnada,
> Tarde atolada.

> – Red in the morning,
> Sailor take warming.

> – Red at night,
> Sailor delight.

> – Ruivas ao nascente,
> Chuva de repente.
> Quando estão as ruivas ao Mar,
> Pega nos bois e vai lavrar. (Portugal.)

Os "Antigos", primeira metade do século XIX, via em determinadas figuras, sugeridas pelas Nuvens da tarde, "sinais e avisos". Essa prudente notação desapareceu depois que as estradas ligaram os sertões às orlas do Atlântico.

> – Foi a glória dos Antigos,
> Hoje é mofa dos Modernos.

Não há no Brasil superstições ligadas às Nuvens como havia em Portugal (Beira Baixa) e na Itália (Piemonte), afastando-se os agouros com orações nas Igrejas.

As Nuvens baixas, visivelmente abaixo do nível normal, despertam suspeitas. Trariam, como em Pindela (J. Leite de Vasconcelos), os espíritos de Excomungados, indesejáveis no Céu e no Inferno, pairando sobre as povoações naquela penitência. Benziam-se. Era tudo. Alcântara Machado e Luís Edmundo citam "orações-fortes" alusivas ao "Ar excomungado" e ao "Ar de morto excomungado". A Nuvem rasteira seria a sinistra condução. Mas em Pindela a Nuvem estranha é "muito carregada", anormalmente escura, quando no Brasil é a pouca altura despertando atenção, independente da cor.

Ainda nas primeiras décadas do século XX, mencionavam nos sertões do Nordeste, a "Nuvem Mariana", um cúmulo negro, voando devagar, soprando vento abafado e morno. Denominavam-na "Nuvem da Seca", e, outrora, "Nuvem da Peste", porque anunciava essas calamidades.

Promessas a S. Sebastião.

> – São Sebastião,
> Santo Protetor,
> Da Fome e da Peste,
> Nos livre, Senhor!

Vento de Chuva

Sopro curto, quente, passando como um bafo de coivara. Não arrasta poeira como o de Carlos Alberto de Araújo:

> – E o vento rasteiro
> vestido de poeira,
> passa faminto como um cão
> farejando a terra.

Não é o "Vento do Chão", exalado pelo solo combusto, emanação de braseiros. Faz resfolegar e suar. Mas não "sustenta" nem chega em fortes rajadas. Vem em ritmo sincopado, como fugindo de porta de fornalha, aberta e fechada, sucessivamente. Em Minas Gerais anuncia o *Aruega*, chuva fina, fria, pajeada pela Neblina. Talvez resquícios nominais do Vento *Noruega*, violento, gelado, nortista, de História antiga. Depois, bem depois, é que o vento esfria nas nuvens pesadas e prometedoras. Mas esse vento, cortante como rocega, é o porteiro, abrindo a cortina ao chuveiro. O "abafamento" desaparece. Chove, chuva!

Tempestade. Trovão. Vento. Relâmpago. Raio e Corisco.

Ventania uivante, chuva de alagação, trovoada abaladora "quebrando o Céu", relâmpagos matando a Noite, o zigue-zague ofuscante do Raio, os caracóis do Corisco, "o Mundo se acabando!". É o momento incomparável do apelo a Santa Bárbara e ao seu acompanhante, São Jerônimo. O espetáculo selvagem da Tempestade talvez se irradiasse ao nome sonoro da madrinha sideral, Bárbara!

Filha do rico Dioscuro, foi sacrificada na Nicomédia em 235, ou Heliópolis, em 306. O Pai degolou-a pela obstinação em conservar-se cristã. Ante o mutilado cadáver, um Raio abateu o carrasco brutal. Noutra versão, o procônsul Marciano obrigou-a a expor-se despida numa praça. A mártir suplicou a Deus, que cobrindo de nuvens o Céu, ocultasse a nudez de sua serva aos olhos dos ímpios. *Et il descendit du ciel un ange qui lui apporta une tunique blanche* (Jacques Voragine, *La Légende Dorée*, II, ed. Garnier). Padroeira dos artífices da pólvora, denominou o depósito do explosivo nas fortalezas, castelos e baluartes. O Raio punira seu matador. Ficaria em sua dependência. Há também a invocação ao Céu nublado, a túnica alvinitente, o Pai chamar-se Dioscuro, elementos convergentes ao seu simbólico armorial. Venerada no Mundo católico. No Brasil, doze municípios são "Santa Bárbara". O "Sainte-Barbe", onde guardavam as munições de guerra, notadamente a pólvora, era de uso pela Europa.

Outrora os sinos soavam estrepitosamente, *Fulgura frango*, afugentando os Demônios turbilhonantes na Tempestade, os *spiritus procellarum*. Na antiga Ladainha de Todos-os-Santos implorava-se: *Libera nos, Domine, a fulgure et tempestate*. A dedução da Europa Católica, transmitida ao Continente americano, era a evidência do castigo divino. Entoavam as "Misericórdia, meu Deus!". Rezavam o "Magnificat". O "Deus-Santo, Deus-Forte, Deus-Imortal" vulgar no século XIV. Queimavam palha benta. Ardiam as velas nos oratórios domésticos. Imprecavam o auxílio santíssimo em altas vozes desesperadas. Batiam no peito, confessando, embora mudamente, os pecados promotores da tormenta. Pedia-se a São José:

> – Poderoso São José,
> Nosso Protetor,
> Pedi a Jesus
> Que aplaque o furor.

As crianças, "os inocentes", repetiam gaguejando sob o ditado da angústia, a "Salve-Rainha". Interrompiam todas as tarefas. Cobriam os espelhos, que podiam atrair raios. As residências fechadas tinham o ar lúgubre do velório a defunto. Rosário de joelhos, cabeça curvada. Litanias intermináveis. Súplicas de piedade para os que estavam nas ondas do Mar.

Talqualmente o Velho do *I-Juca Pirama*, de Gonçalves Dias, posso afirmar: "Meninos, eu vi!" participando das rogativas na casa-grande de fazenda-de-gado em 1912, Augusto Severo, Rio Grande do Norte. Juro em face do original ao qual me reporto e dou fé. Os velhos Vigários rosnavam, rancorosos: "Só se lembram de Deus quando troveja!"

O Trovão, diziam-me, é uma exalação do calor da Terra explodindo entre as nuvens frias.

O Trovão era a manifestação mais expressiva e sonora dos Deuses impacientes. A catequese jesuítica no Brasil fizera do Trovão o deus Tupã, o Júpiter ameraba. O Prof. Trombetti evidenciou que Puluga, o Trovão, era a significação mais tradicional e vulgar da Divindade (Prof. Trombetti, *Puluga, il Nome Più Difuso Delia Divinitá*, Bolonha, 1921). Na África Oriental, Mulungu, o Trovão, é o Ser Supremo em 25 idiomas (Edwin W. Smith, *African Ideas of God*, Londres, 1950). Tor, o deus escandinavo do Trovão, era mais temido e popular que seu Pai Odin. Teshub, o Trovão, constituía onipotência entre os hititas.

Quando a Trovoada estala é porque o Pai Eterno perdeu a paciência.

> – Santa Bárbara, a Bendita,
> Que no Céu está escrita,
> Com papel e água-benta
> Abrandai essa tormenta.

Está, literalmente, em J. Leite de Vasconcelos (*Tradições populares de Portugal*, 65, Porto, 1882), como rezada no Minho. Noutra fórmula, de Vila Real, reproduzem-se as imagens ainda contemporâneas no interior do Brasil:

> – Vou espalhar as trovoadas
> Que no Céu andam armadas.

Não sei de interpretação alguma sobre a Trovoada, sua imagem explicativa, a origem do rumor apavorante nas alturas do Espaço. Em Portugal, Bárbara dá Santa Barborinha, facilmente confundível com o Borborinho, sinônimo português do Remoinho.

Não entendo bem a colaboração de S. Jerônimo (331-420), cujas atividades foram inteiramente diversas das preocupações meteorológicas. Entretanto, dizia-se em Sinfães:

> – Para onde vais, S. Jerônimo?
> – Vou espalhar a trovoada.
> – Espalha-a bem espalhada!

Missão idêntica à de Santa Bárbara.

São Lourenço é o Éolo cristão. Guarda e comanda os Ventos. Quando os sopros são precários e bem inferiores às necessidades rurais, dirigem o requerimento oral, bem alto: "São Lourenço! Solte o Vento!". Reforçam a petição com três assobios longos e finos, sem modular. É uma presença da navegação veleira, evitando as calmarias podres. *To whistle for a Wind*. Peneirar ao ar livre milho, feijão, arroz, atirando-os para o alto e aparando os grãos, é uma fórmula de convite sedutor para as aragens. Assim fazia o pai do poeta Mistral, arejando o trigo: *Allons, souffle, souffle, mignon!* O vento obedecia. Era o poderoso homônimo, Mistral, o nordeste "Vent-Maistre" da Provença.

Resiste a imagem clássica dos Ventos possuírem um descanso, longínquo e misterioso paradeiro onde ficam em silêncio e repouso, reunidos como monstros dóceis. Uma entidade inominada dirige-os, soberanamente. São Lourenço parece-me guardião e não administrador dos vendavais. A ideia não os recolhe aos sacos homéricos mas numa gruta, rasgada na montanha ignorada e distante. Há sempre vento nas montanhas, Serras, para o Sertão. O solar deve ficar nos escarpados arredores.

No Sertão o Relâmpago diz-se "Relampo", português arcaico e espanhol antigo, como escrevia Fernão Álvares do Oriente em 1602, informa mestre Antenor Nascentes. O "relâmpado" camoniano foi recusado. Deve ser bem posterior. Dizem "fuzilar". Os relampos fuzilando! É o fuzil, ponta de ferro riscando áspera na pederneira, provocando a chispa. Isqueiro. Artifício. Binga. O Relâmpago repete o breve lampejo clareador. Nasce do Trovão, ao detonar sua carga de vapores ardentes.

O Raio é o dominador de todos os meteoros. Conserva a função ritualista do castigo sobrenatural. É superior a todas as forças, potências, grandezas. Irresistível. A locução que o compreende evidencia a fulgurância do Poder Supremo. "Foi um Raio!". Fez desaparecer todos os obstáculos, defesas, resistências. Corisco é o diminutivo de Raio. No Rio Grande do Sul denomina-se "Mandado de Deus". Abrindo o deslumbrante arabesco ao escurão da Noite, está em serviço divino, desempenhando um encargo secreto de aviso ou punição entre os homens. Poderá coriscar sem o estampido trovejante. Mas, para o sertanejo, é um Raio, com o mesmo aspecto, finalidade e conteúdo. Traz uma pedra, Pedra-de-Corisco, Pedra de Raio, indispensáveis e características, encontradiças, com outras explicações graves da Arqueologia. Cogels, Blinkinberg, Saint-Yves, foram os ceifeiros dessa seara universal e milenar. *Pierre de Foudre, de Tonnerre, d'éclair,* as duas últimas, do Trovão e do Relâmpago, não são sabidas no Brasil mas vivas em Portugal.

A Pedra de Raio perdeu sua História e aplicação. Reduzida a uma curiosidade, não tem emprego terapêutico ou supersticioso. Antigamente, quando meu Pai era menino, livraria da fulminação as casas que a possuíam. Mergulha no solo sete braças no impacto do arremesso na chegada, e cada ano sobe uma para a superfície. Ao fim dos sete anos fica à flor da terra. É o ritmo ascensional mais vulgar na Europa, mantido pela memória ibero-americana.

Não conheço no Brasil os processos de afastar o Raio de certos locais. Os encantamentos premonitórios. Em março de 1897 um Corisco arrancou o galo de bronze da torre da Igreja de Santo Antônio em Natal, ali colocado em 1800 pelo Capitão-Mor Caetano da Silva Sanches. Versinhos documentais:

> – Esse Corisco que veio
> Por astúcia do Demônio,
> Tirou o Gato da Torre
> Sem respeitar Sant'Antônio.

> – É bom que fique lembrado
> Esse aviso de favor:
> Se foi assim com o Santo
> Que será com o Pecador?

A praga típica portuguesa "Mau Raio te parta!", duplicação na ameaça temerosa porque seria suficiente o Raio sem o adjetivo, não se aclimatou no Brasil. O Raio não figura no repertório das maldições vulgares. Existe o pavor incontido pela morte fulminada e é notável a gravidade com que se narra o trágico episódio. Nenhuma outra causa mortal impressiona mais o espírito popular como sabendo alguém ter sido vitimado por um Raio. Tenho a impressão de um nome-tabu.

Com o Raio não se brinca.

Nevoeiro

Recorre-se a Santa Clara: "Santa Clara! Clareai o dia!".

A grave fundadora das "Pobres Clarissas", discípula de S. Francisco de Assis, tornou-se "Santa do Tempo" por um mito de confusão ou sugestão verbal, como diria Max Muller. Durante sua existência, 1193-1253, nenhuma manifestação sabemos de interesse pela intervenção na paisagem atmosférica.

No *Diário da Navegação*, de Pero Lopes de Souza, existe a denunciação inicial do culto. No registo de 12 de agosto de 1530, anotou: "Quis Nossa Senhora e a bem-aventurada Santa Clara, cujo dia era, que alimpou a névoa, e reconhecemos ser a ilha de Cananeia".

Com o Nevoeiro-fechado, algodão-em-rama, expõem ao ar livre um terço de contas brancas num prato com água. Atiram punhados de farinha sessada, de mandioca ou de trigo, Farinha do Reino. Espalham cinzas ao vento. No Pará, oferecem, pondo no telhado, folhas de tabaco a São Pedro. Jogam farinha ou cinzas na direção dos pontos cardeais. Dizem, alto, a jaculatória:

"Santa Clara! Clareai o dia!". Põem farinha seca numa salva em recanto sosse-
gado no interior da casa, preferível canto de parede. Meu tio Francisco José
Fernandes Pimenta, irmão de minha Mãe, dizia ser fórmula decisiva: "Nevoeiro! Nevoeiro! Tira aqui o meu argueiro!". Divulgo sem muita confiança nos
ensalmos do capitão Chico Pimenta, profissionalmente zombeteiro.

A influência dos objetos brancos, apresentados ao Nevoeiro, determi-
naria a imitação na claridade.

Não consegui apurar crendice referente aos dois Nevoeiros mais famosos do Brasil – a *Garoa* em São Paulo e o *Ruco* na cidade de Petrópolis.
Não o dissipam exibindo as nádegas nuas, como nos Abruzzos, Argélia e
Mondim da Beira, em Portugal. O Nevoeiro, tal qual o urso na Lapônia,
respeita o sexo feminino, informava Axel Munthe.

Não se sabe quem possa originar um Nevoeiro, e os feiticeiros, mestres do Catimbó, babalorixás dos Candomblés e Umbandas, pais de terreiro
respeitáveis, não atingiram a perfeição de provocá-los no Rio de Janeiro,
Salvador e Recife, como ainda é possível aos bruxos da Europa.

Remoinhos

Remoinho, Redemoinho, Rodamoinho, não é o Pé de Vento, lufada
inesperada e brusca que passa, reboando. O Pé de Vento sopra numa direção. O Remoinho é a ventania em aspiral, rodando como um gigantesco
parafuso. Os alemães ligaram-no à víbora, Wirbelwind, pelo giro sinuoso.
Whitlwind, para os ingleses. Tem vida própria e atende às divinas intervenções. A origem é o encontro de dois sopros desocupados. Briga de ventos,
duelo, vadiação inútil e perturbadora. No Sul do Brasil é o Saci-Pererê,
duende pequenino, negro, unípede, de carapuço vermelho e cachimbo na
boca, é responsável, desde o século XIX, pelos Remoinhos. Pula e salta no
bojo dos ventos desencontrados imprimindo-lhes velocidade circular e ascensional, e arranca pelas ruas e caminhos, arrebatando folhas, garranchos,
poeiras, num ronco assustador de turbilhão reduzido. Outrora seria obra
das Almas Penadas ou Diabinhos vagabundos. Para o Brasil meridional e
central é o Saci-Pererê, que estudei na *Geografia dos mitos brasileiros* (Rio
de Janeiro, 1947).* Para o Norte, o Remoinho perdeu a história do seu conteúdo. Deveria, antigamente, manter a herança portuguesa nesse particular,
vasta e variada sobre o "Balborinho".

D. Carolina Michaelis de Vasconcelos informava: "As almas que aparecem nos Balborinhos são de carpesinos que cometeram delitos agrários".

---

* Pela Global Editora, 3ª ed., 2002. (N.E.)

Roubo de terras ou abigeato. Quando o Balborinho depositava palinhas e folhas acarreadas em determinado local indicava o endereço do culpado. O Balborinho seria um conduto turbilhonante para castigo e purificação das almas lusitanas.

No Brasil persiste a vaga impressão desagradável do Remoinho. E que contenha uma finalidade má, suscetível dos esconjuros e exorcismos plebeus para obrigá-lo a fugir. Atira-se um terço de contas claras, uma palha do Domingo de Ramos em forma de cruz. Grita-se o alarme: "Aqui tem Maria! Aqui tem Maria!". O divino nome deterá o malefício girador. Vai rodar para outra paragem. Há ordens peremptórias a que o Remoinho não ousa desobedecer:

> – São João disse que quando chegasse,
> fosse por ali (aponta-se) e não demorasse

O eólio caracol segue o rumo indicado. Diz-se também: "Santo Antônio passou por aqui e deixou dito que não demorasse...". O vento circular, bailando samba, arruma-se no roteiro do Santo de Lisboa e Pádua.

Há gestos de magia defensiva. Cruzar os polegares, mostrando-os ao Remoinho. Riscar no solo o sinal-de-salomão, estrela de seis pontas, a hexalfa. Uma cruz, improvisada, dá o mesmo resultado afastador. O Remoinho dispersa-se, servilmente. Os tangerinos, almocreves, comboeiros, arreeiros, têm "fiança" no *Sino Salomão*, de milenar força mágica. Riscam-no às pressas no chão poeirento.

Os "Antigos" repetiam o formulário português, tal e qual. As gerações que viram o automóvel, ignoram a crendice. Mons. Alfredo Pegado de Castro Cortez (1876-1941) dizia-me que, no seu tempo de rapaz, o meio poderoso para afugentar o Remoinho, quando envolvido por ele, era cruzar os braços no peito. O vento-rodador desmanchava os círculos silvantes. Ia embora...

J. Leite de Vasconcelos (*Lusa*, 1): "Barborinho, espírito do vento".

Calor e Frio

O "frio da madrugada" diz-se Cruviana, plagiando-se o vento sudoeste derramado das cordilheiras dos Andes pelas bacias do Purus, Juruá, Madeira, Acre, Amazonas, Pará, determinando a *Friagem*, como chamam no Mato Grosso. Temperatura mais baixa nas "manhencenças" apelidaram, trazido pelos nordestinos seringueiros, Cruviana, desde Bahia, Curviana e no Ceará também Graviana, que me lembra a *Gravana*, monção ao sul do Cabo-Verde e Serra Leoa, velha amiga dos veleiros no rumo do Brasil antigo. Em Minas Gerais falam na Currubiana, com nevoeiro e neblina, que não ocorre para o Nordeste. Dizemos *correr uma Friagem* quando a temperatura perdura até depois do Sol nascer. Vento brando. Não anuncia Inverno nenhum. As madrugadas de 1915 e 1945 eram geladas e a Seca *tinia no Mundo!* Nem sempre a sensação friorenta é índice de chuvas. Vezes o Calor é melhor profeta, um calor abafado, com intercadências para maior e menor intenção, especialmente ao anoitecer e amanhecer. Não um calor *de contino* mas tendo como modulações na intensidade percebível. É o "Calor de Chuva", mesmo com o Céu escampo, quase limpo de nuvens. O calor *efetivo*, permanente, sem descontinuar, é que é a "Carta da Seca".

Infelizmente já não vivem os Doutores da Seca, Jerônimo Rosado (1861-1930), Des. Filipe Guerra (1867-1951), Eloy de Souza (1873-1959), Joaquim Inácio de Carvalho Filho (1888-1948).

Esses, tinham o Sertão nas veias...

Arco-Íris

Arco, Arco-Celeste, Arco de Chuva (*rainbow*), Olho de Boi (quando incompleto), também Arco-da-Velha como em Portugal, bebe água nos rios, riachos, lagos e lagoas, e também ao Mar estende a sucção de suas extremidades luminosas. Pode engolir gado miúdo, aves e mesmo crianças que brinquem nas áreas do seu exercício. Não atinge às proporções famintas possuídas na espécie europeia, onde deglute navios veleiros e os grandes cetáceos deparados na superfície oceânica. Antes da refeição líquida era quase invisível, desbotado, descolorido, acinzentado. Repleto, fica amplo, radioso, rutilante. Depois de permitir por breve tempo a visão de sua beleza indisfarçável, desaparece. "Você é como o Arco-Íris, bebeu, some-se!". É deslumbrante mas antipático para a população rural de todos os países do Mundo. Dispersa, consumindo, um elemento vital. Concorre, negativamente, com as gentes do ciclo pastoril e agrário. Sorve água na Terra, Mar e mesmo no Céu, ainda guardada nas Nuvens. O arco encantador alcança os grossos Cúmulos que vinham trazer auxílio aos homens. Esgota-lhes a carga destinada às plantações preciosas. Recebe, noventa por cento, pragas dos agricultores, como saudações a sua visita ornamental e dispensável. "Vá beber no Inferno!" tantas vezes ouvi nos sertões, apostrofando-se fáustico *Arc-en-Ciel* bíblico. A representação festiva merecida na Antiguidade, da Grécia, Roma, nos Edas, Sagas do Niebelung-not, passagem de Íris voando do Olimpo à Terra com mensagem de Juno, *Ceinture d'Iris*, Bifroest, passarela policolor sobre o rio que circula Asgard, morada dos deuses nórdicos, transmuda-se em figura serpentina e maldosa. É uma víbora que *ataja la lluvia y no deja llover*, na sensibilidade dos ameríndios. O Arco-Íris Víbora é a configuração mais espalhada no Mundo. Beleza insaciável e maléfica. As versões que herdamos dos lavradores portugueses não são favoráveis ao Arco-da-Velha. Em meio século de investigação etnográfica jamais registrei que o Arco-Íris distribuísse em chuva o que retirara da Terra, das Nuvens ou do Mar. Fosse benéfico o Arco-Celeste, o Arco da Aliança de Iavé (*Gênesis*, 9,13), teria bênçãos e não esconjuros e despedidas:

> – Arco-da-Velha
> Vai para Castella.
> Faze uma casa,
> Mete-te n'ela!

Afastam-no apontando-o com os indicadores cruzados. Riscam traços retos no chão. Dispõem em filas pedrinhas e gravetos. O Arco desmancha a galhardia sete-color, e viaja. Sendo eternamente curvo, arcada lombar da Velhice, tem por injuriosas as cousas em linha uniforme e direita. Procedem semelhantemente na França e na Córsega. Não tenho informação portuguesa nesse particular. Quem passa por debaixo do Arco-Íris muda de sexo. Retomará o anterior repassando o Arco em sentido contrário. Dei uma longa nota sobre o Arco-Íris no *Dicionário do folclore brasileiro* (INL, Rio de Janeiro, 1962).*

Apesar do mau renome, o Arco-Íris mantém resquícios do velho prestígio junto aos Deuses mortos. Quem "verte" água diante de suas cores, adoece das vias-urinárias. Um vaqueiro do Umari, Martins, Rio Grande do Norte, por desprezo, voltou as traseiras e deu um traque para o Arco-Íris. Sofreu com diarreias dias seguidos, passando horas angustiadas. Ficou respeitando o meteoro. Avistando-o, dizia reverente: "Deus te salve, Arco Santo!"

As pontas do Arco-Íris apoiando-se em terra indicam fontes, tesouros, sepulturas ignoradas. Localizando-se a coordenada topográfica, houve quem teimasse em buscas inúteis e afanosas. Jamais o terreno estaria virgem de vestígios do homem ou de animais, visíveis nas poeirentas ossadas. Comumente o Arco da Chuva mergulha as extremidades sucçoras n'água cobiçada pelos rebanhos, plantios e criaturas batizadas. Os arbustos

---

* Pela Global Editora, 12ª ed., 2012. (N.E.)

iluminados pela faixa radiante não se desenvolvem. O Arco levou-lhes a potência do crescimento. Marmeleiros, muçambês, matapastos, amolecem, murcham empapados pela poeira úmida e colorida. Mesmo secos, serão imprestáveis.

Não creem que se origine da reflexão dos raios solares nas gotas de chuva, projetando a decomposição das cores espectrais. O Arco-Íris é um corpo definido, independente, com organização suficiente. Quando desaparece, não morreu, dissipado. Viajou para outra paragem, retomando a missão captora das águas, em sede inextinguível e permanente. É eterno e autônomo como uma Nuvem.

Fogo-Santelmo ou Corpo-Santo

Aparece, em condições especiais e propícias, aos pescadores que ousam pescarias de mar-alto, no "fundo-de-fora", nas "Paredes", derradeiros pesqueiros, sem fundo para as facheiras e tauaçus. Noites sem sentido e visão das praias encobertas, terra "assentada", apenas sentindo o sopro morno do Terral.

A flama azulada com lampejos de prata, ardendo sem calor, irrompe bruscamente numa presença sempre assombrosa na solidão noturna do Atlântico. Clareando no topo do mastro, é uma garantia de próximo bom-tempo sereno. Oscilando nos baixos níveis do barco, inquieta como lamparina soprada, é sinal de tempo-cerrado, mau-dia futuro, com chuva teimosa e vento assobiador.

Nada mais recordam da história de São Pedro Gonçalves, o São Telmo, mas Corpo-Santo perdura no vocabulário dos jangadeiros nordestinos como reminiscência dos avós portugueses na Volta da Mina e Carreira da Índia. Apenas em Sergipe e Alagoas é "Jan Galafoice". "João Galafuz" na ilha pernambucana de Itamaracá. Para o extremo-norte talvez se confunda com os olhos chamejantes da Boiuna, a fantástica Cobra-Grande amazônica.

Será uma polarização do fluido elétrico, concentração e descarga do potencial atmosférico, que primeiro coroou as cabeças de Castor e Póllux quando remavam no rumo da Cólquida, com Jasão, buscando o velocino de ouro. Com o Cristianismo foi indispensável arrebatar aos Dioscuros o privilégio rutilante e pacificador. Surgiram Santo Elias, Santo Anselmo, Santo Erasmo, Santa Helena, Santa Clara, São Nicolau, esses três últimos vistos por Fernão de Magalhães na costa africana, proa para a circunavegação, na pista atlântica do Brasil recém-nascido.

Foi a primeira devoção regular e fiel, cumprida nas tarefas marítimas brasileiras. Já em 1548, São Pedro Gonçalves possuía Capelinha humilde e real no Recife, que era um arraial de pescadores. Essa capelinha, tornada imponente Igreja Matriz do Corpo Santo, foi demolida em 1913, na exigência da pseudotécnica urbanística e vítima da insensibilidade cultural do Arcebispo, aprovador do sacrilégio. A Capela era um ano mais velha que a Sé da Bahia, também abatida com o consentimento prelatício. Apenas S. Cosme e Damião em Igaraçu, Pernambuco, erguera-se quatorze anos antes. A mais antiga do Brasil.

Corpo-Santo batizou a Capela, Matriz e Freguesia recifense. Vez por outra, os mais "lidos e corridos" citam o Fogo Santelmo. Jamais mencionam São Pedro Gonçalves, falecido em 1246, já canonizado pelos mareantes de Espanha e Portugal.

A crença resistiu até a segunda década do século XX na orla brasileira do Atlântico-austral. Está esquecida. O Mar perdeu a faculdade impositiva e milenar do Medo aos seus fiéis valentes.

Durante séculos, os Letrados não deram cabimento ao Fogo-Santelmo ou Corpo-Santo escrevendo os nomes que o Povo amava. Diziam ser as *Exalações Castor e Póllux*. O doutor Brás Luís de Abreu (*Portugal médico*, Coimbra, 1726) leciona a matéria, justamente como os antigos pescadores nordestinos decoraram e sabiam ensinar aos curiosos do meu lote: "As exhalaçoens Castor e Pollux se aparecem no fundo da Nao, ou ao lume da agoa predizem tempestades; porque mostra que a perturbação do ar superior as não deixa subir; e se se divisão nos mastros, ou velas indicão serenidade, porque se vê, que os ventos as não podem dissipar; como diz o Plinio". Ciência é assim. Podia ter indicado a fonte de Plínio, livro II, cap. 37.

Os grandes pescadores que identificavam o Corpo-Santo, vivo em sua luz de azul e prata flamejante na grimpa do mastro jangadeiro, já não existem. Mestre Manuel Claudino morreu em setembro de 1940. Mestre Filó em novembro de 1947. Pescaram mais de sessenta anos. Mestre Filó foi o Patrão do *República* e Manuel Claudino do *Pinta*, dois dos três botes de pesca, primários é legítimos, que foram de Natal ao Rio de Janeiro, vinte e cinco dias de Mar e noite em 1922, Centenário da Independência, num ritmo de caravelas.

Não se fala mais no Fogo-Santelmo. O Corpo-Santo, que Luís de Camões viu, é um mesquinho e triste índice de meteorologia analfabeta. Uma simples claridade no Mar Tenebroso, sem endereço e conteúdo para os olhos contemporâneos. Afonso Lopes Vieira, devoto de São Telmo, sabia rezar:

> Por isso as Naus se desgarram,
> Santo nome de Jesus!
> Salva, salva, oh Corpo-Santo,
> Acende ao alto a tua luz!

Estrela Cadente

O sertanejo, do meu tempo e que de todo não desapareceu, mentalmente, descreve a Estrela Cadente como um pequeno Cometa. O rasto rutilante, explicado pela resistência no atrito atmosférico, às vezes prolonga-se na percepção visual, sugerindo o clássico apêndice.

Uma Estrela correndo assusta-o, infalivelmente, porque é uma exceção no quadro hierárquico de suas irmãs, aparentemente imóveis. Crê que o Firmamento seja uma abóbada sólida, a concavidade voltada para a Terra, cobrindo-a defensivamente. A Cadente despregou-se, perdendo a colocação regular. Em Portugal saúdam-na:

> – Deus te guie bem guiada,
> Que no Céu foste criada.

Temem que destrua a Terra com seu lume resplandecente. As Profecias anunciavam o Fim do Mundo pelo Fogo. Chamam-na *Lágrimas de São Lourenço*. São Lourenço é o Padroeiro dos Ventos. Não é uma Estrela-que--passa mas, fielmente etimológica, uma Estrela-que-cai!

A saudação brasileira é mais explícita:

> Deus te salve! Deus te tenha!
> Que na Terra nunca venhas....

A frase usual integra a portuguesa: "Deus te guie, Zelação!"

Zelação é exalação. Emissão, lançamento, expulsão. A Estrela Cadente é uma exalação, uma *saída* do Céu, arrebatada pelo Vento irresistível. Daí o título que J. Leite de Vasconcelos registou e que não existe no Brasil: "Lágrima de São Lourenço". Como todas as cousas, terá uma missão, desde que Deus permitiu sua queda. Que fará a Estrela errante? Deus a guie. Para onde? Para o Mar que não tem fim nas dimensões da extensão e profundeza. O Mar apagará o fogo, sepultando-a no abismo.

Um enfermo grave suspeita o próximo desfecho se as Estrelas Cadentes multiplicam o número visível, o que acontece em abril, agosto, novembro, meses de incidência por possível encontro da Terra com valexame cíclico ou passagem pelo anel de asteroides, como sugere o Padre Jorge O'Grady de Paiva (*Astronomia e Astronáutica*, Rio de Janeiro, 1969).

Enquanto durava o traço fulgurante de seu trajeto, a praxe era descobrir-se. O chapéu não perpetrava intolerável anacronismo. Era o minuto da saudação: "Deus te guie!". Para o Mar ou para outros infinitos, distantes da precariedade terrena.

Quando se vê o desenho luminoso de visita sideral formula-se um desejo cujo enunciado coincida com a visão rutilante. Acontecerá quanto se pediu. As moças gritam o nome dos namorados. Voando da Guiné para o Brasil, na noite de 16 de março de 1927, o aviado major Sarmento de Beires obedeceu à tradição portuguesa: "Pelas 22 horas, um aerólito despenhando-se no espaço, corta o azul do céu, com a faixa coruscante da sua trajetória. Lembrei-me da superstição popular, e desejei, com um frêmito vibrante de toda a minha alma, que o *Argos* atingisse Natal" (*Asas que naufragam*, Lisboa, 1927).

Que relação existe entre a Estrela Cadente e a Meteorologia tradicional? Sinal de estio, secura, estiagem. Ocorrendo a "Chuva de Estrelas", jamais previsível, riscada a noite pelas rápidas perpendiculares e diagonais em ouro e chama, o "sintoma" é alarmante para os sertões enxutos. É a Seca, trazendo a companheira sinistra, a *Velha do chapéu grande*, personalização da Fome.

Nós, nordestinos, da pancada-do-Mar e sertões estamos habituados com a normalidade das nossas Estrelas no Céu tropical. Há uma longa nomenclatura designativa, nomes do século XVI, os mais novos, outros imemoriais, vindos dos árabes olhando a noite no Mediterrâneo e Ásia Menor; Estrelas que marcaram caminhos às caravanas e aos rebanhos, anunciando as monções que faziam côncavas as velas gregas, fenícias e romanas. A maior percentagem recorda o ciclo pastoril e viajor de Portugal. Foram adaptadas à mentalidade ambiente e prestam depoimentos de ternura antiga. Assim o *Sete-estrelo*, masculiniza a espécie, o "Cruzeiro" ascensional fixa as horas mortas, como a *Boeira*, a *Papa-Ceia*, lembram que o gado está recolhido e a ceia fumega, aguardando o grupo familiar:

> – Pai do Céu, agradeço o comer
> Que me deu sem eu merecer.

A Estrela Cadente é uma peregrina desconhecida. Ninguém sabe de onde vem e para onde vai. Mas foi criada no Céu.

Deus te guie, Zelação!...

Bem estranhamente não atingiu o Brasil a imagem da *Étoile filante* representar uma alma penetrando o Paraíso, como na Provença de Mistral e Daudet. A nossa cadente Estrela é a derradeira pagã no fabulário anônimo. Não sendo possível alguma cousa independer do Poder Divino, também a radiosa vagabunda foi conduzida ao aprisco do Onipotente. Do mistério total resta a própria presença fugaz e clara, atravessando o painel da curiosidade humana como uma ave iluminada e revel, acendendo-se instantes depois de libertar-se das trevas, extinguindo o fanal ao retomar as fronteiras do negro universo de onde se exilou.

Deus te guie, Zelação!

Fogo-Fátuo

Confirma o Verão. O Boitatá, Batatá, Batatão, dez outras variantes nominais em todo o Brasil, aparecem nas ardentes noites estivais, com vento de fornalha abafada. O tempo refrescando, os *Feux-Follets* desaparecem, voltando ao palco se a temperatura subir. Ausentes, ficam aguardando a força centrífuga do calor, apressando a decomposição das matérias orgânicas nos pântanos, abrejados e velhos cemitérios abandonados. As emanações do hidrogênio fosforado inflamam-se espontaneamente ao contato do oxigênio atmosférico, promovendo o nascimento dessas *petites flammes*, centros do Pavor popular pelo Mundo inteiro. Representam entes sobrenaturais e maléficos. O mais antigo registo do Boitatá no Brasil é o do Padre Joseph de Anchieta, maio de 1560, em S. Vicente, litoral de S. Paulo. Seria de *mbae-tatá*, "Cousa-de-Fogo", sem características definidas. O vocábulo popularizado, *Boitatá* provirá de *mboi*, cobra, e assim, "Cobra-de-Fogo" ou "Víbora-de-Fogo" é a figura mais vulgar no Continente americano, por influência do idioma dos indígenas tupi-guarani. As modificações apavorantes percorrem todas as Culturas vulgares e resumi Boitatá no *Dicionário do folclore brasileiro* (INL, Rio de Janeiro, 1962)* com as manifestações que espavorecem americanos, europeus, africanos e asiáticos. "Luzinhas" ou Fogachos em Portugal.

Com maior incidência significam "Almas Penadas", cumprindo penitência visível para exemplo aos vivos reincidentes. Envolver o condenado numa chama é castigo clássico e Dante Alighieri não o esqueceu no *Inferno*: (*E ogni fiamma um peccatore invola*, XXVI-42). As preferências e habilitações do "Fogo Corredor" variam na extensão geográfica do Medo.

---

* Pela Global Editora, 12ª ed., 2012. (N.E.)

Desde o peregrino do Purgatório até o espírito das crianças mortas sem batismo ou sacrificadas pelas mães vergonhosas. Noutra classe, são entidades distintas, ocupadas na continuidade da assombração humana: *Jack with a lantern*, *Inlicht*, *Moine des Marais*, *Will-o-the-Wisp*, *Mboya* da África setentrional, Pôtres e Poulpicans da Bretanha, "Luzes-loucas" dos castelos do Reno, Koboltes e Trolls na Europa Central. Na ilha de Marajó é a *Mãe do Fogo* (Peregrino Júnior, *Histórias da Amazônia*, Rio de Janeiro, 1936). Região pastoril. Matança de gado. Podridão de carniça na lama insular.

Fauna fantástica do Verão!

Adivinhando chuva...

Existem no Brasil, e universalmente, fórmulas da previsão tradicional para o conhecimento do futuro Inverno. Deduz o Povo o prognóstico de vegetais, animais, aspectos atmosféricos, nuvens, estrelas, constelações, incidência pluvial em determinados dias. Além dos recursos rogatórios aos "Santos-que-fazem-Chover", os *Santi pluviali* na Itália.

A regular estação chuvosa, positiva em junho, é prevista na floração prematura dos cardeiros, juazeiros, oiticicas, carnaúbas. No gotejamento do Umari (*Geoffroya spinosa*, L.). Nas chuvas, mesmo breves, nas vésperas da Conceição e Natal (7 e 24 de dezembro), durante o Carnaval e Semana Santa, festas móveis; Dia de S. José, 19 de março, data solsticial, de antiquíssimo prestígio:

> – Como for São José,
> Assim o ano é!

A humilde bracatinga (*Mimosa escabrella*, Benth.), dando exsudação, pregoa a vinda das águas do céu:

> – Bracatinga chorou,
> Tempo mudou!

O João-de-barro (*Furnarius rufus*, Gm.), construindo a casinha com a abertura da entrada para o leste, mau anúncio. Para oeste, água farta. As formigas dos barrancos fluviais fazendo mudança, o rio vai encher. Cavalcante Proença registou que as formigas do S. Francisco deixavam as velhas moradas e, às vezes, o rio não aumentava de volume. A culpa era do rio. Desaparecimento de abelhas e marimbondos? Estiagem. Moscas agrupadas, voando em bando, são arautos da invernia. Sapos roncando, chamam chuvas. Os pés das orelhas suadas nos jumentos; saltos e alegria nas ovelhas, carneiros e bodes, brincando nos pátios da fazenda dizem uma garantia de chuvadas. Peixe com ovas no fim do ano é chuva certa. Ervanço, grão-de-bico, nascendo "embastido", com muitos grãos, chuvas!

Olhando o Céu, nuvens "carregadas", quase negras, vistas repetidamente ao pôr do Sol; as manchas do Carreiro de Santiago, Via Láctea, em dezembro, escuras e nítidas; a Lua com a boca voltada para o norte, as pontas do Crescente nessa direção, são alvíçaras do bom-Inverno, assim como o Sete--Estrelo embaciado, nublado, indeciso em sua luminosidade serena. Lua com "bolandeira", halo lunar, traz água-no-bico. Estrelas muito claras, numerosas, com pouca palpitação, enchendo o Firmamento, Seca muito provável. Às avessas de Portugal: "Noite estrelada, manhã borrada". Crepúsculo vermelhão, água no Sertão. Pirilampos, vaga-lumes, caga-fogos, clareando dentro de casa? O Inverno vem. Insistência de libélulas crepusculares, multidão de formigas de asa, formigas-de-chuva, cobrindo as lâmpadas acesas, chuva-na--certa. Abelhas voando baixo, o Inverno está "se armando".

Muita coruja e bacurau cantando no mato e vizinhanças, Inverno!

> – Pau-d'Arco florindo,
> Inverno vem vindo

> – Barriguga florou,
> Chuva chegou.

E curiosamente as chuvas virão do lado em que a floração da Barriguda (*Ceiba pentandra*, Gaertn.) começou.

A Cigarra chama o Verão. "Órgão estival", chamou-a Anacreonte.

Cachorro fazendo muita volta antes de acomodar-se; cabras, bodes, burros, procurando abrigo com o tempo-limpo, vem chuva, inevitável. Bodes e carneiros marrando uns nos outros, em plena explosão lúdica, água--de-roncar vem-vindo. Muita cobra, pouca água. Olho-d'água aumentando, grande aviso benéfico.

A mais valorizada e crédula "Experiência de Chuva" é a de Santa Luzia, em 12 de dezembro. O solstício de inverno no hemisfério norte passará a 21. No *Dicionário do folclore brasileiro* ("Chuva", INL, Rio de Janeiro, 1962)* guardei quanto sabia no assunto, processos provocadores das chuvas, para cessar os excessos, conhecer de sua aproximação, origens e variantes pelo Mundo. A "Experiência de Santa Luzia" estudei-a mais longamente no *Anúbis e outros ensaios* (VII, Rio de Janeiro, 1951).**

---

* Pela Global Editora, 12ª ed., 2012. (N.E.)
** Em *Superstição no Brasil*, Global Editora, 3ª ed., 2002. (N. E.)

Prefiro o depoimento de Euclides da Cunha (*Os Sertões*, 118, 25ª ed. 1957), anotada em 1897. "É a experiência tradicional de Santa Luzia. No dia 12 ao anoitecer expõe ao relento, em linha, seis pedrinhas de sal, que representam, em ordem sucessiva da esquerda para direita os seis meses vindouros, de janeiro a junho. Ao alvorecer de 13 observa-as: se estão intactas, pressagiam a seca; se a primeira apenas se deliu, transmudada em aljôfar límpido, é certa a chuva em janeiro; se a segunda, em fevereiro; se a maioria ou todas, é inevitável o inverno benfazejo. Esta experiência é belíssima. Em que pese ao estigma supersticioso, tem base positiva, e é aceitável desde que se considere que dela se colhe a maior ou menor dosagem de vapor d'água nos ares, e, dedutivamente, maiores ou menores probabilidades de depressões barométricas, capazes de atrair o afluxo das chuvas."

Não posso rir dessas estranhas faculdades higroscópicas, acusando o futuro desequilíbrio na temperatura como consultando um novo e mágico radar, disseminado nas células orgânicas. Os calos beliscam e os reumáticos sentem dores inesperadas com dias de antecedência às baixas barométricas. Disposições mais sensíveis aos registos de menores variações de calor, frio, umidade.

> – Bode espirrando,
> Chuva chegando!

Quintino Cunha (1875-1943), ouvindo, de dama em Fortaleza, o adágio sertanejo respondeu, julgando-se alvejado:

> – Bode espirrando?
> Cabra chegando!

E continuou aos espirros.

Decorrentes das "Experiências de Sta. Luzia" vieram indicações esparsas mas autorizadas pela veneranda antiguidade. Dia de Ano-Bom, limpo, luminoso, Sol claro, bom augúrio. Chovendo no 1º de janeiro será Ano-Ruim. Dia 2 de fevereiro, N. Sra. da Candelária, caindo chuva, o Inverno virá. Em Portugal: "Quando a Candelária chora, o Inverno já está fora!". Terminado lá. Chuvas parciais em outubro, muita promessa. Em Novembro, agouro. Relâmpago em dezembro, esperança de fartura.

O mais prestigioso, infalível e soberano anúncio de Inverno é a notícia de *está chovendo no Piauí!* Piauí é o barômetro da felicidade sertaneja.

Certos trechos, entre píncaros, escurecendo, avisam chuvas. O Pão de Açúcar, no Rio de Janeiro, enrolado pela bruma matinal, é bandeira de chuvadas. Os cariocas diziam: "Está cachimbando!", "amanheceu de touca!". O "Buraco da Velha" (Guaimicoara), espaço entre morros ao sul de Natal, enegrecendo, a chuva marcha para a cidade.

> – Névoa na serra,
> Chuva na terra.

Às vezes, de grutas, fendas naturais no solo, ouvem persistente e surdo rumor, traduzido como prenúncio de Inverno. A Biboca, perto da Bica, na cidade de Portalegre, Rio Grande do Norte, serve de exemplo.

A dura escola do Sertão ensina aos seus filhos num curso universitário vitalício. Em 1915, meus parentes, pequenos agricultores e criadores de gado, diziam a meu Pai, também sertanejo, que a Seca seria longa e cruel porque os formigueiros apareciam no leito dos rios mortos, avisando que água não passaria por ali. "Nessas cousas, os 'brutos' sabem mais que os cristãos!". Enchente não alcança formigueiro povoado.

Os uruás, aruás, moluscos gasterópodes, do gênero Ampulária, fixam sua colônia na meia altura dos paus emergidos d'água. "Besta como uruá", dizemos no Nordeste, porque uruá vem de *iuru-á*, boca-aberta. Os parvos uruás mudam a residência alguns metros acima da anterior. O nível antigo será coberto pela enchente. Nenhum agrupamento humano "civilizado" possui essa capacidade previsora. "Alagação" é sempre surpresa para os habitantes da região.

Quem morre afogado é o *Homo sapiens...*

III

Botânica supersticiosa
no Brasil

Amaldiçoando a figueira (*Mateus*, 21, 18-19) que não tinha frutos, e mesmo não era tempo deles (*Marcos*, 11, 13), Jesus Cristo proclamou a responsabilidade dos vegetais. Seriam conscientes em suas ações. Estendia--lhes os mesmos vínculos de obrigação que Moisés declarara aos irracionais. Passíveis de julgamento e pena capital, como ocorreu à figueira no caminho de Betânia.

Esse critério do Messias se mantém na mentalidade popular contemporânea. As plantas têm discernimento e missão incontestáveis. Possuem exigências, direitos, predileções. As Bananeiras (Musáceas), quando não produzem, devem ser abraçadas por um homem. O Mamoeiro (*Carica papaya*, L.), por uma mulher.

Gabriel Soares de Souza (1587) escreveu que os Amendoins (*Arachis hipogaea*, L.), na Bahia, não admitiam colaboração masculina no plantio, colheita e tratamento. Trabalhavam unicamente as indígenas e mestiças. O Amendoim foi levado para África. Em 1884, Hermann von Wissmann encontrou no Kassai, Congo, ativa indústria doméstica do óleo de amendoim, exclusivamente feminina, proibindo-se a simples aproximação dos homens para não prejudicar a limpidez e sabor do produto. O Amendoim não dispensara a imposição exclusivista, tão longe da região natal. Os cuidados transferiram-se para a Mamona, Carrapateira.

Na Amazônia, os Tajás (Caladios, Aráceas) desempenham incontáveis ocupações em serviço da sociedade humana. Guardam a casa, defendem--na dos ladrões, dos invejosos, dos falsos-amigos, garantindo o sono de seus fiéis. Dão fortuna, amores, êxitos. Reproduzem vozes animais – piam, rosnam, assobiam, grunhem, e mesmo bufam, *esturram*, como as onças. Assombram, perseguem, apavoram, matam.

Os Mangues (Rizoforáceas), orlando os rios salgados, fixando terra, ocultam, na multidão confusa das raízes adventícias, animais fabulosos e constituem cenário de espectros nos plenilúnios. Onde não há Mangues, *não corre visagem* praieira.

A Gameleira (*Ficus doliaria*, Mart.) é mal-assombrada, tradicional para o respeito coletivo. Emite vozes, sussurros, gemidos, apelos, espalhando sombras ameaçadoras. Atrai o raio, e esconde, durante o dia, almas do outro mundo. Ali mora o deus Lôco, dos Jêges, o Irôco, dos Nagôs, com oferendas e vênias.

Sobre a Umbaúba (Cecropia), escreve o agrônomo Getúlio César: "Depois de uma queimada, o tropeiro que passar por um umbaubal queimado, se não correr, se tiver coragem de resistir, ouvirá sair de dentro cantos estranhos, cicios de vozes abafadas, gritos de pavor, assovios estridentes e imprecações lastimosas. Tudo isso é ouvido, mas nada se compreende" (*Curiosidades de nossa flora*, 1956).

O Jenipapeiro (*Genipa americana*, L.) hospeda fantasmas. Repelem sua presença nas fazendas-de-gado. O rebanho não aumenta.

O Fedegoso (*Heliotropium indicum*, L.) não deve existir em quantidade nos quintais. "Atrasa" a família. É a "Folha de Pajé" no Amazonas.

A Coronha (*Acacia jarnesiana*, Wild.) atingindo o interior de uma habitação, haverá morte entre os moradores.

A Hera (*Ficus pumila*, L.) alcançando o telhado, o dono da casa não verá o outro inverno.

Quem plantar uma Goiabeira (*Psidium guayaba*, Raddi.) deve comer a primeira goiaba, senão a árvore fica "aneira", frutificando ano-sim e ano-não.

O Alecrim (*Rosmarinus officinalis*, L.) secando, decreta saúde vacilante.

> – Quem pelo alecrim passou
> E não cheirou
> Se estava ruim,
> Pior ficou!

Arruda (*Ruta graveolens*, L.) não dá felicidade mas expulsa as "forças" dos inimigos. Jesus Cristo citou-a, *Lucas*, 11, 42. Antigamente levava-se invariavelmente um galhinho de arruda no bolso e as mulheres no cós das saias. Os pretos eram fanáticos. A arruda não foi vulgar na África, ocidental e oriental. Seu prestígio veio da Europa. Era dominadora no Brasil e não desapareceu a preferência popular por ela.

Basta um Pinhão-de-purga (*Jatropha curcas*, L.) no quintal, para qualquer "cousa-feita", "muamba", "despacho" perder as potências maléficas. Sova de Pinhão em feiticeiro "quebra-lhe as forças", acabando a "Sabença".

Mulher *de mês* não deve trepar num juazeiro (*Zizgphus juazeiro*, Mart.). Fica *desmantelada* das regras.

Quem plantar Jaqueira (*Artocarpus integrifolia*, L.), morrerá quando o tronco tiver a grossura do plantador. Em Portugal é a Nogueira.

A Espia-Caminho (*Clitoria cajanifolia, guyenensis*, etc, Papilonácea), simula uma vulva feminina e as mulheres de outrora arrancavam-na, hostilmente. Pisando a Espia-Caminho, Erva-Mijona, Boceta-de-Negra, desregula o catamênio.

A Bucurubu, Fava-divina (*Schizolobium excelsum*, Vog.), oferece sementes, longas e rijas, usadas pendentes do pescoço das crianças em dentição, e, para elas e adultos, evitam o Mau-Olhado, assim como a *Canavallea gladiata*, D.C., "Fava-contra-o-Mau-Olhado", e o Jabotá, Cumaru, Fava de Santo-Inácio (*Favillea trilobata*, L.).

A Japecanga (*Smilex japicanga*, Griseb.) garante que suas vergônteas (é uma trepadeira lenhosa) extinguem todas as potências de uma feiticeira, por meio de uma boa sova. É inoperante para o feiticeiro. Este será desarmado com a surra do Pinhão-de-purga.

Angélica, especialmente a Angélica-braba (*Guettarda angélica*, Mart.), rubiácea, denomina uma possante "Mestra do Além" no Catimbó, privativa de consultas do sexo. Juntando-se o banho da Angélica à sova de Japecanga, qualquer feiticeira estará inofensiva para todo o sempre. Outros técnicos na matéria apontam como decisiva, em vez da Angélica, a Malícia-de-Mulher (*Mimosa invisa*, Mart.).

F.C. Hoehne (*O que vendem os hervanários na cidade de São Paulo*, S. Paulo, 1920), estudando o Orobó, que julga sinônimo da Kola Macho ou Noz do Sudão, *Cola acuminata*, regista: "Afirmou-me um hervanário ter por hábito vender somente casais, isto e, um Oby e um Orobó juntos, e que o primeiro destes é o fruto verde da planta citada, encarnado em sebo de elefante, nada nos adiantando quanto ao segundo. Interessante é que todo o cuidado é empregado para não deixar cair alguma gota ou partícula do sebo do Oby no assoalho da casa, pois afirmam que quando isto acontece, a caipora persegue o negociante até reduzi-lo a completa penúria".

O Mulungu (*Erythrina volutina*, Willd.) tem bonitas sementes vermelhas que servem de tentos no jogo do gamão, e das cascas fazem chá para acalmar doidos. Dizer que alguém merece tomar chá de Mulungu é publicidade bastante em diagnóstico psicopático. Na sombra do Mulungu não brincam crianças e sim meninos já taludos. A penumbra da árvore enfraquece, debilita, esgota. Por isso tranquiliza os candidatos sôfregos da Insanidade. O nome é africano, *Molungo*, estudado pelo botânico Frederico Welwitsch em Angola.

Na colheita de frutas não despoje inteiramente a árvore. Deixe algumas, em número ímpar, para que a fruteira não guarde rancor, produzindo menos. *Numero deus impare gaudet*: Virgílio, *Magica Egloga*, VIII, 75.

O arpão feito da tala da palmeira Inajá (*Maximiliana regia*, Mart.) é o único a ferir e matar o Boto encantado dos rios do Pará. Os demais, mesmo de aço, são ineficazes.

A Mutamba (*Guazuma ulmifolia*, Lam.) no Amazonas afasta os entes malfazejos que vagam ao anoitecer. Fumigações com as folhas queimadas no interior residencial. Os males espalhados pela *Mayua* serão desfeitos na fumaça.

O conde de Stradelli fala na Cunhamucu-caá, erva das moças--compridas, púberes. Afina e perfuma a cabeleira, dando aos noivos impaciência pelo casamento. A Japana (*Eupatorium ayapana*, Vent) produz as mesmas tentações.

O arbusto Catauré e o Manacá (*Brunfelsia uniflora*, Benth.) fornecem uma infusão onde os pescadores e caçadores do Amazonas lavam os braços, evitando a "Panema", tornando-se "Marupiaras". Felizes nas águas e nos matos.

A Priprioca, Piripirioca (Ciperácea do gênero Kiligia), é o perfume tradicional e sedutor das cabocas e mulatas amazônicas. Retiram o suco das raízes. O Piripiri, gênio criador da planta, é uma estrela da constelação de Orion.

Durante a safra de Pequi (*Caryocar brasiliensis*, Camb.), nas margens do rio S. Francisco, as mulheres engravidam com mais intensidade. É um registo do Imperador D. Pedro II em 1859, na Bahia.

O Carajuru (*Arrabidea chica*, H.B.K.), pela maceração das folhas, permite um corante vermelho, empregado na Pajelança. Soprado pelo Pajé no consulente, fá-lo-á quase invencível. Cheirando o Carajuru é que os Pajés têm visões proféticas, predizendo o Futuro.

A fruta do Paricá (*Mimosa acacioides* ou *Piptadenia peregrina*, Benth.), torrada e pulverizada, é um inebriante para os indígenas, fazendo-os sonhar realizados os maiores desejos. Rivaliza o haxixe, no vício oriental do ópio. Aspira-se como o rapé.

O Cumacaá ou Cumacá (*Elcomarrhiza amylacea*, Barb. Rod.) dá uma fécula, empregada como goma ou posta na tinta, obriga a quem se sirva desta ou use camisa engomada com aquela, a ser inteiramente favorável ao astuto que utilizou o Cumacá. Sortilégio. O padre Carlos Teschauer (*Avifauna e flora*, Porto Alegre, 1925) é mais explícito: "O Cumacá, por exemplo, é o *fetiche da liberdade*. Imagine-se que algum deles cai prisioneiro, acreditam neste caso que as raízes pulverizadas do fetiche sopradas sobre as cordas que ligam o guerreiro, transportado à tribo inimiga, afrouxam os laços, proporcionando-lhe a fuga e a liberdade".

A Mungubeira (*Bombax aquaticum*, Schum.) em certas noites de luar geme e chora como uma criança. É a Mamorana, do Pará e Maranhão, onde a dizem sussurrar vozes.

O Xiquexique (*Cereus gounellei*, Schum.), em grandes touceiras, pelo verão, assobia baixo e dá *psius*, chamando a quem passa sozinho.

Toda Palmeira isolada é residência de fantasmas. Amarra-se no tronco uma fita vermelha, e a "visagem" muda-se.

A Palmatória, quipá (*Opuntia inamoena*, K. Schum.), em moita, noite de lua cheia, cobre-se de uma névoa que vai mudando de cor, como um Fogo-fátuo imitado ou legítimo.

Marmeleiro (*Croton hemiargyreus*, Muell. e Arg.), embastido, invadindo tabuleiro, é a morada do *Homem da Língua de Fogo*, modalidade do Fogo-fátuo, com a característica da imobilidade e brusco desaparecimento.

Creio ser o Camapum (*Physalis*, Solanácea), Juapoca em S. Paulo, quem tosse como uma criatura humana. Faz rumor de pigarro.

O Cipó-Cruz (Bignoniácea e não Rubiácea), no caule cortado transversalmente, exibe uma Cruz de Malta, escura, destacando-se do tecido amarelado. Usar uma rodela do Cipó-Cruz no bolso interno do paletó, livra de acidentes. O almirante Gago Coutinho disse-me ter recebido esse presente, depois de ser atropelado por um automóvel no Rio de Janeiro. Essa Bignoniácea, que me conste, nenhum emprego medicamentoso possui.

Metem um prego num Coqueiro (*Cocos nucifera*, L.), fazendo um pedido. Retiram-no quando atendido. É uma tradição religiosa do Congo. Ao longo do Zaire, em vez do Coqueiro cravam o prego num ídolo de madeira. Alguns ficam como um porco-espinho.

Outrora era comum plantarem árvores frutíferas, mangueira, jaqueira, cajueiro, fruta-pão, quando do nascimento de filhos. A Mangueira de João. O Cajueiro de José. Muito encontrado nos contos populares europeus.

Os Bredos (Amarantáceas), moles, carnosos, inermes, simbolizam o concordante profissional, e mais tradicionalmente o fujão, demasiado prudente, abandonando o posto ante a mais leve ameaça. O Bredo fica em qualquer terreno. E provoca meteorismo, imagem do Cobarde. "Ganhar o Bredo, pisar no Bredo", é fugir, escapar-se, largando as responsabilidades. Um militar verbalmente fanfarrão, em Natal, encontrou na sua porta uma cestinha cheia de Bredos, com o moto: "Honra ao Mérito". A Cidade inteira divertiu-se com a sátira vegetal. Foi em 1930.

O Sapotizeiro (*Achras sapota*, L.) é de antiga e fiel predileção dos morcegos, pressurosos frequentadores quando na época das frutas. Os quirópteros são núncios de contrariedades, contratempos, infelicidades, quando repetidamente deparados. Por essa razão, muito Sapotizeiro tem sido derrubado.

As Malvas (Malváceas) são agourentas e não devem ser cultivadas. "Ir para as Malvas" é morrer. O nome é desalentador: *Mal, vais!* Na linguagem das flores significa "aviso".

A Salsa (*Ipomoea pes-caprae*, Roth.), estirando-se, reptante pelas praias, é cautelosamente evitado seu ingresso ao interior das choupanas de pescadores. Se a Salsa "tomar conta da casa", a família ficará rasteira como ela. Arrastando-se pela vida...

O Tajapurá (Aroidea do grupo do Tajás), Tajurá, Calandrim, é amuleto privativo da pescaria amazônica.

Levam ramas na proa das canoas e os pescadores de tartarugas conduzem-no dentro dos paneiros. Informa o Dr. Alfredo Matta (*Vocabulário amazonense*, Manaus, 1939): "Esse vegetal tem para os naturais mais propriedades supersticiosas que medicinais e para isto empregam a fécula retirada das raízes em amavios para obtenção de algum proveito, principalmente as mulheres para 'prender' os seus apaixonados".

A Aroeira (*Schinus aroeira*, Vell; *Astronium urundeuva*, Engl.) é de fama sinistra. Quem dormir à sua sombra, acordará manchado como sarampo e possivelmente adoecerá de tumores. O Padre Carlos Teschauer (*opus cit.*) regista espantosas façanhas dessa Anacardiácea. Um remédio, contra seu malefício, é ir saudar a árvore por três vezes, dizendo, respeitosamente: "Senhora Aroeira!". Mesmo derrubando-a às machadadas é indispensável "que a saúdem com muito aparato e deferência". *Timor Deorum origo?*

A Mãe-da-Minhoca, Ximui-maia no Amazonas, não é nenhum oligoqueto, mas simplesmente Bromélias parasitas, abrigando entre suas folhas numerosas minhocas. Poderia ser *Ximui-oca*, casa das minhocas, mas os pescadores tapuias do Tempo-velho fizeram-na progenitora. E o nome ficou. Mistérios amazônicos! A Mãe do Peixe-Boi, Xundaraua, é um sapo!

A nódoa do suco das frutas na roupa desaparece durante a seguinte floração. Denomina o Povo, no agreste do Rio Grande do Norte, "Camarão de Biqueira" as pimentas nascidas ao pé da casa, na linha onde caem as águas do telhado, guiadas pelas biqueiras.

A Castanha-do-Pará (*Bertholetia excelsa*, H.B.K.) frutifica num "ouriço" lenhoso, contendo entre 12 e 20 amêndoas. Pesa mais de um quilo e despencando de uma altura de 20 a 30 metros determina ferimentos graves e mesmo fatais, acertando na cabeça de um trabalhador desatento. Esses acidentes não são raros durante a colheita, de outubro a dezembro. Não consta que a Licitidácea haja sacrificado uma vida infantil.

O Camamuri frutifica em março-abril, unicamente de quatro em quatro anos. É rara a floração bianual. Os indígenas Maués afirmam que a colheita coincide com o falecimento de um "Tuixaua", chefe de tribo. Os Maués (aldeados ao longo do rio do mesmo nome, reveladores do guaraná) derrubaram a árvore para obter os frutos, fazendo-a praticamente desaparecer. Meu informante único foi o Cônego Francisco Bernardino de Souza, *Lembranças e curiosidades do vale do Amazonas*, Pará, 1873.

A Mangabeira (*Hancornia speciosa*, Gomes.) existia abundantemente nos morros e tabuleiros ao redor de Natal, e sua colheita, "apanha", era valioso auxílio financeiro para as famílias pobres. Devastando-as sem replantio, seu aparecimento nos mercados e feiras diminuiu muito. Como era fruta "dada por Deus", benziam-se com as primeiras mangabas colhidas.

No local onde morreu alguém erguem uma cruz de madeira. O cadáver será sepultado num cemitério distante mas a cruz continua indicando onde um cristão cessou de viver; síncope, assassinado, vítima de desastre, queda de cavalo, virada de automóvel, disparo casual de arma de fogo. Quem passa, reza ou benze-se, depositando, infalivelmente, uma pedrinha ou um galho verde ao pé do madeiro. O uso é universal e milenar (Luís da Câmara Cascudo, *Anúbis e outros ensaios*, V, Rio de Janeiro, 1951).* Quase sempre os ramos são oferendas femininas.

As árvores de raízes externas, flutuantes, salientes, sapopemas, provocam desconfiança aos sertanejos e matutos, como locais de luzes misteriosas e vagas. O número de afirmativas e a extensão geográfica da crendice atestam antiguidade e tradição crédula. Seriam concentrações de larvas e fêmeas apteras luminosas, notadamente sobre montículos de cupins, hospedeiros naturais de Phengodes, Lampyridae, Elateridae, observados pelos Drs. Artur Neiva e Belisário Pena na *Viagem Científica*, 1912, Bahia e Goiás. Poderia verificar-se a presença de certos cogumelos fosforescentes, como os agáricos.

---

* Em *Superstição no Brasil*, Global Editora, 3ª ed., 2002. (N. E.)

No Brasil já não pedem perdão às grandes árvores ao derrubá-las, como ainda ocorre na Ásia e África. Os machadeiros "carregados" de maus-costumes, embriaguez, abandono da família, praguejados, quase sempre são vítimas de acidentes no corte das árvores.

– No será cierto,
Pero sucede.

A Mucunã (*Mucuna glaba*, Rodolfo Teófilo), Mucunã-mansa, Mucunã-de-batata, fornece nas raízes volumosas uma fécula que dá farinha grosseira, "comida-braba" nas Secas desesperadas e famintas no Sertão nordestino. Devem ser lavadas as raspas em nove águas. Em oito ainda é nociva e em dez não alimenta. Foi muito empregada nas longas estiagens de 1877 e 1915, causando mortes aos consumidores pela presença do ácido gálico. As nove águas não eliminam o tóxico.

Flor-de-Jericó, Jericó, Palma da Ressurreição (*Selaginella convoluta*, Spring.), é uma criptógama vulgar no Egito, Síria, Arábia, com poderosas faculdades higroscópicas. Garcia Redondo descreveu-a poeticamente em 1896 e o botânico Alberto Lofgren encontrou-a, abundantemente, no alto Sertão de Pernambuco, associada aos cactos, em 1911. Conheço-a desde menino na intimidade familiar da minha gente. Ao vir a Seca, matando toda a vegetação, a Jericó dobra suas pétalas e ramúsculos, enovelando-se numa bola ouro-cendrado, aparentemente morta. Guardam-na meses e anos no fundo de uma gaveta ou caixa, como um fragmento inútil. Ao contato d'água, embebe-a, distendendo-se, numa recuperação miraculosa. Com pouco mais de uma hora, é o que era, antes da pseudofossilização. Íntegra e fascinante na originalidade inconfundível. Creio ter-nos vindo da Ásia Menor onde a *Anastalia jerochutina* nasceu, a superstição ainda comum no Brasil feminino. Sentindo as dores para a expulsão fetal, a futura mamãe mergulha a ressequida Jericó num prato com água e o parto durará o tempo em que a flor retome sua antiga forma, voltando a desabrochar pela ação da umidade. Uma "Boa-hora" feliz!...

Os indígenas Camacães da Bahia faziam cobrir seu túmulo de folhas de Palmeira, registou von Martius em 1819. Em dezembro de 1868, falecendo em Munich, o sábio alemão pediu que lhe envolvessem o cadáver em folhas das palmeiras do Brasil. Assim sepultaram-no, há 102 anos...

Os Maués afastam a Mãe-da-Doença pintando-se com Urucu (*Bixa orellana*, L.) e Jenipapo (*Genipa americana*, L.): Nunes Pereira, *Os Índios Maués*, Rio de Janeiro, 1954.

Pinu-pinu é uma urtiga muito comum no vale do Amazonas. Revulsivo poderoso, açoita com suas folhas os reumáticos, deixando empolada a parte doente. Mesmo os imobilizados no fundo das redes levantam-se e podem atender às próprias ocupações, como libertados dos sofrimentos, depois da sova terapêutica, registou o Conde de Stradelli. Processo idêntico praticam os Haidas, na Colômbia Britânica, no Pacífico. Indispensáveis duas condições básicas: prévia concordância jubilosa do paciente e rezas silenciosas do Pajé. Se não, não.

As Pimentas (Capsicum) são mais sensíveis e dóceis às forças fluidas dos feitiços que às influências ecológicas. Resistem bem às desigualdades climatéricas nos trópicos mas secam os frutos e murcham as folhas sob o impacto dos *Olhos de Seca Pimenteira*, matando-as pelo olhar, como o Basilisco e o Catoblepas fantásticos. Há quem possua essa virtude maléfica sobre os vegetais, inoculando a morte inevitável pelo simples olhar. Apenas as plantas privilegiadas estão imunes ao sortilégio porque possuem potencial superior ao do Olho-Mau; arruda, alecrim, manjericão, alfazema, jurema etc. escapam ao fascínio mortal. As demais sucumbem. Mandam um "Mestre de Catimbó" benzer ou, no processo defensivo antigo, amarram uma das touceiras com faixa de fazenda vermelha. Ou colocam, no meio das pimenteiras, um búzio marítimo. Representa água-do-Mar, que é antimágica.

O Quitoco (*Pluchea laxiflora*, Hook e Arn.), Madrecravo, tem efeito sedativo para as histéricas e melancólicas no rumo esquizofrênico. A fama do chá de Quitoco ingerido goza da mesma vulgarização sarcástica referente ao de Mulungu. "Mulher que bebe Quitoco, tem cotoco!" O prolongamento do cóccyx, simulando apêndice caudado, era estigma de animalidade temperamental. O Quitoco será servido unicamente às inquietas, agitadas, nervosas. E, previamente, *serenado*, exposto ao relento durante uma noite. Excluindo dessa relação os vegetais pertencentes à Medicina Popular, fixando as "supersticiosas", o chá de Quitoco estaria excluído do desfile se não exigisse para sua eficácia fazer-se uma cruz com o líquido na testa contrita da enferma.

Galho verde, recém-tirado da árvore, em cima de sepultura, vale uma oração. São excluídos os ramos espinhosos. Esses significam maldição ou zombaria sacrílega ao morto. Há poucos anos, numa cidade próxima a Natal, colocaram um ramo de xiquexique num túmulo. A família do defunto procurou tenazmente identificar o responsável e infligir-lhe uma punição cruel.

Tiririca (Sclerias, Ciperáceas) mata a vitalidade do terreno invadido e é potência negativa para quem resida nas vizinhanças. "Teimoso como

Tiririca!" porque dificilmente conseguem erradicá-la dos trechos apossados. Frequentativo de Tiririca, vale: "Afasta! Afasta! Saia! Saia!". Reparo do Sertão--Velho é que toda a venda com Tiririca nas proximidades é local de barulhada e falatório. Na cantiga da Capoeira ouve-se: "Tiririca é faca de cortar!". Constitui entidade positivamente indisciplinada, perturbadora, agressiva. Essas "forças" são irradiantes para os espíritos fracos e predispostos.

A Carnaúba (*Copernicia cerifera*, Arruda Câmara) é uma palmeira ornamental e individualmente antimágica. Ao contrário das companheiras da família Palmácea, sozinha é inofensiva e bem-comportada. Em grupo avultado, alinhando-se nas alas infindas dos Carnaubais, muda de intenção e conduta, tornando-se legião assombrosa de espectros. Não há Carnaubal sem provocar "sobrôço", suspeita receosa ao ser atravessado em horas altas da noite, principalmente havendo o clássico Luar do Sertão. Mobilizam-se, num concílio estarrecedor, todos os fantasmas disponíveis das várzeas, tabuleiros e serras. Sombras vivas, vultos brancos, lumes fugitivos, assobios estridentes, gemidos profundos, vozes confusas onde o Pavor identifica os timbres dos defuntos conhecidos. Surgem inopinadas cerrações, névoas rasteiras ou ascendentes, branquentas, misteriosas, desaparecendo nas heroicas tentativas de verificação. Alucinação do Carnaubal!

Os Cravos-brancos que ornavam o andor de N. Sra. da Apresentação, Padroeira de Natal, depois da procissão em 21 de novembro, eram discretamente furtados pelas "meninas". Mordiam-no, e ofereciam a flor ao namorado, vagaroso na pretensão nupcial. No próximo ano assistiriam a Festa da Padroeira ao lado do esposo. Quem possua flor retirada a Nosso Senhor Morto, na vigília da Sexta-feira da Paixão, não morrerá de repente, sem receber os Sacramentos.

A Palma recebida no Domingo de Ramos livra a casa de raios.

A suprema glória das velhas donzelas era sepultar-se palma-e-capela. Havia pecador aludindo a palma da mão e a capela dos olhos, que é a pálpebra.

A Pitombeira (*Talisia esculenta*, Radlk.) colhia-se facilmente nos arredores de Natal, silvestre, vulgar, abundante, "fruta de moleque" que meu filho Fernando-Luís encontrou vendida em Nova Delhi, na Índia. Os primeiros cachos eram depositados nos cestos com a mão esquerda.

O Trevo-de-quatro-folhas (*Oxalis amara*) não alcançou vulgarização entre o Povo. Vale *mascotte* para a gente letrada, de formação mental, europeia. Na França, o *trèfle* mereceu tanto valimento que figura no baralho, naipe de Paus. O *Trèfle à quatre feuilles* significa *chose rare*. Recordo o jornalista pernambucano Mário Melo (1884-1959), incrédulo para o sobrenatural, inseparável de um trevo que lhe ofereceram nos Estados Unidos.

Conheci jornalistas e poetas que traziam, ocultos e embrulhados em celofane, dentes de Alho, preservativos dos "maus-ares". Os dois, de maiores relações pessoais no Recife, eram agitados, vibrantes, desassombrados, com diário exercício na imprensa local.

O Melão-de-São-Caetano (*Mormordica charantia*, L.) é trepadeira decorativa e bonita pelo seu verde úmido cobrindo cercas, ajudando lavadeiras, alimentando pássaros, afugentando pulgas. Mas não deve figurar entre as plantas de um quintal doméstico, pelo menos na parte interna. Secando, "atrasa" a família que o hospeda.

A Taboca (*Guadua tagoara*, Kunth.), em tabocal, durante certos anoiteceres, espirra como qualquer de nós.

Alfazema (*Lavandula officinalis*, L.), de *lavare*, banhar-se, era perfume em Roma Imperial, continua tradicional no banho infantil e desusado nos adultos. O aroma, tênue e permanente, afasta as "cousas-más", perturbadoras do sono da criança. Defumar a casa com Alfazema, espalhando o "cheiro de menino-novo", é uma garantia de tranquilidade.

Quem anda com uma rolha de cortiça no bolso não sofre câimbras.

Aninga (*Montrichardia linifera* ou *arborescens*, Schott.) vive agrupada onde estiverem águas represadas e permanentes, pântanos, enseadas, foz de rios, alagadiços. O vento agita as folhas grandes e lentas, pelo atrito, sugerindo conversa em voz baixa. Daí a fama do Aningal ser conversador, ciciando quando aparece cristão.

As Açucenas (*Lilium candidum*, L., ou *Hippeastrum*, Amarilidáceas brasileiras, híbridas e de coloração variada, preferencialmente brancas), denominadas vulgarmente Lírios, são flores ornamentais e de serena beleza incontestável. Delicadas, quando "entristecem" ficando ligeiramente murchas, parecendo amassadas, alguém feminino da casa prevaricou contra o sexto mandamento da Lei de Deus.

O Acapu (*Vouacapoua americana*, Aubl.) é uma madeira amazônica excelente para soalhos, onde fica negra, vistosa, solene. Deve ser empregada nos edifícios públicos, palácios e Repartições, e jamais nas residências particulares, por mais luxuosas que pretendam ser. Não há gente feliz vivendo em cima do Acapu. Desavenças, desajustamentos, discussões intermináveis, com motivação pueril. Em Natal houve dois casos. O primeiro casal vendeu o palacete e as briguinhas cessaram. O segundo foi a desquite. O meu informante, madurão esperto e viajado, não tinha dúvidas na origem dos desacordos: "Foi o Acapu!" É o angelim nordestino.

Não há homem-do-Povo admitindo o Coral ser um celenterado, um animal e não uma planta. Já viu galhos coralinos e ninguém o convence do contrário. Trata-se de uma planta marítima, como as algas. É amuleto benéfico, guerreando as contrariedades morais e maus negócios. A figa de Coral ou o retorcido corninho vermelho, pendente da corrente do relógio, eram comuníssimos entre os pequenos comerciantes. Alguns penduravam um Coral na prateleira da venda ou lojinha e mesmo dentro do cofre. Em forma de broche dizia-se "Alegria de Coral". Assim li num inventário de 1867 na Vila Imperial de Papari, hoje Nisia Floresta, no Rio Grande do Norte.

Malmequer (*Chrysanthemum carinatum*, Schousb.) mereceu alguma presença entre as namoradas ou meninas alvoroçadas, de famílias da sociedade média, para cima. Burguesa, como então se dizia, comodamente. Arrancavam as pétalas, uma a uma, e a derradeira confirmava a decisão do bem ou mau-querer. Gente do Povo ignorou o Malmequer, e não sei de superstição relativa a essa flor.

Henry Walter Bates (1847) assinalava o pavor dos indígenas do Pará temendo um encontro com o Curupira. Para livrar-se dele, "tomavam uma folha nova de palmeira, trançando-a, formando uma roda que pendurava em um ramo de nosso caminho". O Curupira distraía-se desfazendo o trançado. Barbosa Rodrigues informava que esses círculos vegetais eram atirados ao solo, para maior atração do duende-das-matas.

Dispensei do meu elenco a Coca, Ipadu amazônica (*Erythroxylon coca*, Lamk.) e a Liamba, Diamba, Maconha (*Cannabis sativa*, L), vício que determinou ritual cerimonioso para o seu uso. Quando o Ipadu é de consumo individual, o Cânhamo é ato coletivo e secreto, com linguagem, gestos e cantos complementares às tragações da venenosa fumaça. Por esse critério, afastei o Caapi, *Banisteria caapi*, Spruce, doador de alucinações visuais, e a Maricaua, *Datura insignis*, Barb. Rodr., alcançando as projeções mediúnicas.

> Bananeira. Para que a bananeira frutifique em poucos meses, deve-se plantá-la dançando. Quem desejar que os pés fiquem pequenos e os cachos grandes, deve plantá-la sentado. Plantada pelas costas, a frutificação será ligeira e os cachos grandes. (Na ocasião de se colocar a semente, o filho, na coveta, deve-se fazê-lo dando as costas à mesma.) Quem plantar bananeira em terreno alheio não come dela, porque, antes de frutificar, quem plantou se mudará (Getúlio César, *Crendices do Nordeste*, Rio de Janeiro, 1941).

A Mangueira (*Mangifera indica*, L.) tem seus segredos e recatos. Garcia da Orta dedicou-lhe o XXXIV dos seus *Colóquios dos simples e drogas da Índia* (Goa, 1563), entusiástico e breve. Não era do seu feitio aludir aos enredos supersticiosos. A divulgação foi tardia no Brasil. Santa Rita Durão não a menciona no *Caramuru* (1781), no canto VII onde relaciona as frutas. Nem a Jaca. O frade estava ausente desde 1756. Pouco crível que o corsário Paulus van Caardem as tivesse encontrado na cidade do Salvador em 1604. William Dampier regista-as em 1699, no mesmo local, "importadas das Índias", mais plausivelmente. Raymond Mauny informa que antes de 1773 as Mangas eram saboreadas no Brasil, de onde foram sementes para Barbados, nas Antilhas Britânicas. A data de Mauny parece-me exata. Em 1799 eram vulgares em Belém do Pará. Frutas acusadas de provocar irrupções cutâneas, o que indignava Garcia da Orta. Os portugueses levaram-nas de Goa e Bombaim para a África do Índico e do Atlântico mas não se tornaram populares entre os pretos. O plantio, em Moçambique, Angola, Guiné, é sempre predileção de europeus e não de africanos. Não penetrou pela agricultura indígena local. David Livingstone notou, na Zambézia, que os negros julgavam a Mangueira árvore-de-agouro anunciando a morte do plantador. Em Angola, nas margens do Cuanza, havia desconfiança e receio semelhantes. Ainda presentemente, observação pessoal de 1963, a Mangueira é presença de "branco" nas Províncias Ultramarinas, onde fomentam seu intenso cultivo. A Manga está infinitamente inferior, na simpatia africana, ao prodigioso domínio do Caju. Dessa região, provavelmente Angola, veio a superstição temerosa para o Brasil, onde a Mangueira permanece litorânea e urbana, na mais alta percentagem. Sob sua sombra espessa, ampla, hostil, nenhuma planta vive, e sugere recanto propício para fantasmas, assombros, fogachos inexplicáveis. A possante Anacardiácea, com sua folhagem densa, compacta, de um verde intenso, com todas as modalidades da cor, irradia um constante e sensível temor ao visitante solitário. É abrigadora mas jamais familiar, como o cajueiro, o juazeiro, a oiticica. É uma hóspede que bem paga a hospitalidade, útil, dadivosa, saborosa nos frutos, mas imponente, majestosa senhorial. Sobretudo, misteriosa.

O Cominho (*Cuminum cyminum*, L.) não é apenas condimento famoso, trazido pelos portugueses na primeira metade do século XVI, como indispensabilidade culinária. Luís de Camões (*El-Rey Seleuco*, representado entre 1542-1549) fez rasgado elogio: "não se podem comer se não com cominhos". Os portugueses, enquanto não o aclimataram, mandavam-no vir de Portugal para África. É planta mágica, inutilizando qualquer feitiço incluído na iguaria. Jaime Lopes Dias (*Etnografia da beira*, VII, Lisboa, 1948) informa que essa umbelífera é soberana contra o mau-olhado. "O poder dos cominhos é tanto que chegam a curar mau-olhado de mais de 30 dias", conclui o eminente etnógrafo português.

A Carrapateira (*Ricinus communis*, L.) nos veio de Angola, onde a dizem "Bafureira", e na África Oriental "Ambona", que deu a "Mamona" sinonimial, tudo significando óleo. A pátria originária é a Índia e, no Egito, Heródoto conheceu-a por *Xixi*, título pueril para tais utilidades. Para os africanos o uso era unicamente externo e pessoal. No Brasil, a Carrapateira destronou o Amendoim como produtor de óleo, popularizando-se em lugar dele. Na fabricação, todos os preceitos supersticiosos que pertenciam ao Amendoim, registados por Gabriel Soares de Souza na Bahia de 1587 e por Hermann von Wissmann em 1884, no Kassai, Congo, transferiram-se para a Carrapateira, na fase da produção do azeite de Carrapato ou de mamona. Getúlio César (*Crendices do Nordeste*, Rio de Janeiro, 1941) registou:

> Cuspindo-se junto da vasilha a ferver, o azeite não ficará bom. As mulheres na época catamenial não devem sequer aproximar-se da vasilha que contém a semente para ferver, porque o azeite degenera e "não rende". Quando se está na operação da fervura da semente pilada, se um homem gritar na porta da frente "Ó de casa", o azeite não prestará e será de rendimento ínfimo.

Angico (*Piptadenia macrocarpa*, Benth.) é prestigioso pelas cascas taninosas, procuradas nos curtumes e farmacopeia doméstica, peitorais, homostáticas, adstringentes. Remédio tradicional no Agreste e Sertão. A propaganda do Angico substituir o Sobreiro parece-me demagógica. Dizem-no hospedar visagens e fogos-fátuos.

C. F. P. von Martius (*Viagem pelo Brasil*, III) cita em Breves, Marajó, 1819, a *Cósmea*, "cujas flores vermelho-rosadas as índias costumam usar no cabelo e com elas enfeitar a sepultura dos seus amados". Não identifiquei a Cósmea.

A Jurema (*Mimosa verrucosa*, Benth, branca, e a *Mimosa nigra*, Hub.) é indispensável preciosidade nos Catimbós e Candomblés de *Cabocos* (nenhum brasileiro pronuncia "caboclos"), aconselhada como a Arruda, de influência europeia. Há no Catimbó o *Reino da Jurema* ou *Juremal*, com seus Mestres e habitantes-do-Além, terapeuticamente consultáveis por intermédio da "mesa", sessão. Os indígenas obtinham das raízes um decocto inebriante, de uso não totalmente desaparecido nos derradeiros grupos nordestinos, mas essa bebida não existe para os catimbozeiros. Um fragmento seco, "preparado pelo Mestre", é amuleto como as velhas Figas de Arruda. Sua jurisdição limita-se ao Nordeste. Está ausente nos ervanários do Sul e nas Pajelanças do extremo-Norte.

O Manjericão (*Ocimum basilicum*, L.), antiquíssima predileção portuguesa, inevitável nos quintalejos, ornando as bandejas de presentes nos Santos de Junho e Natal, não mereceu no Brasil penetração mágica mas é decisiva no amavio e sedução pelo aroma. As mulatas ostentavam-no no alto da cabeça, preso nas marrafas de tartaruga. Perfumado, ficava no peito da "Mulher-da-Vida". Provocava atenção e subsequente simpatia.

O Alho (*Allium sativum*, L.) é o poderoso soberano dos elementos vegetais na magia terapêutica, branca e negra. Trazido pelos portugueses para o Brasil, ampliou o irresistível domínio nas terras, águas e ares do Continente americano. Afasta todos os fantasmas, animais e seres da Credulidade e do Medo. Quem o conduz, está "defendido". Aspirado pelas narinas brasileiras depois de 1930, espavorece o Boto, Curupira, Saci-Pererê, Boitatá, Cobra-Grande, Anhanga, Capelobo, Mapinguari, Lobisomem, Mula sem cabeça, com a descarga penetrante e acre do seu odor intenso e bravio. "O Alho é um tiro!" diz o Povo, numa imagem suficiente. Na Europa é o antídoto das bruxas e feiticeiras. Nem o Diabo o suporta.

A Cucura, do Rio Negro, Purumã, do Solimões, a Fruta-de-Uacu, do rio Uaupé (*Pourouma cecropiaefolia*, Aublet.), Mapati, no Amazonas, gozou da fama de engravidar mulheres sem contato varonil. O deus Jurupari, reformador de costumes e falsamente confundido com Satanás, é filho da indígena Ceuci, que o concebeu por ter molhado as partes pudendas no sumo da "Pihycan", a porumã, cuja degustação era vedada às *cunhãs*, antes da puberdade (Luís da Câmara Cascudo, *Geografia dos mitos brasileiros*, Rio de Janeiro, 1947).*

Umburana (*Bursera leptophloeos*, Engl.), é "Pau-de-Abelhas", diz a cantiga popular, destacando uma rainha das caatingas sertanejas. Drupa comestível. Resina útil. Mas é sob sua sombra que o Lobisomem se desencanta, na madrugada da sexta-feira fatídica. Para tomar a forma confusa de porco e bezerro orelhudo, de faces escancaradas, esfrega-se no espojadouro dos animais, e corre o fado em sete-freguesias. Voltando à feição humana, deverá espolinhar-se ao redor do tronco da Umburana, onde deixara a roupa escondida.

Para livrar-se de pesadelos repetidos e esgotantes, aconselham meter uma folha bem verde e nova entre a fronha e o travesseiro. Substituí-la

---

* Pela Global Editora, 3ª ed., 2002. (N.E.)

cada noite. A folha anterior está imprestável pelo *carrego*. Qualquer folha serve.

Em casa mal-assombrada espalham-se em todos os aposentos e em maior quantidade na soleira das portas, folhas de Arruda e Alecrim, verdes. Os devotos do Catimbó e dos Candomblés de Cabocos indicam as folhas da Jurema, "preparadas" pelos Mestres. As folhas secas já não têm *as forças*.

Quando a coruja canta seguidamente, "chamando-a-Morte", atira-se à rua uma moeda (outrora um vintém), embrulhada numa folha verde, dizendo-se, alto: "P'rá tu'alma, Condenada!". Finda o agouro.

Em viagem a pé, quem enxuga o suor com mato verde, cansa menos.

Visitando cemitério leve uma folha verde no bolso. As da necrópole estão "muito carregadas". Ao sair, passe a folha na testa, amasse e atire longe. Os defuntos não o incomodarão. Receberam oferenda e com participação pessoal, o suor!

A Resedá (*Lawsonia inermis*, L.) multiplica-se, fecunda e perfumosa, pelos quintais de gente calma e de vida normal. Família de brigas, bebida, mau-vizinho reduz a Resedá às melancólicas unidades.

Pé de Abacate (*Persea americana*, Mill.) "toma corpo" se urinarem no tronco. É crença amazonense que o Mamoeiro e o Manjericão afugentam as carapanãs, e o Taxizeiro (*Triplaris surinamensis*) atrai essas anofelinas crepusculares. Enquanto existir flor de Taxizeiro, cidade das formigas, a "praga" está próxima, zumbindo e picando.

Folha verde encontrada na roupa do uso é anúncio de acontecimento agradável. Seca, adversidades.

Para o cabelo crescer escondiam alguns fios na forquilha das folhas da Bananeira. Em véspera de S. João metiam uma faca "virgem" no tronco. Pela manhã a lâmina trazia a letra inicial do futuro esposo.

Castanha seca de Caju (*Anacardium occidentale*, L.), trazida no bolso, é amuleto. Se for vista, "perde as forças".

Se o Mata-Pasto (*Cassia sericea*, Swartz.) encher todo o terreiro diante da casa-grande, o fazendeiro não verá o outro ano. Mata-Pasto, quando seca, chama cobras.

O Jasmim-de-São-José (*Jasminum azoricum*, L.) deixando de cobrir-se de flores, a criança da casa morrerá.

Crista-de-Galo (Amarantáceas), secando em toda a extensão das áleas, "chama a morte". Arrancar antes que cumpram o agouro.

Os Caladios (Aráceas) devem existir nas residências, notoriamente os de folhas grandes, "Orelha de Elefante". Desviam os males e afastam os desastres.

O Tamarindo (*Tamarindus indica*, L.) atraía os espectros errantes, não permitindo que eles penetrassem na casa próxima. É um Cão de Guarda.

Todos os gêneros de Cactáceas são custódias benéficas, defensoras, vigilantes. Uma pequena coleção é uma guarda-nobre em serviço da tranquilidade doméstica. Menos no exterior que no interior residencial.

Um espinho de Mandacaru (*Cereus jamacaru*, P.D.C.), posto discretamente, espetado no interior da gola do paletó, vale por um Sino-Salomão. O portador será quase invulnerável à Má-Sorte.

Um galho de Artemísia (*Artemisia vulgaris*, L.), suspenso por detrás da porta de entrada, corresponde a uma ferradura, em magia defensiva. No comum preferem as grandes Figas, e outrora, raminhos secos de Arruda.

O Mastruço (*Chenopodium ambrosioides*, L.), grande adversário do Amarelão (Ancilostomíase), deve ser plantado, mudado ou replantado, com os olhos fechados.

A Jitirana (gênero *Ipomoea*) é uma trepadeira que, florindo ao redor de casa, denuncia os moradores como briguentos e malcriados.

> – Nega danada só é Mariana,
> Amarra a saia com jitirana,
> A corda se quebra e a nega se
> dana!

As Figas estão em declínio supersticioso porque foram industrializadas. Não mais utilizam o verdadeiro material em que devem ser esculpidas. Os principais eram o Azevinho (*Ilex aquifolium*, L.) e a Arruda. As Figas perderam seus valores porque o "pau-da-obra" não é legítimo.

Avencas (Polipodiáceas, notadamente do gênero "Adiantum") de folhas delicadas, renda vegetal, ornamentando ambientes de gosto refinado. Minha Mãe possui grande coleção, de que se desfez, convencida de que a extinção gradual das Avencas incluiria a sua e a vida de meu Pai.

Azeitona, melhor, Jambolão (*Eugenia jambolana*, Lam.), delícia sápida dos meus dias meninos. A grande e frondosa mirtácea foi cortada em nosso quintal na rua Sachet, (hoje Av. Duque de Caxias), porque era centro de mobilização das corujas, pregoeiras das desgraças alheias. A coruja não é frutívora mas o Jambolão tornara-se pouso preferencial, lavrando a própria condenação irrevogável.

Plantando Cravo-de-Defunto (*Tagetes erecta*, L.) no mesmo nível do Cravo-Branco (*Dianthus caryophyllus*, L.), este não resistirá à companhia, sucumbindo em breves meses. O Defunto "tira a sustança".

As figas de Pau-d'Alho (*Gallesia gorazema*, Moq.) têm efeito temporário. Coexistência com o perfume da madeira.

Demorando o Fruta-Pão (*Artocarpus incisa*, L.) a frutificar, ameaça-se cortá-lo, mostrando-se o machado. Amedrontado, apressa a safra. A Jaqueira merece, às vezes, a mesma intimidação.

Ganha-Saia (*Hybanthus atropurpureus*, Taub.), que viceja do Rio de Janeiro até Goiás, tem esse nome porque é purgativo tão imediato e enérgico que as mulheres não tem tempo de erguer as fraldas. Ganham, naturalmente, outra saia.

Construindo-se casa, terminada a "obra de pedreiro", assentamento de tijolos, colocam muitos galhos verdes sobre as paredes, antes de cobri-las com o telhado. O proprietário oferece aos operários bebidas e uma breve refeição. Cerimônia romana que recebemos de Portugal, ainda é muito viva no Brasil.

Para não inflamar a pele tocada pela Urtiga (Urticáceas, certas Euforbiáceas e Loasáceas, com pelos urentes), mija-se em cima do arbusto. A urina também desfaz feitiços e "despachos".

Não existe interferência vegetal mais categórica no plano da magia defensiva como os "Banhos de cheiro, Banho Cheiroso", tão vulgares em Belém do Pará e conhecidos por todo o Nordeste, desde a Bahia, sertão e litoral. Não se trata de recurso contra enfermidades mas um processo inteiramente destinado a propiciar a Boa-Sorte e "quebrar as forças contrárias". O Padre Anchieta em 1585 aludia aos "lavatórios de algumas ervas" usados pelas velhas indígenas para rejuvenescer. É o Ariaxé na canção das *Iauô* no culto jejê-nagô na Bahia. Estudei o Banho de Cheiro no *Dicionário do folclore brasileiro*,[*] e mais extensa e minuciosamente no *Folclore do Brasil* ("Banho de cheiro, Defumações, Defesas Mágicas", Rio de Janeiro, 1967).[**] Consta de grande porção de folhas, cascas e raízes, fervida em água suficiente para um banho, de pé, sem sabonete, puramente feiticeiro e não higiênico. Deixa-se enxugar no corpo, após fricção. Tomei várias vezes o "Banho de cheiro" em Natal, com cinco, sete, nove ervas. Permanece a crendice, contemporânea da Astronáutica.

Quando o Cajueiro floresce, as Pulgas-de-Bicho, Bicho-de-pé, Bicho--de-Porco (*Tunga penetrans*) multiplicam-se espantosamente. É a época em que os meninos praieiros vivem cambados. Fui menino-de-praia...

Comboieiro não dorme sozinho debaixo das Oiticicas (*Licania rigida*, Benth.). Inevitavelmente uma "visagem" desperta-o, sacudindo o punho da rede.

Alma do outro Mundo e Lobisomem não atravessam água nem cerca viva de Avelós (*Euphorbia gymnoclada*, Boiss.).

---

[*] Pela Global Editora, 12ª ed., 2012. (N. E.)
[**] Pela Global Editora, 3ª ed., 2012. (N. E.)

Pisar em Bredo (Amarantáceas) onde mijaram, provoca frieira ou sete-couros. Dermite ulcerada e tumor seroso na região palmar do pé, que dizem ter sete películas.

Aparecendo Fogo-Corredor rodando Faveleira (*Jatropha phylancantha*, Mart.) ou Gameleira (Moráceas), é dinheiro enterrado, na certa uma "botija" com ouro.

A Cajazeira (*Spondia lutea*, L.) desloca-se em certas noites, indo ocupar outro local. "Estava bem perto das cajazeiras mal-assombradas. Diziam que elas mudavam de lugar à meia-noite" (José Lins do Rego, *Banguê*, Rio de Janeiro, 1934).

Em Logradouro, Augusto Severo, RN, havia um Jatobazeiro (*Hymenaea courbaril*, L.) com essa faculdade ambulatória durante a Quaresma, noite de sexta-feira da Paixão para sábado da Aleluia. Ninguém tinha coragem de assistir o miraculoso passeio. Na Amazônia atrai o raio. Chamam-no Jutaí, Jataí, Jutaizeiro.

As sementes da Jorro-Jorro, *Thevetia neriifolia*, Juss.; contas-de-Nossa-Senhora, *Croix lacrima*, L.; Coronhas, *Mucuna altissima*, bocurubu, *Schizolobium excelsum*, Vog.; Jabotá, *Favillea trilobata*, L.; olho-de-pombo, ou jiquiriti, *Rhynchosia phasealides*; olho-de-cabra, *Osmosia desycarpa*; sucupira, *Pterodon pubescens*; Leiteiro, *Tabernoemontana affinis*, Mull e Arg.; leiteira, *Sapium aucuparium*, Jacq, utilizam em colares nas crianças. São plantas que isolam e dispersam os fluidos maléficos do Mau-Olhado, Quebranto, Olho-Grande. As duas últimas aumentam o leite materno e são usadas pelas mamães.

* * *

A Junça (*Cyperus esculentus*, L.) deve ter viajado de Angola (*Cyperus rotundum*, L.), onde é o "Ndanda" em Cuanza-Norte, sempre à beira d'água (John Gossweiler). O "Ndanda" kimbumdo deu "Dandá" no Nordeste brasileiro, onde as raízes perfumam roupa, permitem extensa aplicação terapêutica e, mastigadas, propiciam Boa-Fortuna. Getúlio César (*opus cit.*) informa que o Dandá penetrou os Candomblés de Cabocos e Catimbós de Pernambuco, personalizando um "Mestre Junça", *encostando* nas sessões para ditar receituários. É um "Mestre Curador" respeitado, embora não o haja encontrado quando investiguei o Catimbó em Natal (*Meleagro*, "Depoimento e pesquisa sobre a magia branca no Brasil", Rio de Janeiro, 1951).* Todos os "Mestres do Além" no Catimbó entoam uma cantiga, a *Linha*, privativa e identificadora da presença sobrenatural. A humilde ciperácea de Angola, promovida a potência invisível e comunicante, estado

---

* 2ª ed., Rio de Janeiro, Agir, 1978. (N. E.)

desconhecido pela África Ocidental, canta o seu hino publicitário, que Getúlio César recolheu:

> — Mestre Junça,
> Cauã!
> É um Mestre curador,
> Tanto cura com a rama
> Como a raiz e a flor.

É o único vegetal atingindo nível antropomórfico e com projeção cultual.

* * *

Na Mitologia Brasileira não existe uma égide defensora dos vegetais. Com algum exame, verifica-se que os deuses das matas brasilianas são todos protetores de aves, peixes, mamíferos: Curupira, Anhanga, Caapora, que é a feminina Caipora no Nordeste, Saci-Pererê, no Brasil austral, e qualquer outro bicho *visagento,* vale dizer, fantástico. Existe, é verdade, muita imaginação literária no plano deformante. A tradição oral não guarda episódios de castigos aos madeireiros e sim aos caçadores. Boitatá, Fogo-Corredor, o vago e desaparecido "Méuan" de Couto de Magalhães, nenhum vestígio deixaram na Dendrofilia nacional. A "Camanha" amazônica não é madrinha das matas mas realmente a erva invasora das roças abandonadas. O "Caá-iára", senhor-do-mato, é apenas o mateiro, sabedor dos caminhos. A "Mãe do Mato" no Tocantins custodia bichos da selva. Não plantas. A própria "Caá--Yari", *abuela de la yerba*, a Erva-Mate, no Paraguai e regiões missioneiras na Argentina, não se instalou no Brasil do chimarrão sulista.

* * *

A "Dormideira" da Mãe do Mato: O engenheiro paraense Ignácio Baptista de Moura (*De Belém a S. João de Araguaya*, Rio de Janeiro, 1910), narrando sua viagem em 1896 pelo vale do rio Tocantins, escreveu:

> Notei que nos acampamentos feitos dentro das matas, os trabalhadores, ao se encaminharem para o serviço, desatam as redes ou desarmam as camas, com medo de que a velha *Mãe do Mato*, protetora dos animais fabulosos, venha colocar em cada leito algum graveto de madeira, como sinal que possa fazer o efeito de morfina, prostrando em sono profundo o incauto que ali se deitar, predispondo-o a ser devorado por esses animais.

A *Mãe do Mato* transferia para um pequenino garrancho, raiz, galho seco ou simples folha de arbusto, o irresistível poder narcotizante. Pela manhã, o local onde adormecera o trabalhador, estará vazio...

Il Flore é Mobile!: A malvácea *Habiscus mutabilis*, de Linneu, é cultivada desde Amazônia ao sul do Brasil. Sua denominação é uma legítima *guerre en dentelles* entre Eles e Elas: "Amor dos Homens! Firmeza dos Homens! Amor das Mulheres! Firmeza das Mulheres!". Rosa-Louca, na Guanabara. *Caractère des Dames*, nas vozes francesas. As mesmas flores, solitárias e lindas, mudam três vezes de cor durante o dia: brancas, pela manhã; ao meio--dia, róseas; purpúreas, ao entardecer. *Mutabilis*, anunciava o classificador. A instabilidade crômica sugeriu o debate. É a única flor nesse Mundo cujo nome depende do sexo de quem a exiba!

– Expressivo e longo documentário da presença vegetal no habitualismo popular amazônico, notadatamente no Pará e ainda no Nordeste, reuni no "Banhos de Cheiro. Defumações. Defesas mágicas", no *Folclore do Brasil*, p. 194-241, Rio de Janeiro, 1967, evidenciando a projeção da Botânica supersticiosa na vida coletiva setentrional do Brasil. A identificação das plantas utilizadas nesses processos de reação às "Forças Contrárias", fixaria as espécies preferenciais promovidas ao nível de armas-de-Cultura, combatendo pela Felicidade contra os demônios da Inveja, ou da Insatisfação desajustadora.

* * *

A Folha-do-Pica-pau é um dos mais irresistíveis talismãs da tradição popular. João Ribeiro (*O folclore*, 1919) contou a história que Gustavo Barroso comentou (*O sertão e o mundo*, 1924). A imagem era então vulgar. "Ter a Folha-do-Pica-pau" era possuir todos os poderes. O Pica-pau mora com os filhos na cavidade de uma árvore. Encontrando a entrada obstruída, voa e volta com uma erva a cujo contato todos os obstáculos desaparecerão. Se alguém conseguir obter essa folha, deixada cair pela ave, será a criatura mais poderosa da Terra. O Pica-pau, Picus, foi um Deus anterior a Saturno: J. Rendell-Harris, *Picus Who Is Also Zeus*, Cambridge, 1916. Plínio, na *História Natural*, regista o episódio dessa erva. João Ribeiro lembra que o jovem Aladim, para abrir a caverna que guardava o tesouro dos 40 ladrões, dizia apenas: "Sésamo, abre-te!". O mestre brasileiro esqueceu de informar que o Sésamo é o nosso Gergelim, *Sesamum orientale* ou *Sesamum indicum*, de Linneu. Essa Pedaliácea é uma erva, como descrevia Plínio, que também não a identificou. Não teria sido o Gergelim, que recebemos via Guiné, vindo do arquipélago de Sonda, povoado de árabes, a onipotente

Folha-do-Pica-pau? As mesmas propriedades mágicas, o mesmo mistério, o mesmo ambiente de procedência oriental. Perdeu apenas o Poder.

* * *

J. G. Frazer expôs e debateu longamente o processo da transferência de enfermidades, e mesmo pecados, aos vegetais, animais e pedras (*Le Rameau d'Or*, II, Paris, 1908). É antiquíssimo e com imensa área geográfica de atuação. Conhecido em todo o Continente americano em ambas as orlas oceânicas. Naturalmente as árvores brasileiras não escapariam da penitência. Recebem os males humanos, com maior percentagem febres, úlceras e dermatoses. As plantas mais receptivas são os Pereiros (Apocináceas), Cardeiros (Cactáceas), Gameleira (Moráceas) e o Juazeiro (*Zizyphus joazeiro*, Mart.), enfim os que não perdem as folhas, conservando-as sempre virentes. Pouco antes do nascer do Sol amarram nos galhos mais resistentes ou enlaçando o tronco, trapos de camisa, perna de ceroulas, ataduras das feridas, fios de algodão tingidos de vermelho, usados anteriormente, pelo menos durante três dias, à cintura; pastas de lã em que esfregaram as partes molestas, enfim panos utilizados no tratamento da doença, restos de cobertores e até punhos da rede onde dormiram. Recitam um ensalmo durante a transmissão, dizem orações católicas e saem sem olhar para trás. O Sol nascente já deverá encontrar a cerimônia realizada, estando a árvore revestida com os atributos visíveis e simbólicos dos males alheios. O enfermo não verá mais quem o substitui na doença, enquanto não ficar bom. Vendo-a, a árvore devolverá *as forças da Doença*. Não será mais possível nova trasladação mágica.

Não citarei a Botânica Terapêutica, básica na Medicina Popular. Possuímos excelente bibliografia na espécie brasileira. Não dizemos como no *Lais de Marie de France*, na segunda metade do século XII:

> – Ja mais n'aies tu Médecine,
> Ne par herbe, ne par racine.

Os vegetais dominam a Esperança do Povo que sofre.

* * *

As flores significavam imagens verbais e são recentes os dicionários, vocabulários e tratados sobre a linguagem delas. Todos sabem que a colocação da flor na mão, no peito, ombro, cintura, da namorada, candidata ou suplente ansiosa da efetividade, era uma mensagem que unicamente os cegos ignoravam. Recebemos o código de Portugal, aqui ampliado, mas o uso fora corrente na Europa.

> – Fleur au mitan,
>   Cherche galant.

> – Fleur au côté,
>   Galant trouvé!

Mesmo o galantear, antigamente na França, dizia-se *conter fleurette*. Até o grave Larousse expõe um quadro sobre essa *forme du poètique langage de l'amour,* que o Tempo levou. Foram populares desde a primeira metade do século XVII. Minha navegação é noutro rumo.

As flores, até volta de 1922, Centenário da Independência, eram distribuídas em categorias sociais intransponíveis. Para gente velha e gente moça. Uma viúva não usaria cravo-branco, privativo de moça-donzela. Nem essas ostentariam rosas abertas, na plenitude radiosa. Apenas botões e flores desabrochando. A rosa, visível em todas as pétalas, era brasão das Damas-casadas. Rapazes e homens-chefes-de-famílias deviam evitar essas flores expositivas. Preferir os cravos, botões, violetas de Parma. As grandes rosas escancaradas à lapela eram troféus desafiantes de poetas e artistas boêmios. Emílio de Menezes exibiu, uns dias, na rua do Ouvidor, capital da publicidade nacional, um girassol na gola do amplo paletó. Imitava Oscar Wilde na escandalosa notoriedade. Os elegantes elegiam flores discretas, pequeninas, tonalidades sugestivas, ou composições florísticas, muito admiradas. As "espalhafatosas" dedicavam à Mulher-Dama, Mulher-da-Vida, a temerosa Cortesã, motivação literária, ou atriz caçando propaganda. Era preciso cautela ao enviar ramalhetes às Damas ou Donzelas. Havia flor inconveniente, declarativa, indiscreta. Bogaris, estefanotes, resedás, jasmins, eram apanágios da segunda camada social. Dama de alto sapatinho não podia ostentá-las. Nas "casadas", lírios, ramos de rosinhas alvas, seriam zombaria aos maridos. Os amplos e complicados crisântemos eram suspeitos ao elemento masculino de Bom-Tom. As elegantes, às vezes, traziam-no na altura do decote. Mas não iam à Igreja com esse despropósito floral. Viviam as oferendas místicas e sentimentais. Adelmar Tavares (1888-1963) dizia, uma canção que estava em todas as serenatas:

> – Entre lírios, violetas, crisântemos,
>   Cantaremos...

Lembro-me, era menino-grande, de uma Jovita que endoidava os maridos na cidade de Natal de 1910. Minha mãe falava indignada às amigas concordantes, ter encontrado *aquela mulher* com um molho de cravos-brancos no vestido escuro. As mais humildes, nessa profissão, eram fiéis aos resedás e aos galhinhos verdes de alecrim, salpicados de perfume barato. É indispensável recordar as flores no cabelo, no ombro, no cinto. Todas essas flores seriam utilizadas segundo um supersticioso direito consuetudinário, idade, situação social, ambiente. *Mais où sont les fleurs d'antan?*

IV

Respingando a ceifa...

Meteorologia e Botânica

Vento e Chuva na Toponímia Brasileira: Várias cidades, municípios e distritos conservam o prefixo indígena tupi *Ibitu*, vento, denominando essas unidades administrativas. Assim, *Botucatu*, antiga *Ibutucatu*, bons ventos, bons ares, como a capital da Argentina; *Ibitu* em Barretos, São Paulo; *Ibituba,* Baixo Guandu, Espírito Santo; *Ibitunane*, Gentio de Ouro, e *Ibitupã*, Ibicuí, na Bahia; *Ibituruna*, em Minas Gerais; *Ibituporanga*, Itaguaí, no Rio de Janeiro. Há o distrito de *Ventania*, município de Tibaji, no Paraná, e *Bonança*, distrito de Varzelândia, em Minas Gerais.

No Amazonas há o município de Amana, chuva, e no Ceará os de Amanaiara, senhor-da-chuva, e Amanari, água-da-chuva. Conheci o escritor Amanajós de Araújo, da Academia Mineira de Letras, residente no Acre. *Amanajó*, o-que-provém-da-chuva.

* * *

– Não há no Brasil nenhuma tradição supersticiosa referente ao Jacarandá (*Machaerium acutifolium*, Vog.). Variedades foram enviadas para África Ocidental (*Jacaranda ovalifolia*, R. Br.), por toda Angola e também outra para África Oriental, na Alta Zambézia, onde constitui áleas ornamentais diante das residências confortáveis, como no Casal Sto. Antônio, nas plantações de chá no Guruê, onde o sr. João Bandeira de Melo hospedou-me gentilmente. Em novembro os Jacarandás africanos florescem, motivando festas populares dos pretos, não somente na Zambézia mas até Pretória, na União Sul-Africana. Não sei de que constam esses festejos, fazendo inveja ao "Coração de Negro", no Nordeste do Brasil, que não as mereceu.

– Para muitos devotos os crucifixos de metal têm significação muito relativa. Falta o fragmento de madeira, simbolizando o martírio do Redentor.

– *O Tostão de Chuva*. O Padre Cícero do Juazeiro (Padre Cícero Romão Baptista, 1844-1934) determina um centro temático na literatura popular do Nordeste. É taumaturgo e padrinho de cem mil sertanejos fiéis ao seu nome. Um episódio, conservado na memória oral, recorda que um galhofeiro, zombando dos "podres" do Padre Cícero, pedira *um tostão de chuva*. Castigando a ousadia, uma chuva feroz desabou na fazendola do gracejador, causando prejuízos. Mário de Andrade (1893-1945), deliciado com o tema, escreveu o *Tostão de Chuva*, incluído no seu *Clan do Jabuti* (S. Paulo, 1927).

> Quem é Antônio Jerônimo? É o sitiante
> Que mora no Fundão.
> Numa biboca pobre. É pobre. Dantes
> Inda a coisa ia inda e ele possuía
> Um cavalo cardão.
> Mas a seca batera no roçado...
> Vai, Antônio Jerônimo um belo dia,
> Só por debique de desabusado,
> Falou assim: "Pois que nosso padim
> Pade Ciço que é milagreiro, contam,
> Me mande um tostão de chuva pra mim!"
> Pois então nosso "padim" padre Cícero
> Coçou a barba, matutando e disse:
> "Pros outros mando muita chuva não.
> Só dois vinténs. Mas pra Antônio Jerônimo
> Vou mandar um tostão".
> No outro dia veio uma chuva boa
> Que foi uma festa pros nossos homens
> E o milho agradeceu bem. Porém
> No Fundão veio uma trovoada enorme
> Que num átimo virou tudo em lagoa
> E matou o cavalo de Antônio Jerônimo.
> Matou o cavalo.

– No Brasil, talqualmente Portugal, chovendo no dia do casamento "é aumento", êxito, felicidades.

– O grande compositor popular Noel Rosa (1910-1937), cinco dias antes de falecer, no Rio de Janeiro, compôs uma "embolada" sobre a "Chuva de Vento":

Chuva de vento
É quando o vento dá na chuva,
Sol com chuva, Céu cinzento,
Casamento de viúva!

– Céu Velho é o trovão diurno, com o Céu relativamente desanuviado. Impressão de haver-se desprendido um pedaço.

– Diz-se no Alentejo Gravanada, por chuva forte e de pouca duração, quase sempre tocada pelo vento. Aí está outro vestígio da Gravana, que julgo ter identificado na Graviana do Ceará. E no Igarvana, navegador.

– Corda de Vento, que registei, era vocábulo popular no século XVI. Frei João dos Santos, *Ethiopia Oriental* (1609, 2º vol., cap. XII, ed. 1892, Lisboa): "e assim esperam, até que passe esta corda de vento, como nós fizemos". Tratava-se de um Pé de Vento, em Moçambique, maio de 1591.

– Chuva Chata, diz-se no Brasil e em Portugal, registada em Santo Tirso por Augusto César Pires de Lima. Insistente, interminável, em horas de movimentação obrigacional.

– Outro sinal de Inverno é a floração do Mandacaru (Cereus), porque a flor, fecundada, somente cairá em terra molhada.

– Como as chuvas miúdas e teimosas não nos deixassem sair e brincar no terreiro da fazenda, um de nós, meninotes, dizia que "São Pedro estava mijando demais!". Nas *Denunciações da Bahia ao Santo Ofício* há uma de Isabel Ribeiro, em 30 de outubro de 1591, referindo "que estando chovendo muito dixe o dito Pero Nunes, como não se enfadava já Deus de mijar tanto!". Em agosto do mesmo ano, a cigana Violante Fernandes, galega, confessava o mesmo pecado: "com agastamento porque chovia muito que Deus que mijava sobre ela!". Não tínhamos o mérito da novidade na imaginação infantil. São Pedro está ligado aos Nevoeiros porque fora pescador. A chuva obstinada sugerira a mesma imagem, numa distância de quatro séculos...

– O Pinhão (*Jatropha curcas*, L.) parece ter perdido uma sua altíssima potência. Um galho, verde ou seco, no telhado ou palha das choupanas, desviava o raio. A euforbiácea era eminentemente antifeiticeira, inutilizando "as forças" mediante uma sova. Sua simples presença anulava o poder das "coisas-feitas". A irradiação mágica afastava o meteoro fulgurante. Na

África existe o Undai (*Gardenia jovis-tonantis*). Ficalho informava (*Plantas úteis da África portuguesa*, Lisboa, 1947): "Usam colocar os seus ramos no alto das cubatas, como uma espécie de para-raios, julgando pôr-se assim ao abrigo das descargas elétricas. Desta suposta virtude derivou Welwitsch o nome da espécie: *Jovis-tonantis*, dedicando-a ao Deus dos trovões". A Undai é uma rubiácea. Outrora, nos casebres das Rocas e do Alecrim, em Natal, o galhinho do Pinhão era vulgar. Não mais o vejo. Os raios não ameaçam mais...

Recepção ao Rio: Depois de quinze, vinte meses ou mais de estiagem, a enchente do rio determina alegria intensa aos moradores ribeirinhos. Descendo das cabeceiras, a passagem da caudal é anunciada pela denotação dos foguetes atirados em homenagem. Descargas de revólveres e espingardas. Grupos de cavaleiros vão esperá-la, dando cortejo em galope triunfal até a entrada na vila ou cidade próxima. As notícias correm toda a região, indicando o percurso das primeiras-águas. Vem gente de longe, léguas de distância, "ver o rio descendo"! O Des. Filipe Guerra (1867-1951), grande conhecedor do Sertão, contava-me que em Mossoró, onde fora Juiz de Direito (1908-1918), a chegada da "Cabeça do Rio" fora recepcionada entusiasticamente, com discursos, Banda de Música, aplausos frenéticos da multidão, jubilosa pelo acontecimento.

Comedor de Roçados: Nas épocas estivais plantam no Sertão no álveo seco dos rios e margens onde a umidade resiste. É a "cultura da Vazante", normal e secular. Quando o rio "desce", arranca e carrega para a foz a vegetação *de refrigério*. Diz-se que *o Rio comeu o roçado!* Não falam em estragar, destruir, arrasar, mas em *comer*, numa sugestão orgânica utilitária.

– Espelho exposto, porta e janelas abertas durante trovoada, atraem raios.

– Não há exemplo de alguém ter sido atingido pelo raio enquanto dorme.

– Bêbado pode morrer de desastre, mas não morre fulminado.

– Enquanto troveja levanta-se do chão um dos pés, evitando o contato total do corpo com a Terra. É bom *não dar base* ao Raio!

– Estando despido, o Raio respeita.

Mangação do tempo: Durante o período das Secas, os nimbos e cúmulos-nimbos passam pejados d'água, sem que nenhuma gota desça ao solo sedento. O vento Leste, "do Nascente", arrasta para longe essas esperanças. O Céu toma o aspecto de chuva, inevitável e próxima, e depois "limpa", sem promessa alguma. O sertanejo diz que *o Tempo está fazendo mangação!* Bem trágica, aliás...

– Plantando arroz no Dia de Santa Luzia (13 de dezembro), a produção estará livre de pragas (parasitos) e do bico dos pássaros.

– Durante um eclipse solar o algodoal pode murchar e mesmo fenecer. Pulverizam cinzas da fogueira de S. João. Santo remédio (Francisco de Assis Iglésias, *Caatingas e chapadões*, 2º, S. Paulo, 1958). Pelo sul, depois do eclipse, gritam, "acordando" o algodoal. O sr. Assis Iglésias deduz que o algodoeiro, no eclipse, dobre os folíolos, julgando ser noite. Apesar do Rio Grande do Norte ser a Terra-do-Algodão, Mocó, Seridó, não tenho notícias locais da crendice.

Leonardo Mota (*Violeiros do Norte*, S. Paulo, 1925), que era cearense, escreveu: "Quando a *folhinha* marca um eclipse lunar, para que não morram os algodoais os agricultores vão acordar os algodoeiros a gritos, pancadaria em latas, tiros de espingarda e clamores de búzios: a *Lua Cris* só será funesta se surpreender adormecidos os capulhos".

– Antes de 1601, o Padre Fernão Cardim registara na Bahia *Da árvore que tem água*, identificada por mestre Rodolfo Garcia na *Geoffraea spinosa*, Linneu, muito minha velha amiga, denominando o município de Umarizal, no Rio Grande do Norte: Mari, Umari, Umarizeira, Marizeira. A árvore descrita pelo jesuíta tem "nuns buracos de comprimento de um braço", cheios d'água, de inverno a verão, com capacidade para 100 pessoas ficarem saciadas. Difícil harmonizar a maravilha com a Umari, vertendo água pelos brotos e não cavidades, salpicando a terra sem que permita bebedouro a um cristão solitário, quanto mais a uma centena deles. Renato Braga informa o gotejamento na "estação pluvial", servindo de sinal de bom inverno. Outro cearense ilustre, Antônio Bezerra (1881), escreveu: "É sabido que no tempo mais seco pela manhã as Marizeiras gotejam a ponto de molhar o solo sob suas copas." Teodoro Sampaio insiste a Umary "dar água dos olhos" mas "no inverno". Foi a fonte do saudoso Renato Braga (1905-1968). A exsudação processa-se na época do estio. As informações sertanejas sobre o prognóstico de inverno pela Umarizeira são contraditórias, não permitindo decisão profética. No Piauí, o Almíscar (*Styrax glabratum*, Schott.) chora quando prestes a secar-se, exalando nevoeiro úmido. O agrônomo Francisco de Assis Iglésias, em agosto de 1915, descobriu que a dispersão das gotículas era motivada pela ejaculação de cigarrinhas (*Aethalium reticulatum*), depois de sugar a seiva da Estiracácea. Repetia-se o *giscle de pissagno* das cigarras provençais, estudadas por Fabre e cantadas por Mistral.

– Banho de chuva às primeiras-águas do inverno sertanejo, tomado à noite, revigora as forças fecundantes. Daí o velho rifão: "Banho de chuva faz menino!". Banhando-se o casal, não há efeito, além da excitação erótica. É contraindicação terapêutica. Hesíodo, IX ou VIII séculos antes de Cristo, advertia no *Trabalhos e os dias*: "Homem, jamais te banhes com mulheres. Serás um dia severamente punido!". Não era, evidentemente, profeta e vidente. Resta o nome próprio – "Amanajó" – "o-que-provém-de-chuva".

Remédio de amansar Senhor é a "Petiveria tetrandra", Gomes, conhecida por Tipi pelo Nordeste, Erva-Pipi, Raiz-de-Guiné, no sul, Mucuracaá, em Marajó, Pará. As raízes, em decocto, são antiespasmódicas, sudoríficas, abortivas, antirreumáticas, antivenéreas, diuréticas. As folhas, inseticidas. É geralmente apontado como tendo vindo da Guiné, vaga denominação abrangendo quase toda África Ocidental, do Níger ao Cunene. Não seriam essas famas medicamentosas as explicações do Tipi atravessar o Atlântico, e mesmo vestir inocente apelido amazônico. Uma multidão vegetal competia com seus atributos curativos em circulação intensa e terapêutica desde o século XVI, além dos infindáveis e subsequentes complementos portugueses e africanos. Creio a chegada do Tipi no século XVIII, quando a importação negra atingiu sua plenitude no mercado consumidor do açúcar e mineração. Escondido sob as virtudes benéficas da farmacopeia tradicional africana, o Tipi vinha desempenhar, no plano implacável e secreto, o papel de justiçar os Senhores sádicos, insensíveis, cruéis. Cultivado em mistério nas pequeninas roças escravas, secas, piladas as raízes, o tóxico misturava--se ao café senhorial. As doses repetidas, discretas, insistentes, puniam o algoz em pouco mais de um ano de aplicação metódica. Provocavam excitação, insônia, apatia abúlica, paralisia da laringe, convulsões tetaniformes, enfim a inevitável morte do Barão rural. Essa fitolacácea tinha o nome reservado de *Remédio de Amansar Senhor*! Amansava-o para todo o sempre. Naturalmente existiam variedades de ação menos ou mais virulenta. Júlio Ribeiro, no romance *A carne* (1888), alude ao veneno manejado pela vingança dos cativos. Os velhos ex-escravos referiam-se ao Tipi, o terrível *Amansa Siô!* que resiste ainda, sem amansar ninguém...

– No sul do Amazonas e Goiás viceja a *Árvore dos Feiticeiros*, a "Connarus patrisii", de Planch. Sobre a linda arvoreta, de nome tão expressivo, o botânico Paul Le Cointe apenas informou: "É planta inofensiva (superstições). As sementes são úteis contra a fraqueza geral, o abatimento". Quais seriam os feitiços dessa Conarácea?

– O cabo, pau, da enxada era, outrora, comumente feito com a madeira vermelha escura do Conduru (*Brosimum conduru*, Fr. All.), constituindo o instrumento indispensável nas fainas agrícolas, pela resistência e durabilidade. *Estar, ir, para o Conduru*, significava alguém dedicar-se ao trabalho intenso e verdadeiro. *Dar de mamar ao Conduru*, dizia-se do enxadeiro preguiçoso, imóvel, apoiando-se no cabo-da-enxada em vez de manejá-la no serviço.

– "Pronto o roçado, preparada a sementeira, o sertanejo finca, fronteiando a cerca, alta vara rematada por uma caveira de boi ou por um simples chifre. Diz ele que é para livrar do mau-olhado dos invejosos e de outros feitiços que dão esterilidade à terra" (Gustavo Barroso, *Terra de sol*, Rio de Janeiro, 1912). Os cornos são símbolos da energia sexual, da potência física, recordam os animais votivos aos deuses da fecundação e reprodução da espécie. O touro solar, a vaca lunar, o bode de Mendes, são os mais tradicionais (Luís da Câmara Cascudo, *Dicionário do folclore brasileiro*, "Cornos", 2º tomo, INL, Rio de Janeiro, 1962).*

– Pedro Maravilha, goiano, "cachoeirista", prático na travessia das cachoeiras amazônicas e no Brasil-Central, informou a Gastão Cruls (*Amazônia que eu vi*, S. Paulo, 1945) que a prova muito certa de uma futura e grande enchente fluvial é quando a *conca* (espata) da palmeira Jauari (*Astrocaryum jauari*, Mart.), vem ao chão com a concavidade para cima e pronta a acumular a água da chuva.

– O *Iôhôbô* é um amuleto protetor dos indígenas Parecis, Ariti, da Serra do Norte, em Mato Grosso. Consta unicamente de uma vara rústica de madeira nodosa, que o Prof. Roquette Pinto não identificou, 1912. As mulheres não devem vê-lo e nem ouvir o canto do *Nokauixitá*, entoado quando procuram material para substituí-lo. Seria indispensável uma longa capitalização devocional para fixar numa simples vareta, despida de qualquer ornato sugestivo, os valores mágicos para a confiança tribal.

---

* Pela Global Editora, 12ª ed., 2012. (N.E.)

V

O MORTO BRASILEIRO

Morre-se em qualquer parte do Mundo, sob a condição preliminar de estar-se vivo.

> – Tanto se morre em Pequim
> Como em Quixeramobim!

Com as diferenciais em bronze e mármore, "todos os cemitérios se parecem", deduzira Machado de Assis. Mas os defuntos não são iguais aos olhos conterrâneos. Os cerimoniais mudam. "Cada qual enterra o seu Pai como pode!" E existe, consequentemente, um vocabulário referente ao Defunto, gêneros de morte e estados de agonia. Essa relação é um documentário da psicologia coletiva, ambiental e tradicional. Todas as nuanças, da piedade ao sarcasmo, aparecem, na razão direta da estima e inversa do quadrado das distâncias amistosas.

Criados no leite maternal português, com proteínas amerabas e africanas, os brasileiros conservam um longo patrimônio verbal, digníssimo de registro e lembrança. Diz-se, gravemente, "o Morto", também o *defunto cadáver*, como escreveu Frei Antônio de Santa Maria Jaboatão, no seu *Orbe Seráfico Novo Brasileiro*, desde a "princeps" de 1761.

Excluí as clássicas, alusivas ao *Espírito*, *Alma*, *Alento*, *Suspiro*, preferindo as reminiscências do quotidiano, respeitoso e zombeteiro, reverente ou incrédulo, porque só pensamos na Morte dos outros...

Sentimos a alta percentagem das imagens vindas do ciclo da pastorícia e da lavoura. Das cidades lentas no crescimento e das Vilas sonolentas. As Cidades-Grandes são conservadoras na nomenclatura fúnebre e mais fiéis às figuras litúrgicas e sacramentais.

Ignoro, naturalmente, centenas de locuções vivas noutras regiões alheias à que vivo. O essencial, para mim, foi fixar a informação do Morto

Brasileiro *com os pedaços que ficaram apegados nas paredes do entendimento*, como escreveu Gomes Eanes de Zurara.

* * *

A filosofia sentenciosa dos adágios regista a Morte, com o seu cortejo, em nível permanente. O endereço moral é destinado aos Vivos.

– Morte do cavalo é alegria do urubu.
– A História dos Mortos é feita pelos Vivos. *Les morts ont toujours tort.*
– Defunto rico, pranto longo.
– Sisudo como um defunto.
– Fez uma careta à Morte. O moribundo não morreu. *Il a fait un pet à la Mort.*
– Visagem (espectro) de pobre é que faz medo.
– Toda terra tem cemitério.
– Morreu, acabou-se! *Les morts vont vite.*
– A Morte não tem ouvidos.
– Na casa onde tem defunto não se fecha a porta (Explicação humorística dos velhos quando com as barguilhas desabotoadas).
– Quem se faz de morto, acaba enterrado.
– Matar defunto. Divulgar notícias velhas. Chover no mar.
– A Morte estava farta. Falecimento previsto e não confirmado. *La Mort n'en pas faim.*
– Pessoa vagarosa é boa para ir buscar a Morte. Portugal e Brasil. *Être bon à aller querir la Mort.*
– Defunto sem ouro, defunto sem choro.
– Quem nasce para cachorro, morre latindo.
– Sobejo da Morte. Quem escapou de moléstia, grave ou de grande desastre.
– A Morte perdeu o pulo! "Anda a enganar a Morte", em Portugal. Doente grave que se salvou ou macróbios sadios.
– Sobejo de defunto. A viúva...
– Cigano só não engana a Morte.
– Quem faz não quer.   – Quem faz não quer.
   Quem compra, não usa.   Quem quer não vê.
   Quem usa não vê.   Quem vê, não deseja.

Caixão de defunto

– Ninguém quer ter mas todos terão!... A sepultura.

– Quando a doença não é de Morte, água do pote é remédio.

– A vantagem do defunto é não ter receio da Morte.

– A Morte só respeita o morto!

– Quem morreu? Quem estava vivo! (Chiste vulgar em todo o Brasil).

– A Morte ensina a morrer!...

– A Morte é velha mas sempre é uma novidade!

Augusto César Pires de Lima (1883-1959) já o fez relativamente a Portugal – "A Morte nas tradições do nosso país" (*Estudos etnográficos, filológicos e históricos*, I, Porto, 1947). Espero a santa continuação tentando os demais pesquisadores em terras alheias, como faço nessa pequenina achega, direta e legítima na colheita e registo.

Ressalto, entre a sinonímia, os nomes que expressam a Morte, final da Vida, extinção total do Homem, e aqueles sugerindo a imagem da viagem, mudança, o trânsito, o passamento, em que a Vida apenas se desloca, indo, sob a espécie eterna, continuar a existência do Espírito noutras paragens do Mundo sobrenatural. A visão mortuária, o mais antigo e diário testemunho da Igualdade humana, permite ao vocabulário plebeu as surpreendentes projeções de comicidade e sarcasmo, numa lição sinistra aos ainda não visitados pela inexorável Ceifeira.

– *Abotoou o Paletó de Madeira*. Fechou-se no caixão. Comunicado pelo jovem Alcides Lima Filho, de Roraima, ex-Rio Branco. Amazonas.

– *Acabou!* Morte, sem a sugestão do trânsito, passamento, mudança.

– *Bateu a Bola*. Derradeiro movimento lúcido. Bola também é cabeça, crânio, quengo.

– *Bateu a Bota*. As botas, em Portugal. Para iniciar a jornada a cavalo.

– *Bateu a Caçoleta*. "Caçoleta é fuzil de espingarda antiga. Será alusivo à frequência de mortes por assassinato, no interior do Brasil?" Afrânio Peixoto, *Missangas*, 1931.

– *Bateu a Canastra*. Canastra é uma cesta de juncos, para transporte de pequenos objetos. Significa também o dorso, as costas, os lombos, as espáduas. "Deu com os costados no chão!" Perdeu a luta.

– *Bateu a Carona*. Manta de couro com bolsos internos para conduzir roupa em viagem. Põem em cima da sela. Era indispensável nos sertões. No Rio Grande do Sul fica por baixo do lombilho.

– *Bateu o Loro*. As tiras de couro que sustentam o estribo. Arranjos prévios para a jornada.

– *Bateu o Pacau*. Jogo de cartas, vulgar em todo o Brasil. Findou a jogada.

– *Bateu a Pacutinga*. É um peixe fluvial, "Myletes rupripinnis", Goeldi. Terminou a pescaria.

– *Bater com o Rabo na cerca*. Rabo, talo; no Rio Grande do Sul, cola. Não há mais espaço para recuar. Para viver. Afrânio Peixoto dá outra interpretação: "Dar com o talo na cerca. Morrer. Expressão pitoresca, empregada por analogia com o que se faz às reses mortas, dependuradas nos paus da cerca pela cauda ou pelo talo, para se aproveitar o couro".

– *Bateu o Trinta e um!* Jogo terminado.

– *Bateu a Sueca!* Ou a *bisca*. Idem.

– *Chegou a Hora dele!* Morte certa, Hora incerta. Hora de partir, inadiável.

– *Bateu o Cachimbo...* Os vícios morreram.

– *Dar o Bazé!* Morrer, Vale do Rio S. Francisco, Minas Gerais: (Saul Martins).

– *Descansou!* Terminou a tarefa vital. Borges de Medeiros, 1863-1961, administrou 25 anos o Rio Grande do Sul como Presidente. Era austero, de costume simples, renunciando ao conforto moderno. Quando agonizante, diziam em Porto Alegre: – "Finalmente o velho Borges descansou! – Morreu? – Não! Comprou um colchão de molas."

– *Bateu a Pacuera*. As vísceras maiores, pulmões, fígado, coração, do boi, carneiro, porco. Tripas à mostra. Exposição da fressura. Situação mortal.

– *Deixou de Viver!* De penar, de sofrer. Libertação da vida penitencial.

– *Desocupou o Beco*. Viagem, mudança, transferência de habitação.

– *Desencadernado!* Perdeu a característica exterior; a coordenação física.

– *Deu o Couro às Varas!* Destino das reses. A última utilidade.

– *Está com os Anjinhos!* Ironia vulgar aos velhos finados.

– *Está com Deus!* Uma das mais antigas expressões.

– *Está na Glória*. Dizem, prudentemente, "esperando por mim muito tempo!".

– *Está na Terra Fria. Está Debaixo do Chão!* Sepultado.

– *Está na Terra de Nós-todos!* A Pátria final e comum aos humanos.

– *Está na Terra do Nunca-mais!*

– *Está na Terra dos Pés-juntos!* Afrânio Peixoto regista: "Cidade dos pés--juntos – morte, cemitério. Alusão ao fato de atarem os pés ao defunto com um lenço, para impedir que na rigidez cadavérica se conservem as pontas deles viradas para fora, os *pés espigados*" (*Missangas*, S. Paulo, 1931).

– *Está na Terra da Verdade!*

– *Está na Terra de Onde Não se Volta!*

– *Esticou a Canela!* Em Portugal, esticar, espichar, o Canelo, o Pernil, o Canilim. Afrânio Peixoto informa: "Estirar a canela. Morrer. Observação empírica, confirmada em ciência, do alongamento do corpo no decúbito, e mais na morte, cessado o achatamento das superfícies articulares, e extensão dos membros inferiores. Canela é perna".

– *Esticou o Couro.* Também estirou.

– *Estourou!*

– *Fazendo Companhia aos Defuntos. Foi Morar com os Defuntos.*

– *Fechou a Sueca.* Bisca. Jogo findo.

– *Findou.*

– *Finou-se da Vida Presente.* Era o antigo e clássico registro paroquial de óbito.

– *Foi-se! Foi-s'embora!*

– *Foi Estrumar Feijão.*

– *Foi Fazer Tijolo.* Semelhantemente em Portugal. No Recife, "Fazer tijolo" é namorar.

– *Foi para o Envelope.* Guardado no féretro.

– *Foi Morar no Cemitério.*

– *Aliviar-se.* Morrer, embora pouco usual. Bahia. No vulgar é parir.

– *Esticar o Molambo.* Morrer. Rio Grande do Sul. "Glossário", Aurélio Buarque de Holanda, em "Contos gauchescos e lendas do Sul", de J. Simões Lopes Neto, Porto Alegre, 1949.

– *Defuntear.* Matar. *Defuntar.* Morrer. Rio Grande do Sul. Aurélio Buarque de Holanda, *opus cit.*

– *Está com a Morte no Toitiço!* Toutiço, porção posterior e inferior da cabeça; *No Cangote*, cogote. *Trepada no Lombo.* Nordeste.

– *Foi p'rós Bichos!* Imagem brutal do destino cadavérico. Ouvi-a no Recife há pouco tempo. Quase sempre refere-se a agonia ou passamento de um desafeto. *Caro data vermibus*, etimologia de cadáver. *Foi para os urubus!*

– *Bater a Alcatra na Terra Ingrata!* Morrer. Aurélio Buarque de Holanda. Ouvi em Porto Alegre em maio de 1961. *Bater a canastra. Dar com os Costados no Chão!* correntes no Nordeste.

– *Está Batendo o Tutano!* Medula óssea. No sertão "batem o corredor", canela bovina, para aproveitar o tutano, saboreado com farinha ou rapadura, como gulodice. O tutano é a base da força, potência, vitalidade, no mundo agropastoril brasileiro.

– *Foi Boleado!* Alcançado pelas boleadeiras. Enrodilhado pela Morte. Comunicação do escritor gaúcho Manuelito de Ornellas (1903-1969).

– *Saiu da Cancha!* Cancha, lugar dos folguedos de competição, local preferido pela convivência gaúcha. Informação de Manuelito de Ornellas.

– *Perdeu o Garrão!* Afracou, fraquejou, cedeu. Garrão é o jarrete, de cuja solidez depende a segurança da marcha. Nota do escritor Manuelito de Ornellas. Era a frase favorita do general Artur Oscar, na fase final da campanha de Canudos (abril-outubro de 1897): "Não afrouxar o garrão!" (Euclides da Cunha, *Os Sertões*, 391 da 25ª ed. 1957). Perder o garrão, no Rio Grande do Sul, é sucumbir.

– *Mascando Barro!* Morto e sepultado.

– *Foi para o Buraco de Camundá.* O negro Camundá inaugurou o cemitério na povoação das Pendências, hoje cidade do Rio Grande do Norte. Ficou sendo sinônimo do enterramento. Informação do escritor Manuel Rodrigues de Melo, Natal.

– *Foi dar conta do Feijão que Comeu.* "Estar a descontar os acrescentos", em Barcelos, Portugal.

– *Foi para a Chácara do Vigário.* Afrânio Peixoto: "Ir para a chácara do vigário – morrer e ser enterrado no cemitério, outrora e em muito logar ainda sob a dependência religiosa; daí o humorismo macabro". Na cidade do Natal, Rio Grande do Norte, dizia-se "ir para o Sítio de seu Candinho", Cândido José de Melo, 1824-1908, administrador permanente do Cemitério do Alecrim.

– *Inteirou o Tempo!* Missão cumprida.

– *Lascou-se!* Desfez-se.

– *Morreu na Vez que lhe Coube.* Cumpriu seu destino.

– *Mudou-se para o Cemitério.*

– *Não Come Mais Pirão!* Henry Koster, *Travels in Brazil*, registou em 1810 em Pernambuco.

– *Passou desta para Melhor.*

– *Passou deste Mundo para o Outro.*

– *Pitando Macaia.* Fumando tabaco inferior. Terminou a vida ruim.

– *Quebrar a Tira.* Ceará. Romper a fita que prende o Homem à Vida.

– *Rendeu o Fôlego!* Render, dar, entregar, ceder.

– *Secar o Mucumbu.* É o cóccix.

– *Viajou!*

– *Virou Defunto!* "Ser promovido a defunto", em Portugal.

Sobre os *Agonizantes* a linguagem popular é expressiva e nítida.

– *Fazendo Biscoito.* Era o farnel das jornadas, desde o século XV.

– *De Cavalo Selado ou com o Cavalo na Porta.* Pronto para a viagem.

– *Vai não Vai. Viaja não Viaja. Embarca não Embarca*, sugerem as alternativas agudas da enfermidade.

– *Está nos Arrancos...* Estertores e convulsões. Nos ímpetos da partida.

– *De Vela na Mão.* "De candeia na mão", em Portugal.

– *Já estão "Ajudando".* Rezando as orações aos moribundos.

– *Está num Fio...* O fio da Vida na mão das Parcas.

– *Arquejando...* Dispneia final.

– *Perdeu a Fala.*

– *Não Conhece mais Ninguém.* Torpor. Letargia.

– *Está mais para lá, do que para cá.* Em coma.

– *A Coruja está Voando Dentro de Casa!*

– *Não dá Cordo de Si!* Acordo, juízo, conhecimento; advertir-se, sentir.

– *Esticando...*

– *Nas Últimas.* Expirando.

– *Com o Cirro da Morte.* Respiração estertorosa, típica na agonia. Pieira. Sororoca.

– *Desacordado.* Sem acordo, sem sentidos.

– *Fazer Termo.* Dar todos os sinais da morte próxima.

– *Virando a Boca.* Espasmos. Tique convulsivo.

– *Nas Ânsias da Morte.*

– *Estão Fazendo "Quatro".* Vigília noturna. Velório. Sentinela.

– *Recebeu o Passaporte para o outro Mundo.* Locução antiga no Nordeste. O Dr. Luís Antônio Ferreira Souto, 1842-1895, Juiz de Direito de Natal, assim solicitou os derradeiros Sacramentos.

– *Despachado!* Recebeu a Extrema-Unção. Nada mais espera, exceto um milagre.

– *Esticando o Cambito.* Cambito é a perna-fina. Fernando São Paulo, *Linguagem médica popular no Brasil* (I, Rio de Janeiro, 1936), interpreta: – "Cambito é, também, a espécie de forquilha de complemento da canga com que se prendem os bois de carro. Sucede, às vezes, que o boi brochado, em havendo constrição demasiada no pescoço por influência dos cambitos esticados, arrochados, se asfixia e morre *na brocha*. Provirá, daí, *esticar o cambito?*"

– *Vai se Consumindo!* As reservas orgânicas desaparecem nas últimas reações.

– *Vai a Vara e a Remo!* Resistindo com lentidão e dificuldade.

– *Intiriçado!* Inteiriçado, sem movimentos, na rigidez semicadavérica.

– *Está se Despedindo...*

– *Está Parando...* Em Natal, o grande médico Januário Cicco (1881--1952) assim anunciava um próximo falecimento. Foram as últimas palavras do senador Quintino Bocaiuva (1836-1912), Príncipe dos Jornalistas Brasileiros: "A máquina está parando..."

– *Cachimbar*. É uma maneira de respiração típica em determinadas fases de coma. O Prof. Dr. Fernando São Paulo, *opus cit.*, I, 183-4, esclarece:

> Comum nos estados comatosos, no carus, principalmente quando resultantes de icto apoplético; condiciona-o a resolução muscular, a paralisia ou paresia do bucinador. Há muito, a medicina clássica refere-se ao "cachimbar", "fumar cachimbo". "Tortura oris", sendo o desvio para o lado esquerdo; nota-se de um modo bem sensível o fenômeno do cachimbar (*fumer à la pipe*); pupilas muito contraídas; ausência de convulsões: (Torres Homem, *Elementos de clínica médica*, 774, 1870).

Menciona-o Dieulafoy (*Manuel de Pathologie Interne*, III, Paris, 1904). O agonizante expira como se baforasse tabaco.

Os gêneros da Morte possuem classificação tradicional, secular e ainda comum, na apreciação popular de seu valimento ao Julgamento Final.

– *Morreu como um Passarinho*. Rápida, serena, edificante. Boa-morte.

– *Morte Macaca*. Agonia cruel. Contorções. Hipertonia. "Mala morte." Como morrem os símios feridos. Trejeitos, caretas, estrebuchões.

– *Morte Agoniada*. Longa e dolorosa. Distanásia.

– *Morte Matada*. Assassinato. "Morrer vestido" em Portugal.

– *Morte de Desgraça*. Em luta. Acidente provocado. Suicídio.

– *Morte Morrida*. Natural. Em seu leito, entre pessoas da família.

– *Morte de Sucesso*. Desastres.

– *Morte de Mau-sucesso*. Morrer de parto.

– *Morrer Apressado*. Passamento quase sem agonia. "Em Natal, o Sargento-Mor Manuel Antônio Pimentel de Melo faleceu em 18 de junho de 1768, "com os sacramentos da Penitência Extrema-Unção por morrer apressado". Morreu com todo o corpo, dizem.

– *Morte de Repente*. "A subitanea et improvisa morte" temida pela impossibilidade dos Sacramentos e consequente contrição. Os "antigos" receavam-na. Na Ladainha de Todos-os-Santos suplicavam que fosse evitada aos fiéis. Nem todos estariam "preparados" para recebê-la. Para outros, era a Morte feliz. Eutanásia.

– *Morte em Pecado Mortal*. Morte eterna. Condenação inevitável. O Anjo da Guarda volta o rosto e a Alma é precipitada nas profundas dos

Infernos. Sua transgressão espavoria as consciências, de nobres e plebeus. Tobias Monteiro (*História do Império*, 85, Rio de Janeiro, 1927), com habitual meticulosidade, narra que um médico, amante de Dona Carlota Joaquina, não foi abatido a tiros ao sair dos aposentos da princesa, por ter o Príncipe Regente evitado o desfecho, atendendo que a vítima não podia morrer "por achar-se naquele momento em pecado mortal". O futuro D. João VI não desejou prolongar pela eternidade a punição do vassalo adúltero e desrespeitoso.

* * *

Não há no Sertão o Morto por feitiço, quebranto, coisa-feita. É privilégio das Cidades-Grandes. Há o Curandeiro, vendedor e químico das "garrafadas", receitando dietas, práticas nas regras profiláticas do Faz-Mal. Vivem Velhas-rezadeiras, moto-contínuo de rogativas remuneradas, sobrevivência das Carpideiras clássicas. O Feiticeiro, amador ou profissional, não existe. Há quem possua, inconscientemente, o Mau-Olhado, "olhar-de--seca-pimenteira", mas essas "forças" atuam apenas nas crianças e moças--donzelas, na fase receptiva dos "males" transmitidos pelo Ar.

* * *

Recebemos de Portugal o tabu do Morto, o respeito supersticioso pelo Nome individual cuja pronúncia possivelmente materializará o reaparecimento assombroso. E o temor aos objetos íntimos. Há muitos anos estudei o assunto (*Anúbis e outros ensaios*, "O culto do Morto", Rio de Janeiro, 1951).* *Nomem, Numem!* Os indígenas e os africanos têm a mesma reverência de amor e medo, numa ambivalência poderosa. Reforçaram no Brasil os fundamentos da crença temorizante ao Morto Imortal. Todos os velhos e novos mestres na Etnografia trataram dessa motivação sempre "nacional" e universal. O Passado vive em nós! ensinou Fustel de Coulanges. "O Medo é crédulo!", escreveu o Padre Antônio Vieira. Nós, mentalmente, "continuamos". Somos uma sequência, embora haja quem se julgue inicial. Nada do que existe, culturalmente, é contemporâneo. Flores de raízes milenárias.

Evita-se o nome do Morto. Mesmo nas cidades-grandes as viúvas, passando às segundas núpcias, dizem "Meu primeiro marido". Raramente, fulano. Para o interior do país, com aparelhagem moderna, soam os títulos de outrora: o *Finado!* Meu defunto marido! A falecida minha mulher! João Luso, o português Armando Erse de Figueiredo (1875-1950), de Louzã, perto de Coimbra, tão brasileiro, contava por ter ouvido ao seu amigo Afonso Arinos, que umas velhas, de Minas Gerais, saudosas do irmão morto, in-

---

* Em *Superstição no Brasil*, Global Editora, 3ª ed., 2002. (N. E.)

variavelmente tratado o *Falecido*, confidenciavam: "O Falecido era muito extravagante. O Falecido comia tudo, saía com qualquer tempo, não se tratava. Quantas vezes nós lhe dissemos: "Olhe, Falecido, você, um dia, se arrepende!".

A formação católica do Povo Brasileiro foi mais triste, severa, temerosa, que em Portugal. Tínhamos a paisagem indígena e a multidão sudanesa e banto, merecendo vigilância suspicaz. O judeu em Portugal estava muralhado nas cidades. Nós fomos católicos de culto breve e apenas comunicante na colaboração lúdica levada às procissões e pátios das Igrejas. Cristãos sem festadas, arraiás, romarias, cantigas de marcha e louvor, adufes e violas em oferenda mística. A presença acabrunhante da escravaria negra, desde a primeira metade do século XVI, matou o trabalho festivo, as tarefas cantadas, bailaricos nas eiras, o complexo musical das vindimas, o milho-rei, as chacotas no varejo das azeitonas. O ciclo rural brasileiro é silencioso e assustado. As primeiras cantigas, referentes à labuta pastoril, são dos finais do século XVIII.

Havia de permanente o pavor do Inferno, com se suplícios imprevisíveis e perpétuos. Com as "Santas Missões", furiosas rajadas de eloquência capuchinha espevitavam as fogueiras de Belzebu. A Morte no Brasil não baila, como na coreia de Jean Holbein. O Inferno era o destino daqueles que não sabiam morrer. Morrer-Bem. Morrer sem confissão ou sepultar-se fora das áreas sagradas, na indulgência das liturgias, constituíam a suprema maldição.

Vivem as pragas de seiscentos anos e contemporâneas. *Que não tenhas uma vela na hora da morte! Que te falte terra para o enterro! Que sejas enterrado nos matos, entre os bichos brutos! Que morras em pecado mortal!* Ainda resistem as imagens medievais e tétricas do *Excomungado* e do *Amaldiçoado*, cujos cadáveres secavam sem se desfazerem, conservando nas fisionomias mirradas a severa catadura hedionda dos réprobos. Entre os "Ares-Maus" de evitação suplicada nas "Orações-Fortes", está o *Ar de Excomungado*, provocando neuroses, quebranto, manimolência.

A Boa-Morte é o supremo desígnio nas vidas limpas. Daí, o Morto simbolizar a soma terminal das parcelas auspiciosas, conquistadas durante a existência.

Uma força ponderável modificadora na psicologia coletiva é o desaparecimento das velhas residências, onde o ambiente estava impregnado de Tradições e havia uma invisível atuação irresistível sobre o Habitualismo doméstico. Agora as crianças vão nascendo nas Maternidades e os pais vão morrer às Casas de Saúde. Minha mulher e meus filhos nasceram no mesmo aposento. Meus netos abriram os olhos na Maternidade Januário Cicco. As dimensões dos "apartamentos" provocam uma atividade mais exterior. É preciso procurar convivência, movimentação, mais ar e mais Sol, lá fora. O arranha-céu é coletivista e dispersador. Não pode guardar a história familiar. O *Finado* é um cadáver estranho às residências modernas. Morre-se num Hospital, tecnicamente arranjado para essa finalidade. Depois, exposição aos curiosos ex-amigos e cemitério. Onde a Tradição do Morto irá aninhar-se?

Numa distância de 125 anos, tantos datando do falecimento do Cardeal Saraiva, já ninguém nos jornais, escolas, tribuna e rua admite as distinções vocabulares, as diferenciações positivas entre *Morrer, Finar, Acabar, Fenecer, Perecer*, julgados sinônimos, quando fixam aspectos vários de tipos verbais autônomos. Não há tempo para atendermos aos sinais do tráfego idiomático. Refugiamos a recordação num ideal e hipotético *Velho Bom Tempo*, que Lord Byron dizia ser bom por ser velho – *all times when old are good*. A Tradição precisa possuir coordenadas geográficas ou se evaporará. Toda a gente sabe que dom Francisco, primário e sádico, irmão d'El-Rei D. João V, vive no palácio de Queluz, como o cardeal Wolsey reside em Hampton Court, desde 1530. Não existe um único *cockney* em Londres que se atreva a por em dúvida a presença de Sua Eminência. A quase totalidade "alfacinha" e "tripeira" sorri para a credulidade em Queluz. É uma incivilidade!

Lentamente os Mortos que geraram lendas, material literário de amavio turístico como os invisíveis habitantes dos castelos do Reno, estão sendo assaltados pela campanha do descrédito, expressa na insubmissão intelectual. *Il est des Morts qu'il faut qu'on tue!* Esquecem o conselho de Jean Cocteau: *Soignez vos fantômes!*

Os fantasmas são os Mortos-Vivos, contraprova da Perpetuidade em nós.

Constituem o mais elementar e básico de todos os Direitos do Homem. Lá dizia Corrêa Garção:

> – Todos podem tirar a vida ao homem.
> Ninguém lhe tira a Morte!

VI

FOLCLORE DO MAR SOLITÁRIO

Quando os folcloristas estudam o Mar referem-se unicamente aos pescadores e marinheiros, barcos e navios, e aos peixes infinitos, de ação e forma.

Naturalmente o *homem do Mar* centraliza todas as pesquisas e constitui a exposição determinante. Há raras informações sobre os peixes no folclore. No Brasil, apesar da extensão litorânea no Atlântico e da rede potamológica, a ictiofauna não merece atenção maior aos investigadores nacionais.

É uma das nossas *zonas brancas* no mapa do conhecimento etnográfico. Os contos de peixes não são comuns na literatura popular. Nem mesmo os chamados etiológicos, justificando-lhes aspectos e hábitos.

Em Portugal verifica-se penúria idêntica. J. Leite de Vasconcelos confessa a pobreza da recolha e na *Etnografia portuguesa* interessaram-no as oscilações do nível das marés, arruinando as povoações. Nada mais. No *Tradições populares de Portugal* (Porto, 1882), o registo é diminuto e rápido. Teófilo Braga não adiantou caminho no seu *O povo português nos seus costumes, crenças e tradições* (Lisboa, 1885). Não é possível a inexistência e sim o desinteresse na investigação local. Ou dificuldade na obtenção.

Mas é preciso considerar o Mar isoladamente e não no conjunto de suas dependências subsidiárias. O Mar sem o cortejo de filhos, afilhados e parentes. Uma ou outra reminiscência do Mar nesse ângulo inicial ainda vivem, mas apenas na memória do povo. Vestígios de um temor respeitoso e natural, começado pelos primeiros povos que viram as ondas do Mar, inquietas como pessoas humanas. Essas tradições, ainda poderosas nas primeiras décadas do século, estão morrendo, lenta, inexoravelmente. Os que *sabem* são minoria, cada ano diminuída sem possibilidade de renovação. Deduzo que em 1980 esse patrimônio estará evaporado, totalmente perdido. Os contemporâneos ignorarão sua existência. Creio que o sucedâneo para o estudo será a imaginação, mentirosa e brilhante.

Não é aos peixes, aos pescadores e às versões de marujos do Mar-Alto que o Folclore do Mar deveria seus fundamentos. Justamente ao contrário. Esses, citados, são atributos, acessórios do Mar, grandeza inicial e divina.

É preciso não confundir o Mar com os seus habitantes e filhos, peixes de todas as espécies, fantasmas, monstros, visões do Medo.

O Poseidon grego e o Netuno romano não significariam a mesma entidade que o *Okeanus* ou o *Pontus*, o Mar estéril primitivo, e ainda o *Velho do Mar, Haliôs Gerôn*, morando numa caverna no fundo do abismo e tendo a ciência profética. *Okeanus* e *Mar* não eram sinônimos. O *Oceano* era o imenso rio envolvendo a Terra. Na *Teogonia*, de Hesíodo, *Geia*, a Terra, engendrara *Pontus*, o Mar-deserto, sem participação viril. E *Oceano*, pai dos rios, dos lagos e das fontes, uma das mais antigas divindades, criador das três mil Oceânides, de pés graciosos, imensamente forte e quase sempre bom. *Pontus* era revolto, insubmisso, rebelde. O modelo sobrevivente é o Mar Negro, *Euxinus Pontus*, tempestuoso, hostil, agressivo, *reste une des mers les plus inhospitalières qui soient*, escreveu Treffel. Primário, brutal, inacessível. Quando o *Oceano* é filho da Terra e do Céu, *Ouranus*, *Pontus* é criação unicamente materna. Sem Pai e sem irmandade de berço.

Nascem depois os deuses marinhos, cambiantes, mutáveis, adivinhadores, Nereu, Proteu, Forcis, Tritão, Glauco.

Séculos e séculos Oceano recebe as homenagens exclusivas: complexo, intemporal, materializado pelo infinito das águas dotadas de movimento, julgadas intencionais, memorizadas, conscientes. *Mar* é denominação latina, aplicada pelas populações praieiras, batizando com nomes nacionais, os trechos aquáticos limítrofes. Era uma parcial nacionalização do *Oceano*.

A doutrina antropomórfica dos gregos acreditou indispensável um *Genius Loci* para todos os recantos, forças e elementos. Poseidon-Netuno, irmão de Zeus-Júpiter, teve na partilha do mundo o reino das águas vivas. Ele, e não mais o Oceano-Mar, tornou-se a devoção dos navegantes, pescadores, combatentes navais. Os Rios, filhos do Oceano, nele deixando a submissão final, receberam idêntico ritual. Viveram nos deuses protetores da caudal, numa indispensável *Tutelae Loci*, apadrinhadora. O deus Tongoenabiagus, na Espanha, traduz D'Arbois de Jubainville como *el dios del río por el cual se jura*. O Rio é um protegido. Compreende-se a diversidade funcional do ser-inicial, antes da divina tutela, quando em Portugal o rio Ave exige o sacrifício de *um fôlego por dia,* oferta de uma vida diária às suas águas. O Rio e não o *Genius Loci*. Esse rio português, voraz e pagão, exemplifica a anterioridade do elemento cultural, distinto de qualquer obrigatoriedade subsequente.

Pouco a pouco os deuses soberanos do Mar foram substituindo a presença da substância governada. O continente pelo conteúdo. As oferendas, "ex-votos", promessas eram atiradas ao Mar, aos Rios, às Fontes e Lagos, na intenção reverenciadora aos seres onipotentes que ali viviam e reinavam e não mais ao motivo anterior e primário, iniciado com a formação do Mundo. As lendas foram desaparecendo pelo fulgor do deus governador, determinando outro ciclo temático. Nas culturas mais primitivas e simples surgiram égides defensoras da pureza das águas, fazendo-as secar ou desviar-se quando violadas pelo sacrilégio. Eram, notadamente, rãs e serpentes aquáticas, guardiãs das nascentes. O nome tutelar das fontes térmicas do Brejo das Freiras, na Paraíba de 1910, era um grande sapo escuro. O *Genius Loci* do Olho d'Água do Milho, em Caraúbas, Rio Grande do Norte, nascente termal, era outro sapo. Ainda em 1908 a proprietária não consentia melhoramentos locais temendo molestar o batráquio protetor. Depois é que, pela Europa, sapos, rãs, cobras-d'água, foram substituídas pelas Fontanas, Bormanicus, Temeobrigus, Navia.

O Mar ficou valendo pelos seus deuses reinantes e continentes. Assim conhecemos as orações, mármores votivos, satisfação de súplicas dos náufragos, os prêmios pelas travessias longas e felizes, poemas, estelas, cipos, colunas consagratórias, com desenhos e relevos expressivos.

O Cristianismo evitou a ressurreição do Deus-Oceano doando aos pescadores e navegantes seus Santos Protetores.

No Brasil do século XVI o Mar não determinara nenhuma lenda impressionante e no fabulário ameraba não havia seres fantásticos morando nas águas salgadas.

Todas as superstições mais poderosas eram fluviais e lacustres. Ou dos golfos e enseadas. Os monstros das águas, Ipupiaras e Boiunas, matando pescadores, eram dos rios e dos lagos. É o que consta dos cronistas de Portugal e dos tratadistas da Holanda seiscentista.

A cultura tupi, muito influenciada pelo aruaco, embora derramada ao longo do litoral quinhentista, do Rio Grande do Sul ao Pará, não tinha, em boa verdade lógica, um vocábulo designativo de *Mar. Mbará, Mará, Pará*, meras diferenciações da grafia europeia, davam, prática e sabidamente, o *Rio* e não o Mar. A forma clássica *Pará-Guaçu* sempre me pareceu literária e formada na *Língua Geral*, depois da vinda portuguesa, o tupi gramatical, macio e plástico, da catequese jesuítica Paraguaçu permite mais interpretações que um texto de lei na mão de advogado sabedor do ofício.

Creio o Tupi considerando *Paraguá*, inicialmente, referindo-se aos populares psitacídeos, os Papagaios. *Paraguá* era o cocar, diadema feito com as penas dos papagaios. *Paraguai* quer dizer "o Rio dos Papagaios". Ou dos diademas *Paraguás*. *Pará* valeria "água-corrente", o *Rio*. Com o aumentativo *Guaçu*, teremos Rio-grande, Papagaio-Grande, Diadema--Grande. Mar, Mar-Grande é que não entendo...

Água é *I*, *Ig*, *Iguaçu*, o grande volume d'água, as cachoeiras do rio do mesmo nome, limite com a Argentina. Iguá, Iguape, enseadas, Iguaba, bebedouro, Igapó, água estagnada, distinto de Natal.

A impressão do Rio espraiado, aberto em leque nas bacias ou golfos, sugeria *Pará-Guá-Açu*, valendo exatamente essa imagem. A Baía de Todos os Santos dizia-se Paraguaçu, denominando enseadas e lagoas, como a de Papari, no Rio Grande do Norte. Jamais evocaria Mar aberto, Mar livre, Mar--de-fora, caminho das caravelas e das naus. Paraguaçu, o falso Mar Grande, dando nome à mulher de Diogo Álvares, o Caramuru, é um despautério. Seria, como propôs Teodoro Sampaio, o Grande Diadema, ornamento de filha de chefe indígena, poderoso e obedecido.

O étimo Pará nunca indica o Mar em nossa toponímia, Pará, Paraná, Paraíba, Pernambuco. Ficam sempre dizendo *Rio* e nunca lembrando *Mar*.

Para documentar até onde voam as alucinações gráficas, permitindo erudições e debates deliciosos, contarei a história de um topônimo pernambucano.

Na ponta de Olinda ou pontal de Boa Viagem, no Recife, está o Cabo Paracauri, que quer dizer Rio do Papagaio, *Paracau-r-i* ou Papagaio-Pequeno. Nada mais. No *Roteiro* de Pero Lopes de Souza em 1531 passou a *Percaauri*. No mapa de Gaspar Viegas em 1534 apareceu *Parcuoari*. Num *Regimento e conesença da Costa do Brasil* (1540), ficou *Pero Cabrim*, nome de gente. Gabriel Soares de Souza em 1587 escreveu *Pero Cavarim*. João Teixeira, em 1612, Cabo Cabarigo. Em portulanos do século XVII *Pero Caparigo* e *Pero Cabarigo*.

Em 1922, os historiadores Carlos Malheiros Dias e Oliveira Lima sugeriram, na melhor intenção desse mundo, identificar esse Pero Cabarigo com Pero Capico, um dos primeiros ocupantes da terra pernambucana sob D. João III e que deveria regressar a Portugal na armada de Cristóvão Jacques em 1528. Não houve um cristão para informar-lhes que esse Pero Cabarigo não fora criatura batizada e sim uma ave, nascida de *Paracau-í*, valendo o *Papagainho*...

E mesmo está acontecendo com Paraguaçu.

Acresce que o Tupi era povo do interior, depois atingindo a orla marítima. Não podia conceber a imensidão azul do Oceano.

Mas o Tupi constituiu a ressonância indígena na cultura portuguesa. Foram os nativos Tupiniquins que Pedro Álvares Cabral deparou em Porto Seguro, abril de 1500. São os nomes permanentes no primeiro século do povoamento, lutas, alianças, escravidão, catequese, pesquisas gramaticais, o idioma revelado à curiosidade reinol, Tupinambás, Carijós, Tamoios, Teminimós, Caetés, Tabajaras, Potiguares, possíveis trinta grupos, inarredáveis da ocupação lusitana.

Não teríamos um fabulário marítimo vindo dos pescadores de raça tupi e posteriormente olvidado? A aparelhagem mais vultosa da haliêutica ameríndia é muito mais para Rio, Lagoa e Costa do que para as façanhas do Mar aberto e distante. A documentação bibliográfica atesta que o *piracasára* tupi fazia-se ao Mar pela manhã e voltava ao anoitecer. Até às primeiras décadas do século XVII os indígenas brasileiros não conheciam a vela em suas embarcações, *igapebas* e *piperis* (que passaram a ser *Jangadas*, nome malaio levado pelo português), *igarités*, *igaras*, *ubás*, etc. Ainda presentemente a quase totalidade pescadora nordestina regressa ao entardecer, mesmo manejando a vela. Raros sentiram a solidão de uma noite oceânica.

Não nos restou lembrança alguma de fonte ameraba, vinda dos assombros do Mar-Alto. A explicação é que eles muito pouco, e mesmo nas horas de sol, pescariam com a terra escondida no horizonte. Com a *terra assentada*, como dizem.

Nos nossos dias atuais as referências para a navegação de jangada e canoa de pesca, as estimativas para a coordenada geográfica, *Caminho*, que é latitude, e *Assento*, que é longitude, são relativas a pontos fixos nas praias.

Uma cantiga anônima, antiquíssima e popular, resume os ventos ponteiros para a navegação.

> Minha jangada de vela,
> Que vento queres levar?
> De dia, vento de terra,
> De noite, vento do mar.

De-dia, o *Terral*, empurrando para o largo. De-noite, *vento do Mar*, trazendo para a costa.

Decorrentemente, o folclore do Mar, em sua expressão real do próprio elemento, é pobre e parco no que sobrevive pelas regiões atlânticas do Nordeste, mesmo da Bahia ao Maranhão.

Haverá influência do escravo africano? Não me parece evidente. Os escravos não ficaram à vista das praias nem foram servir na pescaria, ocupação dos indígenas cativos ou assoldadados.

O âmbito da pesca africana semelhava às dimensões brasileiras quanto ao paralelismo litorâneo. Sudaneses e bantos não se afastavam na terra. Pescavam preferencialmente nos rios, lagoas, represas naturais. Daí vinham os bagres secos de tão ávido consumo no interior angolano. Duas das sereias bantas, Quituta e Quiximbi *who rules over the water and is fond of great treet and of hilltops,* tinham jurisdição e presença terrena, como terrestre, ainda informa Heli Chatelain, era o Deus dos animais aquáticos, Muta-Kolombo *who is king or governor of the woodland.* Nina Rodrigues afirmava *quase desconhecido* na Bahia o Deus do Mar dos Nagôs, *Olokun.* A popularíssima *Iemanjá* é branca, loura, de olhos azuis, o tipo da ondina germânica do Reno.

E nenhum grupo negro exportado para o Brasil provinha do litoral. Eram todos povos do interior, pastores, lavradores, guerreiros, arrebanhados nas caçadas intencionais do cativeiro, réplica das "Bandeiras" preadoras de indígenas.

Não poderiam deixar tradições do Mar, como um pescador de Nazaré ou da barra do Tejo ou do Douro, em Portugal.

Em pesquisa pessoal, de anos e anos, coletei muito poucas notícias. Portugal terá boa percentagem dessa safra, sem que me seja possível a confrontação.

Ainda em 1747 pertencia aos Coutos de Alcobaça, *Paredes*, fundada pelo Rei D. Denis, constituída de *homeens de sobre mar*, pescadores profissionais, no Atlântico. Dizemos pela costa nordestina, em linguagem pescadora, *As Paredes*, justamente como diziam nos mandos de Alcobaça, indicando a mais distante zona de pescaria, o máximo que as jangadas atingem, *pesca do alto*, no *fundo de fora*, orgulham-se os jangadeiros. Não posso afirmar nem negar a origem toponímica.

Creem os pescadores na existência do Mar autônomo, independente dos entes que nele vivem, consciente dos atos, com preferências, antipatias, rancores. Os obstinadamente infelizes nas viagens e nas pescarias são vítimas dessa animadversão sobrenatural. Ama as cores azul, vermelha, verde e branca. As coisas sinistras que surgem à noite na superfície marinha terão invariavelmente uma dessas tonalidades, dispersas ou conjuntas. As embarcações devem trazer uma delas, pintadas bem à vista. Possui direitos ao respeito humano, vingando-se dos insultadores de sua majestade. Numa barca onde se possa tocar água com a mão, não se canta ou grita ao anoitecer. Desaconselhado que se bata nas ondas com o calcanhar. Não se deve defecar dentro das vagas. Onde mulher branca banhar-se despida nunca mais haverá peixe. Em todas as praias tornadas balneários elegantes o pescado desapareceu. Quem estiver nadando não pragueje. Quem fala do Mar morre nele. Todas as imundícies atiradas ao Mar serão devolvidas à terra. O Mar só guarda o que lhe pertence. Ninguém vive farto nem faminto vivendo do Mar. Pescador morrendo pescando vai para o Céu. Não se deve contar os segredos vistos no Mar. Os banhos antes do Sol são mais sadios porque o Mar está descansado. Quem pescar na noite da Sexta-Feira da Paixão verá a Procissão dos Afogados. Para a sereia emudecer reza-se o *Credo*. Quem enxergar o *Navio Encantado* benza-se e feche os olhos. Quando reabrir, tudo terá voltado ao natural. Se fisgar a toninha (*Orcinus, Globicephala, Phocaena, Stenodelphis,* etc.), retire do anzol e deixe ir, para abençoar a pesca. O Mar dorme como ente cristão e em certas noites calmas ouvem-lhe o profundo ressonar.

As mulheres afogadas boiam de bruços e os homens ressupinos. Joan Nieuhof, viajando para o Brasil em novembro de 1640, anotou: "No dia 18 morreu um membro da tripulação cujo corpo foi lançado ao mar no dia seguinte. Foi-me, então, dado observar – o que aliás já havia ouvido dizer – que os cadáveres flutuam, no Mar, com a cabeça voltada para o Oriente".

Todo cadáver de afogado chega à costa tocando a terra com os pés e não com a cabeça.

Mantém-se a afirmativa de que só morrem os doentes na vazante da maré e jamais durante o preamar. A tradição fora registada em Plínio, *História Natural,* II, 220; Shakespeare, *King Henry V,* ato-II, cena-III; na *Vida de Apolônio de Tiana,* de Filostrato, no tempo do imperador Nero: – *Una de las cosas que averiguó Apolonio es que en Cádix no se moría nadie durante la subida de la marea; todos los moribundos aguardaban la subida al reflujo* (M. Menández y Pelayo, *História de los Heterodoxos españoles,* I, 383, Buenos Aires, 1945). Longa documentação em Frazer, *Le Rameau d'Or,* I, 46, Paris, 1903: *Dicionário do folclore brasileiro,* II, 462, Rio de Janeiro, 1962.*

Os velhos pescadores de Natal dizem que o Mar é pagão e sagrado. Pagão porque Nosso Senhor não o abençoara nem Jesus Cristo o vira. Sagrado porque dá de comer aos filhos de Deus.

---

* Pela Global Editora, 12ª ed., 2012. (N. E.)

VII

OS QUATRO ELEMENTOS

> – *Que é a Verdade?*
> Pontius Pilatus.

Na apreciação dos quatro Elementos, o Povo não guarda nenhuma ideia sobre suas origens. São unitários e coexistentes pela Eternidade.

Na mentalidade popular, todo Elemento que possuir forma definida, limites no espaço, ação percebível, características de permanência, foi feito por Deus, tendo vontade, consciência, autonomia. Assim, as Pedras, Nuvens, Águas, Ventos, são positivamente "criaturas reais", independentes da volição humana. Nada existe imóvel, insensível, irracional. Atendem a intervenção divina. Obedecem. Vegetais e montanhas podem deslocar-se. Rios e cachoeiras detêm-se para dormir, a correnteza das águas silenciosas no descanso. O Maravilhoso é mais normal que a Veracidade, diria Kaarle Krohn.

O Animismo paleolítico é a explicação suficiente, congênita, inabalável fundamento na dedução coletiva. Causa e Efeito escapam à mecânica da Lógica "oficial", ensinada nos livros e não na sequência objetiva das Coisas. Como Rousseau com os filhos, Levy-Brühl enjeitou a sua "Pré-lógica", temeroso dos protestos dos "Lógicos", reunidos em Congressos concordantes. Devia ter dito como o doutor Charcot ao jovem Freud: *Ça n'empêche pas d'exister.* Os sábios repudiaram Galileu. Parece que a Verdade não estava com eles. Mas negavam a revelação no Futuro e nós, ouvindo o Povo, estamos no Passado, defendido pelo exercício mental. Foi uma Certeza, uma Verdade, uma Ciência. *Non adversa sed diversa*, aos *hippies* e cosmonautas.

O Inconcebível pode ser verídico e a impossibilidade depende da extensão do nosso Entendimento. Não existe apenas o que não acreditamos.

O não compreender exclui a recusa existencial. Negamos as Verdades dos Antigos, como os Vindouros recusarão as nossas. O Povo, como as crianças e os "videntes", tem a coexistência com o Impossível, para nós. O Incrível é uma fronteira na ignorância assimiladora. A Imaginação popular é memória viva das Ciências aposentadas pela Notoriedade.

Antes de dezembro de 1938 nenhum cientista na face da Terra admitiria a hipótese ridícula de existir um peixe da Era Devoniana, nadando há trinta mil séculos. *Highly improbable!* O Celacanto, entretanto, estava vivendo, inútil e farto, entre Madagascar e as praias da África Oriental, e continua inocente à *improbability* de sua contemporaneidade. A presença desse crossopterígio, saudoso de uma época em que todos os vertebrados viviam n'água do Mar, e não se concebia a vida do primeiro mamífero, poderia atenuar a soberba *Certeza* das nossas "técnicas culturais", inimigas de surpresas estupefacientes, como ocorreu em sua aparição, antievolucionista e matadora de limitações, dentro do consagrado ciclo biogenético. Se vemos um organismo, embaixador com trinta milhões de anos, coevo aos calcários de Devonshire, não é ilógica a audição de conceitos intelectuais datando de simples dúzia de séculos. Não sendo possível negar o Celacanto, residindo o Oceano Índico ao mesmo tempo que os *yankees* visitam a Lua, admitimos que todos os raciocínios não se padronizaram e as conclusões se desajustam do *master-plan* da nossa vã filosofia pragmática.

Claudio Basto (1886-1945), etnógrafo português, considerava o Povo "um clássico que sobrevive". Clássico também na persistência das proposições explicativas. Ninguém decreta renovação no seu julgamento, proferido na inflexível fidelidade à Sabedoria dos Antepassados. Quando nós amamos as convicções sucessivas, conforme a vulgarização ocasional de uma doutrina "provisória", o Povo repercute, inalterável, a sonoridade das vozes avoengas, para Ele digníssimas de comunicação e Fé.

A. Terra

> *– Ladauto sii mio signore per suora nostra matre*
> *terra, la quale ne sustenta et governa, et produce*
> *diversi fructi con coloriti fiori et herba.*
> San Francesco, *Il Cantico del Sole*

"A Terra é Mãe! Tudo dá e tudo come!" dizia-me, janeiro de 1950, o pescador Chico-Preto (Francisco Ildefonso, 1894-1966), na praia de Areia-Preta, arredores de Natal. Analfabeto, não poderia adivinhar a referência de J. Leite de Vasconcelos (*Tradições populares de Portugal*, 192, Porto, 1882) em que Deus diz à terra: "Tudo criarás e tudo comerás"! Não seria observação pessoal de Chico-Preto mas comunicação no Brasil, praieiro e nordestino, do que se dizia nas Beiras portuguesas. A transmissão é uma concordância psicológica.

A imagem da Terra dar frutos, permitir plantios, manter a multidão animal e vegetal, guardar as águas do Mar, dos rios e dos lagos, oferecer o plano sólido para o exercício vital, receber os corpos nas sepulturas, sugere a noção da Unidade indispensável, o sustentáculo, o solo para a persistência e continuidade humanas. "Faltar Terra nos pés!" expressa o desequilíbrio, falência, final da presença física.

Pragas assombrosas são: "Deus não te dê Terra para o enterro!... A Terra te soverta!".

Os pés-na-Terra afirmam segurança, firmeza, confiança. "Vê o Mar, e sê na Terra!" velhíssimo adágio português. "Quem pisa firme vai longe."

No Brasil não existe a herança das entidades ctonianas, vivendo no seio da Terra e com poderes sobrenaturais, como vivem na superfície e nas águas. Os fantasmas, visagens, almas penadas, não saem das profundezas. O Inferno, "lugar-embaixo", situa-se em região extraterrena. O Diabo aparece nas encruzilhadas, à sombra das gameleiras, girando nos remoinhos (visível quando olhado através de uma peneira), mas não surge das entranhas terrestres. A Terra é sagrada. Iavé mandou Moisés descalçar-se antes de pisá-la (*Êxodo*, 3,5).

Excelente material feiticeiro no campo das areias. Areia dos caminhos muito frequentados, areia do cemitério, areia-do-rasto, limitada pela pegada, são condutos mágicos. Contatos da criatura, valendo o indivíduo total.

A projeção anímica empresta às pedras, grutas, serranias, representações, ressonâncias, sensibilidades humanas. Mas a Terra é meio receptivo e não criador. A Mitologia "Brasileira" não comportou reminiscências de Gaia, Titeia, Ops, Telus, Vesta, Cibele, na confusão hierárquica com a Natureza. Nenhuma irradiação da poderosa Pacha-Mama, Madre-Terra nas culturas das populações andinas, e ainda viva em furtivas e notórias cerimônias.

A Terra é o chão, o solo, a base física estável do Mundo. Não se modifica como as águas, Sol, Lua, Estrelas, Firmamento, barômetro do Tempo, na acepção atmosférica. Não se personalizou.

O Brasileiro não viu a explosão vulcânica e os terremotos, parciais, raros, passageiros, não determinaram estórias explicativas. Os indígenas amazônicos ainda falavam na Mãe do Terremoto, *Tiritiri-manha*, um jacaré sustentando a Terra, agitando-a ao mudar de posição. Duplicativo de *Tiri*, desviar-se, escamar-se, escapolir, ensinou Caetano Baptista. Essa figura não mereceu repercussão alguma na tradição vulgar. Julgo-a descida dos Andes pelo Rio Amazonas, e sem influência sensível no ambiente popular. Os mestiços não a divulgaram.

Nenhuma tradição geogênica. O Povo não conservou uma lenda referente à formação da Terra, exceto a lição bíblica. Deus fez o Mundo. O Mundo é o globo terráqueo (*Gênesis*, I, 9-12). Nem mesmo ouvimos algum "caso" de simulação histórica em que a Terra haja castigado os blasfemos rebeldes, como Coré, Datan e Abiram (*Números*, 16, 31-32), fendendo-se para tragá-los. O instrumento da punição divina é o Raio fulgurante, ainda guardando a prestigiosa violência. Sabemos de árvores que se deslocam, cajazeiras (Anacardiáceas), gameleiras (Moráceas), jatobazeiros (gênero Hymenea), mas não há no Brasil rochedos ambulantes, como os de Plouhinec, cada cem anos indo beber na ribeira de Etel, na Bretanha (Emile Souvestre). Na fazenda Logradouro, três léguas de Augusto Severa, Rio Grande do Norte, onde vivi menino-grande, existe um grupo de pedras anfibólicas, soando, quando percutidas, como bronze. Chamavam-nas "Pedras de Sino", sem qualquer alusão fantástica.

Dois gestos, eminentemente populares, são apresentados como homenagens à Terra. Sem que saibam a razão do procedimento, jogam ao chão, antes de beber, um pouco do líquido contido no cálice ou copo. É um hábito secular e comum nas classes humildes. O outro, dizem vulgarizado pelos Candomblés e Umbandas, cultos jejes-nagôs, espalhados em quase todas as cidades do litoral, possivelmente desde a segunda metade do século XIX. Consiste em tocar a terra com os dedos da mão direita. Ambos são milenários e de origem greco-romana, e não sudanesa, da África Ocidental. São gestos legítimos do *Libatio* em Roma e do *Koai*, em Atenas, oferenda aos deuses-da-Terra, octonianos. Quando oravam aos "celestes", deuses-do-Olimpo, tocavam no altar. Destinando-se a súplica aos *Dii Inferi*, tocava-se a Terra, onde eles viviam. *Tangete Vos quoque Terram*, dizia o Tranion, na *Mostellaria*, de Plauto, 215 anos antes de Cristo. Eram deuses das forças obscuras, do Destino e da Morte. Daí o respeito das reverências. Independente dessa oferta aos deuses "infernais", não no sentido diabólico, os Mortos também tinham direito ao *Libatio*, e atiravam água, óleo, vinho, ao altar e ao solo, com a destinação fúnebre. Não haveria, nesse caso, o toque dos dedos no chão, ritual aos deuses. Quem joga bebida ao solo está saudando os Antepassados. Pelo exposto, nenhuma relação oblacional à Terra, unicamente mediadora simbólica, simples portadora.

A Poeira e a Saliva, reunidas, perderam presença miraculosa na terapêutica mágica (*João*, 9, 6; Suetônio, *Vespasiano*, VII). A saliva continua com alguma eficácia na representação humana, materialização do sopro, embora excluída, em janeiro de 1944, da cerimônia do batismo católico.

As travessias escarpadas, caminhos entre penedias estreitas, não intimidam pela presença das pedras mas pelos Espíritos que possam interferir, apavorando os viajantes. Tanto existirão entre pedras quanto sob árvores sombrias e velhas, erguidas em recantos solitários.

As pedras colocadas ao pé das cruzes da estrada, assinalando o local onde alguém morreu, significam orações; pelo mesmo critério em que as fichas e tentos representam valores na circulação dos jogos de azar. Podem, espantosamente, alojar almas de pecadores que, confundidas com os seixos dos caminhos, cumprem penitência. Não se deve praguejar por ter tropeçado numa pedra, aumentando-lhe o sacrifício. Mas é apenas um nosso entendimento do *totum ex-parte*, porque as pedras não simbolizam a Terra inteira.

Para explicar como a Terra nasceu, Água, Ar ou Fogo, creio, como Paul Sebillot: *L'explication biblique de l'origine des choses semble contenter la curiosité populaire.*

Como motivo na literatura oral, a Terra é inspiração muito limitada e pobre. Reaparece com recatada modéstia no fabulário comum. Mesmo na Europa, com a projeção de Tellus-Mater, da *popularia sacra*, dos deuses telúricos, a recolta de Sebillot, van Gennep, Frazer é, comparativamente, a mais reduzida, em relação aos outros três Elementos.

No Brasil, nenhuma influência ameríndia ou africana é sensível ou determinante de citação. Desapareceram vestígios de Geomancia... se a tivemos.

As superstições não são numerosas. Quando troveja, relampejando forte, convém erguer um dos pés, não permanecendo os dois no solo, para *não dar base* ao Raio. Será de função ética evitar dizer obscenidades para o Eco repetir. A refração sonora é um mistério para o Povo. Evita tocar ou expor metais.

A imponente majestade das grandes serras despovoadas irradia uma aura respeitosa, sugerindo habitantes indeterminados e assombrosos. As serras desertas são "encantadas". Os sulcos, talhos, chanfraduras, cortes naturais abruptos, não são explicados como obras sobrenaturais de gigantes, demônios e Santos, como na Europa. Há uma veneração instintiva pelos platôs, altos, *chão da Serra*, a breve horizontalidade na secção mais alta da cordilheira. Comumente não recordam episódio algum, santificador ou consagrador do local. Preferencialmente, chantam um "Santo Cruzeiro", de madeira resistente. É o "Alto da Cruz", em localidades incontáveis. Ali, mesmo antes da Cruz, o Diabo não aparecia. Era nos "Altos Lugares", nas montanhas e colinas, entre carvalhos e terebintos, onde o culto de Israel se processava, mais intenso e popular, antes da reforma dogmática do rei Josias. J. G. Frazer (*The Folk-Lore in the old Testaments*, 1918) estudou o motivo, sua persistência apesar da reação dos Profetas, e a continuidade pela Ásia e África Oriental. Essa herança portuguesa, viva em judeus e muçulmanos, não se extinguiu no Brasil. As várias igrejas da Penha. O Cristo do Corcovado. As proclamações patrióticas – Alto-da-Bandeira! Santidade milenar dos píncaros e cumeadas.

Na fraseologia, a Terra é dominadora: minha Terra; cada Terra com seu uso; Terra a Terra; coisas, bens, juízos da Terra; velho como a Terra. Sugeriu a imagem da universalidade, do regional, do próprio, do geral, da unidade, do grupo, da solidez, da permanência, da segurança. Fez nascer a Propriedade, domínio, posse. Valorizou o Fogo, Água, Ar, na utilização do Homem. Criou a Casa, Casal, Casamento. É a nossa História, Passado, raízes. Os astronautas que a viram em todas as dimensões, girando, íntegra e livre no espaço, disseram-na a mais linda na família dos astros. Nossa Terra...

A Geomancia, funcionando no Brasil, não deixou rastos visíveis. Atiravam areia a uma tábua, marcada de signos cabalísticos, e o Mestre traduzia a mensagem natural do Acaso. Os dicionários de Ciências Ocultas informam que *la clef de cette interpretation est perdue*. Vale, no plano secreto, Terra que a criatura humana personalizou com seu contato. A voz, oracular por suas poeiras, emudeceu.

Confundem-na, astuciosamente, com a Aeromancia, Arte-de-entender--os-Ventos-recadeiros, ou a Hidromancia, *las aguas que hablan*. A Terra empresta o dorso aos exercícios de nossa angústia indagadora.

B. Água

> – *Laudato sii mio signore per suora acqua, la quale*
> *è molto utile et humile et pretiosa, et casta.*
> San Francesco, *Il Cantico del Sole*

Omne vivum ex aqua. De família vivente no "Polígono das Secas", desde princípios do século XVIII, tenho no sangue a devoção pela Água, preciosa e rara, correndo na terra ou descendo das nuvens.

No povoamento do Brasil, os deuses portugueses das águas, Bormanicus, Fontanus, Navia, Trebaruna, já estavam mortos. Vieram os respeitos, cautelas, sobroços. Heranças na significação sagrada das abluções, imersões, aspersões. Sem água-benta, bênção não vale. Água é coisa viva, *Creatura aqua*, dos exorcismos católicos. Tem memória, vontade, e vinga-se de um insulto.

Em certas noites do ano, ouve-se o Mar ressonando. Os rios adormecem. As cachoeiras imobilizam-se. Saul Martins, estudando o folclore do sertão de Minas Gerais nas orlas do rio São Francisco (*Os barranqueiros*, Belo Horizonte, 1969), registou: "As águas correntes dormem um tempinho à noite e uma única vez durante o ano. Nesse exato momento até nas cachoeiras elas param de correr, não fazem barulho algum. E feliz, muito feliz da pessoa que tiver a graça de ver o sono das águas!". Tradição europeia, o sono dos grandes rios, Volga, Dnieper, Douro, Tejo, Guadiana, Danúbio. Ninguém deverá beber água durante a noite sem agitá-la, despertando-a. Temos a imagem, "Água dormida". Nem sorvê-la com uma luz na mão, que é agouro de morte. A superfície das águas correntes, e mesmo mortas nos lagos, açudes, cacimbas, não deve ser maculada pelo escarro, urina, fezes. Pode-se urinar dentro e não em cima d'água. Oito anos de Purgatório na Sicília. Verificam a temperatura com a mão. Jamais com o pé. Mesmo que o faça, evitar meter o calcanhar no primeiro movimento. Antes de atirar-se ao rio, molhar os pulsos, testa, tórax. Nunca lavar as partes pudendas antes da cabeça. Nem os pés, antes das mãos.

Na travessia d'água viva, dando vau, a pé ou a cavalo, guarda-se silêncio. Fala-se o necessário. "In riba d'água todo respeito é pouco!", adágio dos velhos jangadeiros. Quem *faz pouco* da Água, morre nela! Água é mole mas pode com tudo...

Gastão Cruls em 1928, no rio Cuminá, Amazonas, ouve a recomendação de um mestiço, vendo o companheiro arrancar as penas de um mutum, na popa da canoa: "Não depene dentro d'água que *impanema* o caçador!". "Impanemar", dar "panema", tornar infeliz, desastrado.

A castidade das águas afirma-se em vestígios tradicionais. Não banhar-se, despidos, homem e mulher. Preceito do sertão contemporâneo e constante em Hesíodo, *Os Trabalhos e os dias*, oito séculos antes de Cristo. Não copular nas águas. Parto difícil. Filho aleijado. Livrar-se de orgia, excitações, libidinagem, dentro d'água que corre no solo. Os resultados serão amarguras, problemas, decepções. As praias e embarcações são "isolantes" para esses pecados. O onanismo nesse ambiente provoca impotência. O tabu do banho conjunto manteve-se séculos e, parcialmente, não desapareceu. Pelo interior do país, nos sertões e agrestes, os banheiros femininos eram cochichalos de ramagem armados à beira-rio. Deixavam elas a roupa e banhavam-se em estreita faixa d'água, longe de olhares fiscais ou deleitados. Tanto existiu no

Recife de Tollenare, quanto nas regiões sertanejas e zonas de canaviais. O banho promíscuo fora proibido em Roma quando o Senado tentou atenuar o culto público das Bacanais, 558 da fundação da cidade. Havia, e há, para o interior brasileiro, outra razão: damas e donzelas banhavam-se nuas.

A face das águas límpidas expõe o Futuro. Quem não se vê refletido n'água numa noite de São João, sucumbirá antes da outra festa. A Constituição do Arcebispado de Évora (1534) proibia formalmente a consulta. O poeta Deolindo Lima (1885-1944) disse-me que morreria antes do próximo S. João por não se ter avistado n'água parada na noite festiva. Faleceu em abril. Era bem-humorado, inteligente, boêmio de simpatia irradiante.

Os feitiços, muambas, canjerês, elaborados em cima d'água, só serão desfeitos sobre o mesmo elemento. Transportam-no em bote para o meio da caudal, foz, barra do rio onde o Mar começa, realizando-se o cerimonial da anulação das *forças* na "coisa-feita". Atiram o conteúdo no rumo dos pontos cardeais. Quem entra n'água sem fazer o "sinal da Cruz" é acompanhado pelo Diabo.

O respeito pelas Águas é porque guardam mais Vidas, Entidades, Seres, do que na Terra e no Ar. Nasceram antes da Terra e geraram os primeiros organismos. São comuns os versos populares iniciados: "Nas ondas do Mar sagrado!".

É a comunicação, o transporte, o contágio mágico por excelência. Beber sobejo é conhecer os segredos alheios. Beber o mesmo líquido no mesmo copo, pacto, fraternismo, aliança. Quando alguém morre, despejam fora toda a água existente em casa. O defunto certamente teria bebido, contaminando-a com a baba letal. Os israelitas diziam que Nalah Amavete, o Anjo da Morte, ali lavara a espada-de-sangue (Luís da Câmara Cascudo, *Mouros, franceses e judeus* – três presenças no Brasil, Rio de Janeiro, 1967, 133).* Constituía arguição suspeitosa de judaísmo no "Monitório do Santo Ofício" (1536), deparada nas denúncias e confissões na cidade do Salvador (1591), e ainda usual pelo interior do Brasil.

Toda assimilação indispensável à Existência processa-se através da liquidificação. *Corpora non agunt nisi soluta*. O Homem foi criado do *limo terrae*, que não é barro nem areia, quase água, e em líquido a Vida se transmite e perpetua em todas as espécies animais.

Não recordo o mundo fantástico vivendo no Mar, lagos e rios brasileiros, com poderes sobre-humanos, tendo forma de gente ou de monstros. As oferendas atiradas às fontes clássicas revivem modestamente nas

---

* Pela Global Editora, 3ª ed., 2001. (N.E.)

moedas jogadas aos rios, destinadas às Capelas existentes nas margens. À corrente do rio S. Francisco confiam as "Promessas" ao Bom Jesus da Lapa. Iemanjá, orixá fluvial na Nigéria-Daomé, tornada égide marítima, sereia do Mediterrâneo com a devoção afro-brasileira, recebe o seu "presente" em fevereiro e outubro atirado às ondas, como Ino-Leucoteia em Creta, Megara, Epidauro Limira, na Lacônia, onde a oferta mergulhando anunciava o assentimento da deusa, antecedente ritualístico para a égide sudanesa.

Qualquer compêndio de Fisiologia dirá a percentagem aquosa que corporificamos. E quanto valem as águas na economia vegetal que nos mantém, direta através dos seus consumidores.

Naturalmente uma boa parte da atividade mental no ciclo da pastorícia e lavoura no Brasil é dedicada às previsões da estiagem e do inverno, citando uma infinidade de observações herdadas dos antepassados, referentes à fauna e flora circunjacentes, como anunciadores de chuvas ou verão-sem--fim. Registei essa "Meteorologia Tradicional do Sertão", que não deverá repetir-se. Excluídas dessa relação as Águas-Milagrosas, Fontes abençoadas por alguém Santo. Águas com função medicamentosa.

Fácil, ajudado por Paul Sebillot ou van Gennep, estabelecer as variantes entre o Habitualismo brasileiro e o Geral, notadamente europeu. Comumente o critério dos pesquisadores estrangeiros é o registo dos entes fabulosos e não do elemento continente. Distância entre os habitantes fantásticos do Mar e o Mar-Solitário, que estudei, quanto possível.

Água é a barreira intransponível aos espectros e seres fabulosos. No Brasil e pelo Mundo é a fronteira da perseguição. Com Água de permeio, a vítima do Pavor está finalmente na região do homizio, do abrigo, da tranquilidade. Ultimamente apareceu outra defesa poderosa, uma euforbiácea, o "Avelós" (*Euphorbia gymnoclada*, Boiss.) também dita "Forquilha" e "Dedo do Diabo", arbusto de leite cáustico, cerca viva temida por todos os animais. O Lobisomem ou a Alma do outro Mundo não enfrentam Água nem a verde e úmida muralha do Avelós.

Depois de certas cerimônias ou contatos, as Águas tinham valores mágicos. Água do primeiro banho do recém-nascido. Da moça, depois do catamênio inicial. Lavagem dos órgãos femininos e masculinos, aplicável em várias enfermidades. Água de sete lugares, diversos e separados, rios, fontes, lagoas, açudes, cacimbas. Água-de-chuva, nas "primeiras-águas". Água colhida à meia--noite de S. João ou Ano-Bom. Nesses momentos um Anjo roça a ponta da asa na superfície, tornando-a miraculosa. A crença é tão antiga que Jesus Cristo já a encontrou no tanque de Betsaida, em Jerusalém (*João*, 5, 4). A purificação pela imersão fluvial ainda vive nas cantigas juninas e mesmo na prática supersticiosa:

– Senhor São João,	– Senhor São João,
Eu vou me lavar,	Eu já me lavei,
E as minhas mazelas,	E minhas mazelas
No rio deixar!	No rio deixei!

Pereira da Costa evocou esse banho jubiloso e alvoroçado no velho Recife. Em Mato Grosso lavam a própria imagem, informa Rubens de Mendonça.

Por atração simpática, as imagens são mergulhadas para obterem chuvas. P. Saint-Yves estudou o assunto: (*De L'Immersion des Idoles Antiques aux Baignades des Statues Saintes dans le Christianisme*, "Rev. de l'Hist. de Relig.", CVIII, Paris, 1933). Não vou lembrar a significação simbólica do Banho, rito religioso, até a iniciação do Cavaleiro, vestido de branco, velando as armas depositadas no altar. Nem demorarei recordando a "Procissão dos Afogados", que Mestre Filó (Filadelfo Tomás Marinho) e os jangadeiros Benjamim e Francisco Camarão viram, noite de Sexta-Feira da Paixão, passando pela Pedra da Criminosa, ao largo de Natal. José Justino e Manaus pescavam na Pedra do Serigado. Também viram. Os afogados apareceram nadando em filas silenciosas, os olhos brancos, os corpos brilhando como prata n'água escura (Luís da Câmara Cascudo, *Jangada*, 2ª ed., Rio de Janeiro, 1964).* Mistral descreve *La Proucessioum di Negadis*, nas águas do Ródano, noite de St. Medard (*Mireio*, canto V). Por que os Enforcados não desfilam pela Terra, que os viu estrebuchar e morrer?

Os outros três Elementos não terão o poder de contiguidade, de transmissão, na mesma força. Participação intrínseca no objeto molhado por ela. Depois do primeiro banho infantil derramava-se a água servida dentro de casa, se fosse menina, e na rua, sendo menino. Outrora o voto para a felicidade feminina era o domínio doméstico. Para o Homem, a conquista das áreas exteriores. A criança engolia um pouco d'água do seu banho para não ficar andeja, inquieta, sem sossego.

A superfície, o "espelho" das águas, era objeto de respeito supersticioso. Na noite de S. João, S. Pedro, Ano-Bom, antes do Sol nascer, as águas estavam abençoadas, por algum Santo haver bebido, molhado a mão direita, ou toque de Anjo de Deus. A tradição jerosolimita de Betsaida comprovava antiguidade lendária. Valia incomparável remédio. Era o "espelho" natural das consultas que o arcebispo de Évora proibira em 1534 e o Rei Alfonso, el Sabio, condenara na Partida VII, Ley I, tit. XXIII, na segunda metade do século XIII. Escarrar nesse líquido seria cuspir na alma de um parente. Nas águas vivas não se punham os lábios diretamente para beber.

---

* Pela Global Editora, publicado em 2003. (N.E.)

Apanhava-se no côncavo da mão ou em vasilha qualquer, improvisada, um chapéu serviria. Bebem diretamente os irracionais. Para as massagens d'água-fria, umedeciam as palmas das mãos no lume d'água, com delicadeza e lentidão. Não mergulhavam o coco para retirar água dos potes e jarras. Faziam-no descer pelo bordo, jamais empurrando o fundo do caneco.

Em Natal, nos primeiros anos do século XX, apesar de haver o fornecimento d'água, "água encanada", nos domicílios, vendiam-na os canequeiros aos fregueses, apanhando-a nos chafarizes municipais. Parte do primeiro canecão destinava-se a molhar a cabeça e os pés do canequeiro, para que não "apanhasse febre" e tivesse movimento compensador.

Acreditam que os banhos prolongados nos rios, lagoas, açudes, provoquem maleitas, febres intermitentes. Evitavam jogando três pedrinhas por cima do ombro, de costas voltadas, dizendo determinado ensalmo. Beber um gole d'água salgada afasta o resfriamento ao banhista praieiro. Não se deixa banho de Mar ou n'água doce sem despedir-se, voltando para o derradeiro mergulho. Esquecendo-se, será prejudicial à saúde.

Na fonte termal do Brejo das Freiras (Paraíba, 1910), esgotavam toda a água do pequeno tanque, a fim de ter água limpa. Os então raros moradores do povoado reprovavam, dizendo constituir ofensa à "Mãe da Fonte". J. Leite de Vasconcelos (*Tradições populares de Portugal*, 166) registara: "Na Fonte de S. Tiago, em Moncorvo, quando se tira a água toda à fonte, ouve-se um *ai* muito sentido". Lamentação maternal.

O sereno, orvalho noturno, possui prestígio mirífico na terapêutica tradicional. Água "serenada" ao relento durante uma noite, tem virtudes curativas inimagináveis. E indispensável conduto para o "Banho cheiroso", comum em Belém da Pará e conhecido no Nordeste. O vapor atmosférico, condensado pela temperatura mais baixa, transmite valores especiais aos medicamentos *serenados*, notadamente farinha de raízes na farmacopeia popular e mesmo aos já preparados, as famosas "garrafadas" dos curandeiros. Penduravam nos arbustos toalhas de feltro, absorvendo orvalho pela noite inteira, espremiam pela manhã, recolhendo o precioso líquido, panaceia irresistível, especialmente para a formosura, passando-a no rosto e deixando enxugar sem fricção. Sugestão por analogia. Orvalho, água pura do Céu, teria virtudes sobrenaturais. Nada mais tênue, macio, suave, delicado. *Tendre comme la rosée*. O profeta Isaías (45,8) suplicava que os Céus derramem o orvalho, refrigério, ternura, divina consolação. *Rorate caeli!* Herança das "Orvalhadas" de Portugal.*

(*) Sobre as superstições do Orvalho, *Dante Alighieri e a tradição popular no Brasil*, 106-7: Ed. Pontifícia Universidade Católica do Rio Grande do Sul, Porto Alegre, 1963.

Dispenso-me pormenorizar a Hidromancia, cujas pegadas revivem na Noite de S. João. Era corrente no Rio de Janeiro de 1904, usada pelos feiticeiros negros e videntes brancas (João do Rio, *As religiões no Rio*, Ed. Garnier, s.d.).

C. Ar

> *– Laudato sii mio signore per frate vento et per*
> *aere et nubilo et sereno et omne tempo, per lo*
> *quale a le tue creature dai sustentamento.*
> San Francesco, *Il Cantico del Sole*

Ar é o ambiente respirável e o que se irradia de nós. É o mais sutil, poderoso, inexplicável dos quatro Elementos. Ter bom ou mau Ar. Agradável ou repelente. Airoso ou desairoso. O Ar, determinante de enfermidades e epidemias, causa eficiente mórbida, é assunto severo em todos os tratados médicos de outrora. Doutrina de exposição axiomática. O estudo dos ventos, eletricidade atmosférica, pressão barométrica, irradiações, áreas mantenedores de insetos nocivos, incidência de microrganismos, plantações abrigadoras de fauna perniciosa, esclarecem o diagrama da saúde local... *ma non troppo.*

O Povo continua teimando na existência comunicante de um Ar em cada coisa. Grandes e pequenas entidades são centros contagiantes. Ar de cisco, de galinha choca, de gente viva em pecado, de morto excomungado, ar preto, de cinza, ar de morto, de gota, de reumatismo, de mau-olhado, de paralisia, de febre, de estupor, de espasmo, dezenas e dezenas de títulos morbigênicos que a Meteoropatologia vai analisando. Ramo de Ar. Doença do Ar. Ar de Vento são dogmas na semiologia rústica. Depois, perpassam os "Vapores", Ares mais densos, concentrados, venenosos. Toda a Feitiçaria clássica europeia, veneranda, imponente no esplendor medieval, enfrentara esses inimigos com soluções mágicas que não desapareceram na memória coletiva brasileira.

Ainda dizemos "Influenza", valendo a ondulante Gripe, hipertermias.

Não serão quase todas as enfermidades *influências* mentais, alheias ou próprias, atuando sobre o sistema nervoso, provocando-as por decorrente autoconvicção? O órgão afetado apenas obedeceria ao mandado invisível e dominador. Por que agora o número das neuroses, ansiedades, angústias é assombroso, multiplicando clínicas, bibliotecas, técnicas psicopáticas infindáveis? Os Ares urbanos estão "carregados" de agentes patogênicos criados pelo Progresso, rumores, boatos, problemas, numa continuidade intensa, insistente, opressiva. O transmissor único é o Ar. Não é apenas a Fé, como pensava São Paulo, a única potestade penetrando pelo ouvido humano. Acreditamos em pragas e esconjuros. Orações. Votos de felicidade. Saudações. Brindes. Discursos.

Tivemos ou teremos no Brasil a *Aeromancia*, prognósticos pela inspeção do Ar circunjacente. A resposta ritual consistia na Superfície d'água, contida num vaso, encrespar-se, borbulhar ou permanecer imóvel, significando essa última forma, uma negativa. Os entendidos nessa ciência traduziam as mensagens premonitórias, ouvindo os sons da folhagem batida pelo vento ou os ruídos de sua entrada pelos interstícios de portas e janelas. Arte sutil, vinda dos Magos da Pérsia, condenada pela Igreja Católica que a permitia quando em serviço útil à agricultura.

Ar de Família, Ar doméstico, impressões diversas, são realidades antropológicas e etnográficas. Ar-de-gente-que-não-presta é uma surpreendente síntese psicológica. Ar-de-Homem-de-Bem é uma credencial. O vocábulo "Ar", na intenção do Povo, vale o *pathos* grego, emoção, sentimento, comoção. Os prefixos *anti*, não, estar contrário, e *sun, sim,* valendo concordância, ajustamento, fusão, explicam *Anti-patia* e *sim-patia.* É indispensável uma longa capitalização anterior para a percepção classificadora desses "Ares", apenas por contato visual. Modo fisionômico e conjunto individual. Permanentes características indisfarçáveis e naturais.

Os Ares, da Natureza, realizam o terceiro Elemento. Potências do Ar são forças autônomas, auxiliares ou adversárias do Homem. Na velha Teologia eram os Demônios, inspiradores e perturbadores da conduta normal. Príncipe do Ar era sinônimo de Satanás. A gênese dos pensamentos vive no Ar, livre, solta, fecunda, atenta à receptividade do temperamento sensível que a sintonizará, em melodia serena ou novela trágica. A Inspiração talvez se reduza à visita de um desses duendes eólios, interrompendo o bailado em nossa inconsciente hospitalidade. É a Ideia que, recusada pela desatenção, irá abrigar-se noutro receptor menos ocupado.

O Ar povoa-se de seres invisíveis e operantes, intrometendo-se no quotidiano social. Além dos ventos, aragens, sopros, vapores, vivem em certos recantos as exalações, presenças fluídicas de ação patogênica, sobrevivência dos velhos "miasmas" terríficos. Bem pouca atenção e crédito merecem, para o Povo, os mosquitos, muriçocas e carapanãs, apenas incômodos pela picada e zumbido, inocentes na transmissão de enfermidades. As causas externas dos Males internos são as mesmas do tempo de Hipócrates (*Aere, Aquis & Locis*), notadamente os Ares e as Águas. "Livra-te dos Ares, que te livrarás dos Males."

Como cada criatura humana possui o seu "Ar", este é um prolongamento orgânico, fração básica do alento vital. Materializa-se no Fôlego, pela mecânica respiratória. Impregna-se em todos os objetos usuais, devendo ser recuperado para não perder-se parte da Vida. Assim, em 1819, Saint-Hilaire, em Goiás, somente adquiria joias quebradas, com a participação interrompida. Os indígenas Jurunas no rio Xingu, 1884, com Karl von den Steinen, e os Tupari no alto Rio Branco, 1948, com Franz Casper, não entregavam as coisas vendidas sem longas inspirações, retirando-lhes o Ar individual que nelas havia, tornando-as neutras, vazias do alento anterior do ex-proprietário. Ainda em 1942-1945, Natal, os norte-americanos lamentavam comprar peças antigas, imagens, crucifixos de marfim, sempre incompletos. Essas mutilações seriam maquinalmente intencionais. Estabeleciam uma solução de continuidade espiritual entre o possuidor e a coisa possuída. Evitavam o *totum ex parte* mágico.

O Ar é um invólucro pessoal e geral. O primeiro mantém, pela contiguidade, peculiaridades individuais, como a roupa conserva o jeito do corpo que a usa. O geral é o transmissor, elemento móbil, receptivo, elástico, circulando e contendo a população em região geográfica. Um outro grupo demográfico terá Ares próprios, talvez diversos dos propínquos. Entender-se-á por que, em orações-fortes, suplica-se a distância do "Ar-do-mau-vizinho", como é rezado no Entre-Douro-e-Minho em Portugal, possível fonte supersticiosa. Na Galícia existia o pavor do defunto *levar o Ar* de um amigo que lhe acompanhasse o sepultamento. Ficava o Vivo com o *Ar do morto*, que seria devolvido com cerimonial complicado, no próprio cemitério, ao redor do túmulo. Essa crendice sinistra não emigrou para o Brasil. Quem visita um cadáver benze-se ao entrar e ao sair. É uma defesa suficiente. Resiste, entretanto, nas orações populares, a referência ao *Ar do morto*, alusiva à tradição galega.

Pavor pelos golpes-de-vento, sopros ponteiros que parecem procurar alvos preferenciais. "Antes um tiro acertado do que um Ar encanado!" São as correntes aéreas alarmando a gente-das-cidades, como discreto aviso mortal. O *coup d'air* de que todo francês é temeroso.

Os Ares, enevoados, límpidos, pesados, transparentes, permitindo ou não audição nítida de rumores e sonoridades afetadas, sinos, gritos, tinidos de chocalhos, vozes de animais, são prognósticos de chuva ou verão.

Sentem o "Ar carregado" de mistérios, avisos, ameaças, informes, vagas, indefinidas mas captáveis pela ciência experimental dos Agouros. "Está um Ar de que vai acontecer alguma coisa!" Sentem no Ar a vinda inevitável de um acontecimento imprevisível. Decifram a mensagem daquelas ondas hertzianas. Sinais no Ar. Percebem no Ar a vinda inevitável de um acontecimento imprevisível. Traços, vestígios, rumos em que a acuidade popular "fareja" o imprevisto, como o cão a caça longínqua. Dias antes da intentona comunista em Natal, novembro de 1935, a cidade tranquila no ritmo banal, o Prof. Celestino Pimentel (1884-1967) disse-me: "Vai acontecer qualquer coisa! Sinto no Ar!". O motim explodiu, inesperado. O Governador foi surpreendido num festival no teatro. Celestino não tivera o menor indício para a dedução formal. Comentamos sua profecia. Reafirmava: "Eu senti o Ar *carregado*!". Inexplicável, o enunciado da previsão.

Dependerão os "despachos", muambas, coisa-feita, do Ar? Se chove, Ar de chuva, vento-de-chuva, retarda-se ou anula-se a impulsão contagiante. O "carrego" do Ar é mau veículo, constituindo autossuficiência a própria densidade atmosférica. Chuva forte apaga e desmancha os ebós, mesmo no plano das rogativas e sem intenção malévola.

Antigamente nas povoações e residências esparsas, havendo repetições insistentes de doenças, constantes recaídas, acusava-se o "Mau-Ar", e vinha uma velha rezadeira "talhar o Ar", com orações, defumações e gestos em cruz, tendo na mão galhos de arruda ou alecrim. A cerimônia voltava a ser feita em mais duas sextas-feiras seguidas "no pino do meio-dia". Nesses dias os homens e mulheres da família "não pecavam". A casa era cuidadosamente espanada, vasculhada, varrida, enterrando-se o lixo. Não ficava exposto.

Não se dizia simplesmente "o Ar está escuro" ou "carregado", sem mencionar-se o complemento, de chuvas, névoas, nuvens. Era mais comum a referência ao "Tempo", valendo atmosfera, do que ao "Ar" que, no singular, não podia confundir-se com a situação do espaço, prometedora de Inverno.

Esse patrimônio está quase intato na memória e hábitos do Povo. Apenas alguns ministros sabedores da Tradição vão morrendo sem continuadores funcionais.

> – Morreram as velhas todas,
> Já não há quem talhe o Ar!

Os velhos sertanejos, os habitantes do interior em geral, convenceram-se de que as epidemias, grandes estiagens, proximidades de épocas tumultuosas e sangrentas, fazem-se preceder por mudanças atmosféricas, de aspecto inusitado, ventos álgidos ou ardentes, breves mas de suficiente penetração. Também vapores, certos nevoeiros estranhos, provocando suores viscosos, arrepiamentos inexplicáveis, sensação de mal-estar, calefrios, inquietação. Há uma pressão incomum. Os crepúsculos apresentam coloração violenta, alheia aos matizes e luminosidades habituais. Não é um pregão para todos os entendimentos mas existe quem identifique e traduza a sinistra mensagem. Houve, no Nordeste brasileiro, quem predissesse a Cólera-Morbo de 1856 e a Seca-Grande, de 1877, pela mudança visível "dos Ares".

Diziam a Henry Walter Bates, quando da epidemia da Febre Amarela, 1850-1851, em Belém do Pará, que, em tardes sucessivas antes de irromper a infecção, a atmosfera tornou-se densa, e um nevoeiro escuro, com forte mau cheiro, alastrou-se pelas ruas. "Este vapor foi chamado *Mãe da Peste*, e era inútil procurar dissuadi-los da convicção de que ele fosse o precursor da pestilência" (*Um naturalista no rio Amazonas*, I).

Essa previsão do acontecimento futuro não depende totalmente dos prognósticos anemológicos, ventos, aragens, sopros, bafagem morna e sutil, mas abrange o espaço, o ar circulante, na anormalidade da recepção respiratória ou simples impressão em sua densidade desigual. "Está um Ar esquisito!", diz-se quando a percepção denuncia alguma modificação no clima comum. Os Hereros da África do Sul sentiam o "cheiro da guerra", antes dos assaltos.

Creio que o Povo acredita na possível irradiação mental de todos os atos humanos e mesmo de certa classe de ideias, intensamente pensadas. O Ar comunica essas ações às criaturas mais sensíveis, predispostas, hiper-receptivas, sintonizadoras de microondas, povoadas de sons inteligíveis.

> – O Ar sustenta mas não alimenta.
> – O que vem no Ar, só Deus
> pode empatar.
> – Coisa do Ar ninguém prevê.
> – Doença do Ar é pra durar.
> – Ninguém pode com o Mar nem
> com o Ar.

Os Ares confundem-se com a Atmosfera num sentido genérico de ação meteórica, como entendera Hipócrates. Mas não se identificam, para o entendimento popular. Há distinção específica no tocante aos efeitos mágicos, quando os Ares traduzem forças, emissões, formas sensíveis mas infixáveis de energias desconhecidas, potentes, imponderáveis.

As frases "os Ares estão *carregados*" referem-se à Atmosfera se coincide o quadro tradicional da proximidade tempestuosa. Pode, na mesma ocasião e mesmo havendo luminosidade serena, anunciar um prognóstico de eventual ocorrência, pressentido na aragem ou na imobilidade eólica. A receptividade augural independe do equilíbrio das correntes aéreas. É uma *Intuição*, título bergsoniano do *Pressentimento*, no plano folclórico.

Repetem as fórmulas: "Estou sentindo no Ar... Uma coisa está me dizendo..." sabidas e vulgares. Os Ares são os arautos confidenciais para essas presciências do Sertão.

A mentalidade do Povo é um prisma onde se decompõe a unidade natural. As coisas são unas na essência e múltiplas nas funções. Os sons explicáveis e lógicos assumem significações sibilinas. Júpiter, no carvalho de Dodona, falava pelo rumorejo da folhagem. O Povo entende as vozes oraculares onde ouvimos um confuso rumor habitual.

D. Fogo

> *– Laudato sii mio signore per frate foco, per lo quale ennallumini la nocte, ed ello è bello et jucundo et robustoso et forte.*
> San Francesco, *Il Cantico del Sole*

O quarto Elemento é o Fogo... em serviço do Homem, aquecendo, iluminando, preparando alimentos, defendendo, criando a estabilidade da Família. Não Hefaísto-Vulcano mas Vesta-Héstia, a flama doméstica, acolhedora, benéfica, repousante. A pedra do fogão diz-se *Lar*. Ao seu derredor o grupo humano atravessou os milênios. A chama afastava os animais bravios e os fantasmas sedentos. Uma casa habitada era *um Fogo*, no cômputo das velhas relações demográficas, alcançando a primeira década do século XX. Ainda hoje, nos sertões ibero-americanos, na Ásia e na África, o tição aceso é uma companhia poderosa. Os monstros do Mato e do Medo não se aproximam. O Fogo foi o último culto olímpico a extinguir-se em Roma. Os deuses Larários resistiram até 392. Teodósio, Imperador cristão, dissolveu o colégio das Vestais em 394. Apagara-se a chama ardendo em mais de mil anos. Em 455, o Império Romano desmoronou-se. Vesta tivera paciência em curtos 61 anos tolerantes.

Como e quando nascera sua presença contínua e útil? Anterior ao gênero humano, porque assavam carnes nos períodos Chelense, Achelense, Musteriano, e o Homem de Cro-Magnon é do Aurignacense. Manejaram o Fogo os Homínidas e o indeciso *Sinanthropus pekinenssi*, mesmo constituindo tenra peça de caça aos trogloditas de Chokutien. A ocasional explosão vulcânica para os povos vivendo em sua área, a presença comum da árvore incendiada pelo raio, prolongando durante a noite claridade e calor solar, seriam sugestões iniciais para a revelação. O milagre é a obtenção intencional pelas rudes mãos humanas. O mais antigo processo será o que sobrevive, contemporâneo e aperfeiçoado, nos acendedores portáteis – a percussão entre pedras, e depois pelo atrito de um fragmento de metal. A breve chama comunicar-se-ia a uma matéria facilmente inflamável, palha, raspas, poeira vegetal. A outra fórmula é a fricção entre bastões, haste sobre placa, exigindo concentração esforçada que terminaria em resultado rápido. Mesmo assim, os indígenas sujeitos a essa penitência foram os primeiros devotos dos fósforos, oferta interesseira dos "civilizados" exploradores. A percussão sempre viveu em isqueiro, artifício, binga, nossos familiares, positivando a preferência antiquíssima. Os amerabas tiveram mais comumente o suplício de conquistar o Fogo pelo esfregamento de varinhas. As pedras do isqueiro, posteriores, espalharam-se com a rapidez dos cães, bananeiras e galináceos, pelos rios e matarias sem fim. Esse é o método de que ficou boiando a imagem no vocabulário português: – "petiscar lume... picam-lhe fogo" por acender.

Ninguém vai esquecer que o Conhecimento é muito anterior à sua produção. Conservavam as brasas, achas acesas, troncos esbraseados, fontes do lume transportado. Daí a frase típica: "Soprar as brasas", avivar e manter alguma coisa viva. A manutenção do Fogo explica o culto de Vesta e as superstições do "Fogo-Novo", ainda participando da liturgia católica no sábado d'Aleluia. Em Roma era a 1º de março. Os indígenas amerabas e os nativos africanos guardavam o lume no interior de um tronco, levando-o em viagens e caçadas, como faziam os gregos e romanos, e mesmo os representantes das grandes e velhas culturas asiáticas. No Sertão do meu tempo de menino-grande, morrendo o lume, ia pedir-se brasas ou tição-de-Fogo aos vizinhos. A caixa de fósforos não era comum e nem fácil. Gil Vicente, no *Auto da Índia*, 1519, faz declamar a Ama, de vadia conduta:

> – Encerrada nesta casa
> sem consentir que vizinha
> entrasse por uma brasa!

Conduzia-se a brasa, soprando-se, sobre cinzas, numa quenga ou pires. Quando era tição, vinha-se a correr, abanando-o porque apagar-se era agouro para onde se destinava. Ainda em 1819, C. F. P. von Martius encontrou fricção e percussão no Amazonas, indígena e mestiço. Wied-Neuwied, Saint-Hilaire, Natterer, Spix, Martius, Henry Koster, bateram isqueiro. Wallace, Bates, Spruce, Karl von den Steinen, Ehrenreich, riscavam fósforos...

O lume era o Lar e personalizava a continuidade doméstica. Era puro, sagrado, venerável. Escarrar ou urinar sobre ele, valia conspurcar a face de Deus, do Anjo da Guarda, ou da felicidade grupal. Não se extinguia com água ou revolvendo-o com lâmina de aço. Desfaziam-no, afastando, separando as achas, ou salpicando areia fina. Não se devia despir-se em sua presença, exibindo as partes pudendas, ou realizar ato sexual próximo ao foco. As crianças brincando com o Fogo mijariam durante o sono. Os adultos teriam cálculos renais. Quando estala, anormalmente, alguém fala mal da família. Viravam os tições e toda a inveja-despeitada voltar-se-ia contra o pérfido. As fogueiras improvisadas ao ar livre, durante as jornadas, imprimiam respeitosa conveniência. Comboieiros e viajantes faziam as "necessidades" fora do círculo luminoso. Quando a família mudava a residência, o primeiro trabalho na casa nova era acender o lume.

Valem centro-de-interesse social e lúdico as *Fogueiras de São João*. No interior da Bahia, Piauí, Goiás, sem assistência eclesiástica à volta de 1912, casavam-se formalmente ao pé-da-fogueira, com palavras de preceito, e o casal ia viver junto, reconhecido regular e legítimo para todos os efeitos da convivência. De uso universal, a fogueira constituía expressão votiva popular nas festas solsticiais, colheitas, homenagem aos Santos ou aos Chefes prestigiosos (*Feux-de-joie*), função terapêutica para o gado e mesmo afastadora de epidemias. Resta a frase: "Entre dois fogos", anterior ao uso da pólvora, alusiva à passagem do rebanho entre coivaras, como medida profilática. Fogo, purificação das Almas no Purgatório e castigo eterno no Inferno. Suplício legal, que alcançava o requinte de ser a fogo lento, *brulé à petit feu*, como sucedeu a Miguel Servet em Genebra, 26 de outubro de 1553, sob os auspícios de Calvino, pacificador teológico.

A flama ardente é vida simbólica, alma, a Fé. Iavé fê-la permanente no seu altar (*Levítico*, 6, 13), como a vemos na lâmpada do Santíssimo, noite e dia, nos templos católicos.

Outrora, nos sertões do Nordeste, acendiam fogueiras no pátio das fazendas, como almenaras, guiando os viajantes incertos no caminho noturno.

No Mundo camponês, em qualquer paragem da Terra, as refeições são tomadas na cozinha, verdadeiro *living-room* aldeão. Ao pé do fogão, de lenha crepitante, come a família reunida, em mesa velha e rústica ou no solo, coberto de esteiras de vimes. Nos climas frios, desde meados do outono, é o local de maior permanência. Sai-se apenas para dormir. Vez por outra, mão solícita espevita o Fogo, padrinho tutelar da humilde assistência. Medita-se, olhando as chamas que se retorcem. A lareira é um santuário doméstico. Sugere recordações e as reminiscências são oferendas votivas aos Antepassados, moralmente presentes. Todo camponês considera a refeição um ato religioso, exigindo compostura, decoro, circunspecção. Não se come "descomposto", quanto mais despido. Nosso Senhor volta as costas, não assistindo o ágape.

Fogo materializa qualquer distúrbio cutâneo, arrebatamento imprevisto, urgência amorosa, quentura temperamental, fogo de palha, euforia rápida. No *Auto da Festa*, 1525, de Gil Vicente, o Rascão diz à Velha, com quem noiva:

> – Sabeis vos que me parece?
> deveis de ser muito fria.

A resposta é fulminante:

> – Huy! mais quente que a brasa;
> antes vos faço a saber
> que, se não fosse o comer,
> não faria lume em casa
> nem me faria mister!

Onde existiu o Fogo, denunciado pela nódoa na terra queimada, não se reacende outro lume. No Rio Grande do Sul é uma provocação às desgraças. Semelhantemente entre os Mixtecos mexicanos.

Da respeitável *Piromancia*, adivinhação pela visão das labaredas, vivem resquícios notórios no Brasil. O lume estala denunciando "ausências" malévolas. A chama oscila quando uma Alma passa por perto. No Rio Grande do Sul é o Angoera, o caboco Generoso, soprando-a para divertir--se, assustar ou transmitir mensagem àqueles que a entendem. Assunto de poetas romanos há quase vinte séculos... Quando a luz de uma lâmpada antiga se alteava em luminosidade, era aviso benéfico. É o *scintillare oleum*, de Virgílio, *Georgica*, 1, 390-2. Para o mantuano valia mudança atmosférica. Para o sertanejo é um recado dos Mortos. A flama que esmorecia e finava, tendo combustível, dizia da morte de um enfermo vizinho. O próprio defunto apagara a chama, divulgando o trespasse. A chama alternando a intensidade, fingindo morrer e reanimando-se, inopinadamente, traduz agonia de alguém ou situação aflitiva em parente próximo. O lume da cozinha "custando a pegar", contrariedades durante o dia. Acendendo-se logo, em flamas vivas, altas, buliçosas, êxitos, notícias agradáveis, negócios felizes. Um meu parente transferiu viagem proveitosa porque, madrugada, a esposa, tentando fazer café, alertou-o de que o fogão estava *dura-fogo*, difícil, tardo, custoso de acender. Renunciou a jornada naquela manhã, já o cavalo selado. Seria uma longa galopada inútil porque a pessoa que o interessava em Mossoró, fora para Natal, por motivo de moléstia imprevista. Depois, tudo deu certo, fogão e negócios.

Henry Walter Bates recorda Cecília, velha indígena em Santarém, feiticeira sabendo resquícios de Piromancia em 1851: "Consistia em soprar no Fogo pitadas do pó da casca de certa árvore e outras substâncias, enquanto murmurava um encantamento (uma oração repetida de trás para diante) com o nome da pessoa sobre a qual queria que o conjuro operasse" (*O naturalista no rio Amazonas*, II, 1944).

Nas "experiências" na previsão do sexo, a mamãe-grávida queimava um floco de algodão na tábua da mesa. Se a combustão obrigasse o algodão a elevar-se, seria menino. Ficando com pouco movimento, desfazendo-se sem voar, mulher! De um modo geral o floco de algodão, palha, estopa, subindo no ar ao incendiar-se, era uma afirmativa. Confirmava o casamento, consultado dessa forma.

O Fogo-Santelmo, "Corpo-Santo", flamejando oscilante nas partes inferiores do barco, anunciava tempestade ou ventania. Ardendo no topo do mastro, tempo-bom, bonança, mar sereno.

O colchão, enxerga, rede de dormir, em que morrera um ancião, devia queimar-se "para não ir outro membro da família". Não haveria esse preceito tratando-se de "anjos" ou pessoas jovens.

A palha-benta presenteada no Domingo de Ramos, Páscoa-Florida, é antídoto das trovoadas. Deve, necessariamente, ser exposta em chamas, mesmo dentro de casa.

A tradição de que os deuses, e mesmo Iavé, só receberiam as oferendas, sacrifícios, incinerando-se as vítimas, manteve, quase por todo o Mundo, a crença de queimar quanto fosse destinado aos Mortos. Os indígenas do Brasil, em maioria, queimavam, as armas, ornamentos, utensílios de usança pessoal, inclusive a própria choupana residencial dos Chefes, na intenção daquela parafernália acompanhá-los na outra Vida.

Quando alguém falecia, os vizinhos traziam, emprestadas, as luzes necessárias para a vigília noturna, o "quarto ao defunto". As lâmpadas familiares constituiriam agouro. Seriam acesas quando o cadáver estivesse sepultado.

Ao acender as lâmpadas, era de obrigação e praxe "salvar": Boa Noite!...

O Povo tem as dimensões míticas do Fogo como as recebeu de Portugal. Nenhuma lenda indígena vulgarizou-se na Cultura Popular. As origens não interessam. O fabulário ameraba não influiu na temática popular.

Brandão de Amorim (1865-1926) fixa um "Senhor do Fogo", *Tatá-Iara*, amazônico, sem identificação topográfica e étnica. As chamas aquecedoras foram denominadas "Mãe do Quente", *Saku-Manha*, obtidas pela tanga inflamada ao contato de um rapaz miraculoso, surgido de um rio inominado, tendo um halo resplandecente. Atiram-lhe o *cueio*, tanga, que ficou flamejante, conduzindo o lume, pela primeira vez, para a aldeia. No outro dia, o *Tatá-Iara* pessoalmente ensinou o uso do Fogo, brasas e labaredas, para fatura e preservação dos alimentos. Não lhes confiou o segredo da produção ígnea. Pertencia ao culto do Jurupari. Rio Negro ou algum dos afluentes talvez o Uaupés. É a única figura antropomórfica que conheço nos mitos do Fogo.

A origem é divina ou sideral. Não fora, inicialmente, encontrado na Terra. Relaciona-se com o Raio, denunciando a unidade criadora.

O Jacaré furtou o Fogo à Tupana. Iuí, *tuixaua* das Rãs, embriagou-o numa festa, matou-o e a ave Japu descobriu a brasa no ouvido do sáurio. Ficou, até hoje, com o bico escarlate. Para os Bacaeris, do Xingu, no Mato Grosso, Karl von den Steinen deparou o Dono-do-Fogo na Raposa. Entre os Caxinauás, panos do Acre, Capistrano de Abreu apurou ser a Maracanã (Psitacídeo). Nunes Pereira (*Moronguetá*, 2º, Rio de Janeiro, 1967) acolheu três estórias dos Uitotos no Solimões. O Morcego-branco (Quiróptero) trouxe o Fogo da Estrela-d'Alva, mas a possuidora era a velha Bacurau (Caprimulgídeo) a quem um menino arrebatou. Os donos do Fogo foram poucos e lentamente é que houve preparação. Nenhuma referência a *fazer* o lume. Apenas sabiam guardá-lo, evitando que se apagasse. Fora, pelo exposto, propriedade egoística de um animal, roubado por outro, espalhando as utilidades. Walter Hough, estudando *Fire Origin Myths of the New World* (1924), classifica toda essa técnica em *Raptorical Myths*. E conlui *the theft episode is almost universal*. O primeiro ladrão seria Prometeu.

Essas estórias não alcançaram o nosso folclore. Nem mesmo nas áreas geográficas habitadas pelos indígenas sabedores. A população "brasileira" ignorou-as.

O fumo da chaminé avisa a existência familiar. Casa sem fogo, deserta. Fogo morto, improdutivo. Não se faz fogo, miséria total. *Acqua et ignis interdictio*, morte civil. Difícil ao "Sapiens" de arranha-céu e elevador compreender a presença poderosa, de indizível irradiação tranquilizadora, de uma fogueira ardendo na solidão, acampamento de caça ou "arrancho" de comboieiros, dormindo-no-mato. Algumas vezes, sem finalidade útil para culinária e aquecimento. Indispensável alegria para os olhos, testemunhando a devoção imemorial. Claridade. Conforto. Convivência. Ameríndios e africanos do Atlântico e do Índico, fazem a fogueira havendo mais do que suficiente calor. Para o viajante, retardado ou sem rumo, o clarão na treva tropical é a incomparável certeza do abrigo e da segurança. Valoriza o Fogo quem dele se aproximou num dezembro europeu.

A Vida Moderna, na aparelhagem mecânica, oculta o lume. A lareira vive nas aldeias, substituída nas cidades pela calefação elétrica. O Incêndio, insusceptível de entendimento "técnico", é a exposição legitimadora do inesperado Poder. Uma contemporaneidade dos milênios.

Sobre o Fogo:

– "Prometeu", *Anúbis e outros ensaios*, Ed. Cruzeiro, Rio de Janeiro, 1951. (Republicado em *Superstição no Brasil*, Global Editora, São Paulo, 2002.)

– "A luz trêmula", *Superstições e costumes*, Ed. Antunes, Rio de Janeiro, 1958. (Republicado em *Superstição no Brasil*, Global Editora, São Paulo, 2002.)

– "Fogo", "Fogo-Morto", *Dicionário do folclore brasileiro*. Global Editora, São Paulo, 2012.

VIII

PARA O ESTUDO DA SUPERSTIÇÃO

I

Competência. Renan e Spengler. Entendimento temático. O interesse independente.

Um comerciante de Mossoró, amigo de meu Pai, quando lhe perguntaram por que não ia visitar o Rio de Janeiro, respondeu, sereno: *Não tenho competência!*

Minha viagem é bem maior. Jornada através do universo supersticioso que vive em nós; *nós* plural de *eu*, ou soma de *nós dois*, leitor. É óbvio que tenho a superstição da "competência" pessoal para elaborar um dicionário brasileiro de superstições, e não dicionário de superstições brasileiras porque as possuídas, ocultas ou reveladas, recebemos de terras longes e de raças eminentes vindas para o Brasil, e que foram as roseiras amáveis das flores nacionais inebriantes.

Renan recomendava perder a fé como fundamento da imparcialidade no estudo das religiões. Mas também: *On ne doit jamais écrire que de ce qu'on aime.* Entende-se por que o quinto evangelho não foi escrito por Judas Iscarioth.

O primeiro elemento para bem analisar uma superstição é pesquisar sua lógica. Indagar pela estrutura íntima daquela atual asnice que fora imponente sabedoria doutrinal. A enrugada e lerda anciã começara sendo airosa e deslumbrante jovem, porejando atração e seiva. Começar do princípio para o fim e não do fim para o princípio. Sobretudo evitar o dar-se ares iluminados de Pico de Mirandola, sabedor de todas as coisas *et quibusdam allis.*

Lembrar Oswald Spengler, na versão de Morente: *Pero lo que realmente sucede es que esas épocas pretéritas no quisieron lo mismo que queremos nosotros.* Situar mentalmente a superstição no tempo para evidenciar a inoportunidade da intervenção no quotidiano. Deduzir, então, que Spengler nunca examinou o motivo por que a superstição é justamente o inverso da proposição. Mostra, outrora e hoje, que o homem resolvera a mesma angústia com o recurso da mesma fórmula. E Renan, há cem anos, afirmando que *la croyance aux farfadets et aux revenants a disparu*, provara conhecer a história das religiões mas não os devotos sobreviventes. As dores não mudam. Nem o desejo de evitá-las.

É preciso diminuir a capacidade receptiva com que engurgitamos lições de História pelo método-confuso, como certos turistas assimilam às explicações dos *ciceroni*, sobre as catedrais italianas e castelos alemães.

A forma elementar de expor a *competência* é confidenciar os antecedentes comprovadores da predileção.

II

Depoimento pessoal. Informação confidencial do menino-doente, filho único. Ilitia em Santa Cruz. O preceito das Cartas Chilenas.

A superstição sempre constituiu para mim uma das mais sedutoras indagações na cultura popular. Mais do que qualquer atualização arqueológica, sentia a unidade humana no mesmo receio temeroso, no mesmo gesto de súplica, na mesma ameaça apavorante. Valorizava-a o inopinado encontro em registos milenares e longínquos, viva em povos que haviam ignorado minha terra e minha gente. Surpreendia nos livros venerandos a solução que a fé transmite à confiança devota, revendo-a nos humildes servos familiares, pobres, analfabetos, tímidos. Davam-se explicações misteriosas que eram oráculos, ditados pela muda pitonisa da tradição. A literatura greco-romana parecia-me repetir, no infinito do tempo, as vozes mansas do meu povo fiel. Era uma transmigração afetuosa. Almas de Atenas, Tessália, ilhas do Egeu, Siracusa, Roma, Cartago, sibilas, áugures, vestais, arúspices, falando como tia Lica, seu Nô, Bibi, João Monteiro. Frases curtas, decisivas, cheias de sabedoria hermética: – *Faz mal! Não dá certo! Atrasa! É o contra!* Ao catecúmeno não se explica. Aconselha-se, orienta-se, corrige-se. Era um limiar sagrado com as névoas, os silêncios, as compreensões inacessíveis aos neófitos, trêmulos e crentes nos adros da iniciação.

Como fui filho único, doente e triste, amamentou-me o leite de todas as crendices populares. Rezas-fortes, banhos de cheiro, mezinhas serenadas, cascas de tronco do lado-que-o-Sol-nasce; velhas praieiras esconjurando, como na Caldeia, os demônios das febres incontáveis; negros, altos e magros como coqueiros solitários, defumando meu leito, o aposento, meus brinquedos imóveis, o cavalo de pau de talo de carnaúba, o navio de papelão, a coruja retangular de papel de seda: rezador vindo da Serra da Raiz, dos brejos, areias de Maracajaú, pé-dos-morros, pondo rosários no meu pescoço, indulgenciados por aqueles teólogos sem Papa e sem Concílio. Meu Pai consultava o doutor Joaquim Murtinho por telegrama (um assunto para a cidade), e minha ama Bemvenuta de Araújo, *Utinha,* trazia uma mulata gorda e lenta, que tinha morado no Pará, cantando baixinho e de joelhos, para espantar o mau-olhado. Padeci todas as enfermidades folclóricas, espinhela caída, cobreiro, entalo, dormir com os olhos abertos, como os coelhos, mijo de maritacaca, dentada de caranguejeira, frieira por ter pisado em cururu, verruga por apontar estrelas.

Depois, anos de sertão de pedras, sem rodovias, sem luz, sem notícias, sem ideia das ondas salgadas; sertão de rezadores, tiradores de novenas, valetudinárias que recebiam recados dos anjos, únicas que amortalhavam virgens e aconselhavam viúvas moças. Privavam com um *surnaturel particulier* que desconcertaria Renan. Romarias ao *meu padrinho padre Cícero,* do Juazeiro, *Nossa Senhora dos Impossíveis* no Patu, *São Francisco de Canindé,* que era *Rei croado.* Havia gente que virava bicho. Em certos caminhos as árvores mudavam de lugar durante a noite. Fio de rabo de cavalo dentro d'água, fazia nascer cobra e gafanhoto vinha dos gravetos. As encruzilhadas eram mal-assombradas e assobiar nas trevas chamava o Diabo. Passar por debaixo do Arco-íris mudava o sexo. Certos bodes visitavam Satanás da quinta-para-a-sexta-feira, quando o Lobisomem corria, grunindo, as veredas de sete freguesias. Titica de galinha curava espinha. As almas podiam cumprir penitência nas pedras. Pecadores transmitiam vícios pelo rasto. A mula sem cabeça tinha olhos de fogo.

Depois, Natal, colégios, cursos na cidade do Salvador, Rio de Janeiro, Recife. Quarenta anos de professor. Viagens. O sertão do oeste fora a minha Massangana. Paralelo, acenante e repelido, desfilava o cortejo desses fantasmas de infância.

Até certo ponto, como Montaigne, *je suis moy mesme la matière de mon livre.* A casa de meus pais, Jundiaí, 93, ampla e acolhedora, era o refúgio dos mil e duzentos compadres legitimamente possuídos e outros tantos por auto-nomeação. Minha ama de leite, Joana de Modesto, faleceu centenária. Sabia muito mais do que a sibila de Cumes. Minha tia Naninha, irmã de minha avó materna, fora religiosa em Santa Fé, do *meu Pai Padre Ibiapina*. Tia Naninha, minha avó, e a outra irmã, tia Guilhermina, viúva e santa, todas falecidas em nossa casa, tinham, juntas, mais de 240 anos. Eram lúcidas, memoriadas, conversadeiras. Foram as minhas três Camenas inspiradoras.

Em 1918 apaixonei-me pela cultura popular, vivendo-a, procurando-a, amando-a. Um colega de magistério pediu minha demissão ao governador Juvenal Lamartine porque era indignidade um professor do Ateneu Norte-Rio-Grandense andar indagando Lobisomem e estudar Catimbó, enrolado com os "mestres" e os juremais miríficos. Com 20 anos acompanhava o capitão Joca do Pará nas patrulhas de cavalaria para escrever uma *Ronda da noite*, quando Natal dormia. Dispenso-me e dispenso-te, resignado leitor, relembrar minha bibliografia na espécie. Para os "antecedentes", entre 1921 e 1929, há registo no *Vaqueiros e cantadores* (Porto Alegre, 1939).* Ali vereis, divertido, as antiguidades teimosas da minha simpatia supersticiosa, na inicial trôpega.

Pelo confessado, nunca me desinteressei pelo assunto. Leitor profissional, fui sempre etnógrafo-de-campo, bebendo água da fonte e do charco, na fidelidade da verificação direta. Não digo que essa bibliografia seja credencial, mas atesta que o autor não é criminoso primário mas obstinado reincidente na constância da observação e safra, mais ou menos intencionais e provocadas.

Um episódio reforçaria o valimento da presença espantosa, inabalável e determinando obediência. Em 1920, veraneava com meus pais na cidade de Santa Cruz, RN. Era então estudante de Medicina. O médico local, farmacêutico Pedro Medeiros, amigo excelente, levou-me a ver uma senhora em trabalho de parto. Demoraria a expulsão porque a parturiente ainda andava pelo quarto, nas dores pela dilatação. Tudo normal e presumidamente feliz, como ocorreu. Ficamos conversando, animando a jovem mãe e mais ainda o marido, papai pela primeira vez. Pedro Medeiros sentou-se, passando a perna direita sobre a esquerda, enclavinhando os dedos, apoiando as mãos no joelho, atitude sua habitual. A parteira, aflita, admoestou-o: – *Descruze as pernas, doutor! Enquanto vossa mercê estiver assim, a criança não faz movimento!* Sorrindo, Pedro Medeiros cumpriu a imposição obstétrica. Anos depois Ovídio (*Metamorfoses*, IX) fazia-me concordar com o alarmado protesto. Satisfazendo o rancor ciumento de Juno, Ilitia, a Lucina romana, deusa dos partos, prolongou sete noites o sofrimento de Alcmena, sentando-se no altar, de pernas cruzadas e dedos das mãos metidos uns

---

* Pela Global Editora, 2005. (N.E.)

nos outros. Enquanto assim esteve, *sustinuit partus*, Hércules não nasceu. Até o meu tempo de rapaz era formalmente proibida, pelas normas da educação e decência, essa posição às damas e donzelas. Na 5ª das *Cartas chilenas*, finais do século XVIII, em Vila Rica (Ouro Preto), Critilo lamentava:

> – Ninguém antigamente se sentava
> Senão direito e grave, nas cadeiras.
> Agora as mesmas damas atravessam
> As pernas sobre as pernas.

A "comadre" sertaneja de Santa Cruz ajudava *Ilitia*, como todas as mães gregas e romanas, milênios antes de Cristo. Parodiando o velho Timbira do *I-Juca Pirama*, poderia dizer: – *Meninos, eu vi!...* Vira um rito sagrado em plena função defensiva, da Tebas grega ao sertão do Rio Grande do Norte. Indiscutível. Típico. Real.

III

Antiguidade da formação supersticiosa. Templum e Fanum. Circulação memorial. Universidade receosa. Fidelidade a Deus e aos DeusesDocumentário paleolítico. O verdadeiro e o maravilhoso na concepção coletiva. As lógicas funcionais.

A superstição é uma sobrevivência de cultos desaparecidos. Ficam vestígios atualizando as proibições ou atos vocatórios de infelicidades de outrora. Superstição, *super-stitio*, o-que-sobreviveu. Ajustam-se psicologicamente aos elementos religiosos contemporâneos, sempre condicionados à mentalidade popular. Permanecem no automatismo mímico, enunciação de frases afastadoras do Mal, ou renúncias denunciando os limites lícitos das devoções diluídas no tempo. É um reflexo associado.

Paralelos, e mesmo mais antigos, às funções religiosas, vivem cultos anônimos, com liturgia especial, apedêutica, aquecidos pela solidariedade fervorosa. Assim na Roma hierárquica, ao lado do *templum* na cidade havia o *fanum* na orla rural. O *fanum* determinou o *fanático*, ardente, teimoso, com o orgulho de uma ortodoxia bem diversa, possuindo interpretações, testemunhos, intervenções sobrenaturais, sem a dependência dos sacerdotes regulares, respeitados mas inoperantes naquela outra área sagrada. Como um missionário capuchinho no arraial de Canudos, de Antônio Conselheiro. Do *templum* podiam nascer superstições pelo processo modificador da imaginação popular, alheia às sutilezas da casuística. O *Fanum* foi uma outra fonte de vulgarização a serviço do *entendimento* comum. Do *templum* desciam as águas de nascentes serenas, curso normal e conhecido desde as cabeceiras. Do *fanum* rumorejavam as torrentes criadas pela fé tempestuosa, entrechocando-se na variedade das opiniões devocionais. De um modo geral essa é a dinâmica da superstição. A mobilidade das classes sociais estabelece e mantém o movimento incessante da difusão espiritual. Plebeus e nobres, mudando de "estado", espalhavam no novo ambiente suas crenças. Recebiam outras, confundidas ou aglutinadas às anteriores. Ou ficavam autônomas. Quando afirmamos a origem religiosa da superstição, excluímos a unidade criadora porque ela decorre, como um imenso rio, da coordenada imprevisível de afluentes. Participando da própria essência mental humana, não há momento na história do mundo sem a presença inevitável da superstição. Há exemplos de transmissão sem o conhecimento do mal, como às vezes ocorre nas portadoras de hemofilia. Há semeadores de superstições, fingindo zombar delas.

A elevação dos padrões sociais, domínio da maquinaria, cidade industrial, laboratórios, departamento de técnica especializada, museus, lavoura sob métodos racionais, pastorícia com requisitos modernos de aplicação, mesmo as Universidades, são viveiros de superstições antigas, renovadas, readaptadas às exigências modernas. Todas as profissões e atividades têm seu *corpus* supersticioso. Uma superstição substitui outra, como mudamos de trajos. Há um acervo supersticioso aviatório e o haverá ligado à subsequente astronáutica. Aqueles que afirmam independência absoluta da superstição é porque não desejam confidenciar a participante simpatia. O folclorista boliviano M. Rigoberto Paredes resumia: – *Se envanece nuestro siglo de haber dado muerte a las supersticiones con los progresos de la ciencia, cuando nutre en sus pechos la mayor parte de ellas y ostenta y da vida precisamente a la superstición de no querer ser supersticioso.*

A superstição é uma técnica de caráter defensivo no plano mágico, legítima defesa contra as *forças* adversas. Opondo uma barreira ao assalto invisível e maléfico, age o amuleto, distanciando a possibilidade da realização nefasta. Esse movimento, instintivo, obscuro, poderoso, está muito além do raciocínio e se integra na intimidade misteriosa dos atos reflexos.

As mais remotas religiões são herdeiras de outras, anteriores e mortas. Há sempre liames de comunicação entre umas e outras. Os velhos livros registaram a espantosa contemporaneidade.

O vigário de Vibraye, Jean-Baptiste Thiers, compendiou o *Traité des superstitions relatives aux sacrements* (1679, um tomo, quatro em 1741) e A. Du Chesnel o imenso e maciço *Dictionnaire des superstitions, erreurs, préjugés et traditions populaires, où sont exposées les croyances superstitieu- ses répandues surtout dans les populations agricoles et maritimes* (1856), longa exposição das crendices europeias, resistindo à batalha educacional, de Luís XIV a Napoleão III. As necessidades humanas são fundamental- mente as mesmas e satisfazer um problema angustioso numa solução total e divina é o sonho tenaz de todas as idades. *Inclinant natura ad supers- titionem barbari.* Montaigne concluía: *C'est un grand ouvrier de miracles que l'esprit humain.* O espanhol pensaria: *Hágase el milagro y hágale Dios o el diablo!* A minha pulpite exige um alívio mais imediato e urgente que a questão do Viet-Nam. Esgotados os recursos sedativos, apela-se para os ritos protetores n'algum *penseur de secret*, curandeiro, doutor em "ciências ocultas". *Hágase el milagro...*

A crença na possibilidade do milagre, a intervenção do sobrenatural atraído pelas rogativas ou formulário propiciatório, consiste numa base homogênea e confiante, orientando a súplica para qualquer dos poderes capazes de atender ao supremo pedido. Não há, intimamente, a menor antinomia no homem do povo dirigir-se ao babalorixá e depois compare- cer, orante e contrito, a uma cerimônia religiosa ortodoxa. As mais antigas e prestigiosas *mães-de-terreiro* na cidade do Salvador, Bahia, eram e são católicas, pertencentes às Irmandades e com enterro sob bênção litúrgica. Xangô, Egum, Iemanjá não têm poder de afastar nenhum dos seus devotos do Paraíso *dos brancos*. A Cruz e a Figa não se enfrentam como antagô- nicas mas existe uma coexistência natural. Possuo uma cruz, adquirida no Mercado Público do Salvador, em que as extremidades são figas. A pata de coelho, a figa, completam um amuleto em que figura uma medalha do Senhor do Bonfim. Tenho um exemplar comprovador. O processo da acul- turação é documento básico dessa dualidade funcional.

Qualquer etnógrafo examinou o material paleolítico, tão rico docu- mentário na espécie. Deve ter visto, desde e mesmo antes do aurignacense, as estrelas de cinco e seis pontas, a lua, o círculo solar; dentes, cornos em espiral, corações, conchas, pedras perfuradas, colares, pulseiras, diademas, jarreteiras, búzios para vivos e cobrindo os esqueletos do quaternário; ar- mas com empunhaduras gravadas, insígnias, triângulos, xadrezes, paralelas, linhas ponteadas; objetos vindos do Báltico e da África setentrional, coin- cidentes em Troia, França, Espanha, entre os hititas, exumados no Egito, nas ilhas do Mediterrâneo, em Ur, Mohenjo Daro, Harapo, Pérsia, Sudão. Depois a suástica, sol flamejante, crescente lunar, representações animais com indicações gráficas para captura, desenhos anunciando convenções de grupos ou associações secretas, ovos de avestruz, argilas, marfim. A figa mediterrânea. Falos. Animais, moluscos, peixes, protetores. A quase totalidade rotula-se como sendo *ornatos*, enfeites portáteis. Os primeiros objetos permutados, vencendo a geografia, foram esses ornatos que eram armas para a defesa individual, armas irresistíveis, dissipando o pavor, a derrota, a moléstia e a morte. Eram os amuletos. Quase todos continuam, em nossos dias, industrializados, com o mesmo uso, na disfarçada intenção da elegância ostentória.

Daquele tempo ninguém sabe o complexo em sua nitidez funcional. Sabem alguns ritos, deduzidos pelos depósitos arqueológicos. Ritos salvadores e alguns, aplicados no defunto, garantiam-lhe a ressurreição, podendo ir caçar bisontes e mamutes nos campos do Céu.

Raros admitem essa fabulosa sequência. Fecham os olhos à evidência. Os símbolos cordiformes do solutrense, do madaleniano, são contemporâneos. Há quem ensine que tudo começou na Idade Média.

A primeira cor obtida pelo homem e por ele utilizada para finalidade religiosa foi o vermelho. Ainda é a cor mais popular no mundo inteiro. Está no pavilhão nacional de quantos países? Verifiquem. É a maioria absoluta. É o símbolo evocador do Sol e do sangue. Os infra-homens pintavam de rubro os ossos dos seus mortos. A vida voltaria na sugestão do sangue e da luz.

A superstição acolhe na foz imensa as águas de procedências infinitas no espaço e no tempo. Seguindo-a, da raiz à flor, identifica-se a multidão dos séculos e a massa confusa dos nossos antepassados, desde Cro-Magnon, e muito antes, porque o *Homo Neandertalensis* e seus afins, nosso parente infecundo, era supersticioso.

O *É proibido* do direito penal reaparece no *Faz mal* popularíssimo e com maior extensão jurisdicional. A superstição vale crédito; de *credere*, acreditar. Que é um "conceito" senão uma superstição, imperativa e renovável? Não creiam que a superstição esteja cedendo sob a pressão científica. Muda de continente e não de conteúdo. Há uma superstição *científica* que segue como uma sombra a irmã formal e grave, vez por outra confundindo-se notadamente no domínio da interpretação psicológica. As "escolas", e sobretudo o *scholar*, guardam muito de imponência através do aparato supersticioso. A propaganda é uma fórmula supersticiosa, impondo aceitação antes da evidência.

Além da doutrina e da realidade dos fatos, a figura humana projeta-se na simpatia popular e essa transfigura o motivo para assimilá-lo, recriando à sua imagem e semelhança. Há uma auréola supersticiosa ao derredor dos assuntos tornados patrimônio vulgar, ampliando-lhes as áreas de aceitação ou reprovação fervorosas. O *verdadeiro* não é popular. Kaarle Krohn afirmava que, na aceitação coletiva, o *maravilhoso* é mais lógico que o *natural*. Justamente o inverso da perspicácia de Ernesto Renan: – *"O povo já não pode ter senão uma religião sem milagre"*. Pois sim.

Como processo psicológico a superstição apresenta-se como uma lógica necessária e clara. É uma solução dependente da vontade individual. Farás tal ato para tal resultado. E também se associa uma outra lógica, pré--lógica ou hiperlógica, de sentido oculto, incompreensível mas real e que *deve* possuir efeitos decisivos, embora escapando à percepção do homem. Essa fase escura, tenebrosa, cheia de forças imprevisíveis, é a que mais atrai no ritmo da realização e da esperança. Fundamenta-se na confiança de poder dispor, evitar, afastar, dispersar, aproximar as grandezas imortais, fazendo-as ou tornando-as acessíveis e dóceis aos interesses pessoais, do agente supersticioso.

Essa convicção é mais profunda do que pensa a nossa vã filosofia, Horácio... Quando a contemporaneidade, evidente e negada, dispensa-se recensear a infinidade funcional, profissionalmente vivendo de prever o futuro; baralho, sonhos, mãos, astros, consultórios, revistas, reuniões, em todas as cidades maiores e menores desse mundo. Com esses magos, existe a classe feiticeira, curando o incurável, vendo o invisível, prevendo o indefinido, tendo como clientes reis e rainhas, de sangue azul, e o sangue financeiramente dourado.

IV

Persuasão e Convicção. Valorização de resíduos mentais.

Os estudiosos de psicologia experimental tateiam as origens e razões suficientes da *persuasão* e da *convicção,* franja e foco do mesmo estado mental. Terão mais explicações, contrárias e afirmativas, que a predestinação e o livre-arbítrio. Persuadimo-nos quando os argumentos apresentados possuem pontos de apoio em nossa intimidade racional. Há, informe mas vivo, um sistema concordante, mergulhado na obscuridade do subconsciente, oferecendo elementos para o entendimento oportuno. Parece-nos, então, aceitar razões nossas, surgidas das profundezas da memória. *On se persuade mieux, pour l'ordinaire, par les raisons qu'on a trouvées soi-même, que par celles qui sont venues dans l'esprit des autres*, ensinava Pascal.

Creio que o segredo da Didática consiste em fazer adotar pelo ouvinte as noções expostas pelo mestre. Considerá-las filhas legítimas da própria inteligência e não imagens estrangeiras às suas relações intelectuais. O *intellectus* e o *intelligere* são processos de fusão, de integração, elaboração de síntese de novos com os antigos dados da mentalidade, uma coordenação cujo milagre está no volume utilizável nesse ajustamento. Ficamos com o material futuramente aproveitável na mecânica do raciocínio. O *eliminável* não se exclui. Permanece, aposentado nos escuros escaninhos, aguardando o momento da ressurreição útil. *Bem sabia... sempre desconfiei... pensava comigo*, são frases denunciadoras da revalorização desses resíduos.

Em larga e funda proporção resistem no espírito popular as bases milenárias constituídas pelas primeiras defesas, evitações ou alianças com o Inexplicável-Sobrenatural, fórmulas compatíveis com suas primárias inteligências iniciais.

Um signo mágico do Solutrense continua signo mágico nesse final do século XX. Não se admirem se um astronauta levar no bolso uma pata de coelho. Que no futuro acampamento na superfície lunar não haja a barraca número 13. Que não seja aconselhável atingir Saturno na primeira sexta--feira de agosto. Esses prejuízos não diminuirão o fulgor dos vencedores do tempo sideral, como não retardaram a Vasco da Gama e a Fernão de Magalhães, vencendo a solidão do mar ignorado.

V

Origens étnicas da superstição brasileira. Amerabas. Portugueses. Africanos. Influência. Persistência. Aculturação.

Nós, brasileiros, somos representantes, biologicamente resignados, de povos de alto patrimônio supersticioso. Um tanto menos que os troncos étnicos da Europa histórica.

O nosso alicerce consta de amerabas, portugueses e africanos.

Os indígenas essenciais foram os tupis, jês e cariris. Aruacos, caraíbas, e outros grupos não prestaram colaboração cultural profunda, imediata, prolongada. O tupi, arrancando da América Central, derramou-se pela América Austral numa incessante infiltração, povo inquieto, lidador, cantor e bailarino, valorizador da farinha de mandioca, tida do aruaco, emigrando em massa, procurando a terra onde não se morria, base inicial de aproximação lusitana, servos, mestres, padrinhos dos topônimos: os jês irradiam-se dos chapadões, combativos, inassimiláveis, sobreviventes de milênios, o inimigo, fantasma guerreiro, Timbiras, Aimorés, Botocudos, morrendo com seus mistérios, "adivinhados" pela etnologia tateante; o cariri empurrado para os sertões, sólido, taciturno, reservado, saudoso da orla azul onde nasce o sol e floresce o cajueiro. O português trouxe todas as raças participantes do seu sangue, ibéricos, gregos, cartagineses, romanos, a onda germânica, o preamar mouro e árabe, judeus, cavaleiros cruzados, o conde dom Henrique, o primeiro Rei de Portugal, vendo a Cruz de Cristo no céu de Ourique, catolicismo missionário e guerreiro, lendas, sacrifícios, milagres. Os africanos, sudaneses e bantos, além da herança tradicional, carreavam a presença berbere da África Setentrional, pelo Sudão as lembranças egípcias e das populações circundando os lagos, cabeceiras dos rios fabulosos, mais semeados de lendas que de viventes; impérios, cultos, façanhas, confusamente poderosas na imaginação obstinada.

Todas essas memórias ficaram vivas nas reminiscências brasileiras, nos giros e volteios da ebulição mental, presenças ativas na química de todos os pavores coletivos.

A influência mais penetrante e profunda é a europeia, via portugueses. Fornece o ácido para a prévia dissolução assimiladora e o conduto plástico para a incessante movimentação.

Na ordem quantitativa segue-se a sussurrada pelas vozes escravas, numa interminável contaminação do medo hereditário. Note-se ainda que o africano veio para o Brasil na primeira metade do século XVI, segundo terço da centúria, e o contato lusitano na orla negra do Atlântica orçava os cem anos de convivência. Muita superstição europeia possuiu esses dois caminhos para a transmissão. Franz Boas afirma semelhantemente para os contos populares, vindos da África Ocidental, correntes nos Estados Unidos, meras variantes dos motivos espanhóis e portugueses.

A menor percentagem é a do indígena, dono da casa que não tinha mobília para acomodar, suficientemente, um sistema de superstições circulantes.

Com essas três fontes, não unitárias e homogêneas, mas vértices de ângulos com bases de extensão imprevisível, criou-se a superstição brasileira.

Para amerabas e africanos, impossível distinguir superstição retardatária do culto normal. Para a fiscalização ortodoxa dos "brancos" tudo seria ilícito e condenável. Para os servos, fidelismo aos antepassados, ao sagrado consuetudinarismo religioso. Indígenas e negros foram sendo conquistados, festivamente aderindo aos missionários. O problema surgiu quando perceberam que o processo catequístico tentava dar-lhes outra alma, mentalidade, critério, soluções "brancas" e não povoar as almas nativas com as luzes cristãs. Indígenas e africanos recolheram no recesso das memórias uma teimosa e pequenina capela para os seus deuses depostos. Não defendiam, psicologicamente, sua Fé mas à maneira de devoto às novas crenças, o caminho pessoal para a Divindade. Esse *entendimento* foi o segredo do domínio jesuítico.

VI

Dinâmica da superstição. O movimento difusivo. Presença portuguesa dominadora. Assimilação negra. O mestiço repercutor.

Há uma adivinhação brasileira assim enunciada:

> Ninguém quer ter.
> Quem tem, não quer perder.

É questão judiciária, pleito forense. No tocante à superstição, diríamos:

> Ninguém é... nem deixa de ser.

Defendemo-nos tenazmente da pecha de supersticiosos. Como sicilianos, corsos e napolitanos. No prefácio do seu *Mitos y supersticiones* (3ª ed., Santiago do Chile, 1947), d. Júlio Vicuña Cifuentes adverte: *"Por lo que a Chile toca, no hay motivos para creer que sus clases populares sean más supersticiosas que las de otros países, aunque entren en la cuenta los más civilizados de Europa, siendo muy de notar, en favor suyo, que no hayan recibido de los aborígenes ni asimilado de otras partes, las bárbaras preocupaciones que la tradición mantiene vivas en algunas cultísimas naciones del Viejo Mundo"*. Do México até a Argentina, passando por todas as Antilhas, concordamos com o saudoso mestre chileno.

No Brasil as superstições que atendem a todo território nacional foram trazidas pelos colonizadores. Não há um mito ou uma crendice ameraba ou negra que haja alcançado toda a população brasileira (*Geografia dos mitos brasileiros*, Rio de Janeiro, 1947; *Dicionário do folclore brasileiro,* 2ª ed., Rio de Janeiro, 1962).* A explicação é óbvia. Espanhóis e portugueses percorreram toda a terra americana, estabelecendo comunicação e contato entre grupos humanos isolados e secularmente independentes. Antes de 1492 para a América Espanhola e 1500 para o Brasil, cada povo vivia sua vida ignorando a dos vizinhos. Os historiadores norte-americanos Samuel Eliot Morison e Henry Steele Commager afirmam: *"Não havia tribo nem nação índia que soubesse coisa alguma do seu próprio continente para lá de umas poucas centenas de milhas"*. Por isso o Lobisomem trota em todo o continente e aqueles lindos fantasmas ameríndios têm uma melancólica

---

* Pela Global Editora, o primeiro, 3ª ed., 2002; o segundo, 12ª ed., 2012. (N.E.)

área de expansão. O espantoso *Popol Vuh* não ultrapassa a América Central. Heróis e deuses debatem-se em mundos estanques, incomunicáveis.

Como os europeus trouxeram o boi, vaca, carneiro, cabra, cavalo, porco, galo, galinha, cães e gatos, coelhos e ratos, todas as superstições relativas embarcaram com a bicharia para o Novo Mundo. Veio a Religião, com todos os ritos ortodoxos e heterodoxos. Veio a família "branca", nascimento, educação, noivado, casamento, parto, moléstia, remédios, morte, enterro, alma do outro mundo, aparatos subsequentes para aclimatação. Depois a sociedade, convivências, festas, negócios, armas, nova rotina de trabalhos, construção de edifícios, barcos, pontes, abertura de estradas, com os indispensáveis cerimoniais. E a parafernália doméstica, cama, estrado, cadeiras, mesa, cozinha, açúcar, pão, ovos, doces, bolos, fornos, iluminação, enfim o mundo familiar, plantando sementes de frutos inesgotáveis.

Os negros brasis e os angolas, congos e guinés não poderiam concorrer com esse infindável complexo no plano das atividades supersticiosas. Começaram, tímida mas incessantemente, misturando os seus com os medos senhoriais. E senhores, damas e donzelas participaram da difusão tentadora. As crianças foram ornamentadas no leite indígena, depois preferencialmente negro, domínio da *Mãe Preta*, boca de ouro para estórias, pingando pavores nas almas meninas.

O poder da penetração supersticiosa europeia foi decisivo. Irresistivelmente sedutor. Os escravos africanos, os mestiços, mamelucos, curibocas, cafusos, tornaram-se os infatigáveis divulgadores. Sílvio Romero salientou esse papel do mestiço na circulação e modificação do folclore brasileiro, acomodando-o à mentalidade nascente. Foram os *mestres de açúcar* das safras anônimas. Sabiam *dar o ponto* e distribuir o produto aos mercados consumidores.

Pelo volume gigantesco da escravaria exportada da África Ocidental e Oriental para o Brasil, alguns milhões de *peças*, a influência supersticiosa negra deveria ter sido o triplo. Mas, rapidamente adaptado ao ambiente das senzalas, o escravo aderiu à cultura local muito mais súbita e profundamente do que supúnhamos. Mesmo liberto da opressão, vivendo nos quilombos longínquos, *forro*, isto é, com a manumissão igualitária, continuava contando estórias "brancas" e espalhando crendices que vira o *senhor* praticar na casa-grande do engenho ou da fazenda. Não esquecera a África, mas a trazia para os encantos da aplicação, como canela em mingau. Bastante para dar sabor e coloração distintivos mas não característicos. Os pesquisadores da literatura oral na África, Chatelain, Bleek, Callaway, Buttner, Koelle, Junod, constataram o mesmo quanto à projeção da temática europeia no conto popular, recolhido no próprio continente negro. Seria o mesmo com a superstição.

Sente-se no Brasil a conformação da cultura africana ao correr do século XVIII, finais, quando se foi adensando nas cidades, voltando à indústria do açúcar, terminando a odisseia alucinante da mineração. O século XIX, açúcar, café, algodão, concedeu ao escravo uma autarquia cultural. A revelação é feita pelos artistas e viajantes estrangeiros, Debret, Rugendas, Luccock, Saint-Hilaire, von Martius, Pohl, Koster, Tollenare.

O século XIX, segunda metade, é a vinda vultosa de emigrantes italianos, alemães, espanhóis, sírio-libaneses. E a presença lusitana se manteve dominadora durante mais de cem anos, até as primeiras décadas do século XX, reforçando a tradição nos usos-e-costumes. As demais etnias têm efeito circunscrito às áreas de fixação, notadamente no sul do país, Rio Grande do Sul, Paraná, Sta. Catarina.

As superstições típicas rondam as derradeiras residências do povoado.

Na mesma mecânica do conto popular, a superstição, para adaptar-se, permuta elementos ajustadores. A famosa colheita do Barão de Studart em 1910, 335 superstições do Ceará (*Antologia do folclore brasileiro*, 2º tomo, 3ª ed., S. Paulo, 1966),* evidencia a técnica instintiva. Idêntica conclusão para a série do *Faz mal*, do médico Gonçalves Fernandes (*O folclore mágico do Nordeste*, Rio de Janeiro, 1938), a documentária excelente de Pereira da Costa (*O Folk-Lore Pernambucano*, Rio de Janeiro, 1908) e o clássico *Crendices do Nordeste*, de Getúlio César (Rio de Janeiro, 1941), citando apenas relações especiais no assunto, porque há imenso saber em Manuel Querino, Artur Ramos, Edison Carneiro, Leonardo Mota.

VII

Brasil Central e Sertão Velho. Estradas paralelas e não perpendiculares ao litoral. Imobilismo social.

O Brasil Central possuiu a movimentação e volteio do ouro e dos diamantes, levando aos distantes rincões novidades da Europa, até patins de gelo, de impossível proveito. As jornadas de Saint-Hilaire, de von Martius, Emanuel Pohl, registam suficiente informação.

Os sertões, desde a Bahia ao Piauí, mantiveram o privilégio da etimologia, *terras do interior*, arredadas, silenciosas, com as estradas paralelas e não em perpendicular ao litoral. Populações ignorando o mar. Conser-

---

* Pela Global Editora, 2004. (N.E.)

varam até a primeira década do século XX os arcaísmos do século XV, a imutabilidade alimentar, o costume inalterável, mitos, lendas, superstições coetâneas aos sesmeiros fundadores das povoações no século XVIII. Nenhuma viração renovadora conseguia penetrar aquele mundo imóvel e severo, com terrores do Apocalipse, disciplina feudal, guiado pelo relógio do sol. O Pai de família parecia ter saído do Senado de Roma. O Chefe Político recordava Salado ou Aljubarrota. As "meninas", sadias e analfabetas, viviam nas camarinhas sem janelas, sonhando raptos e fugas de amor. Casar com *moça furtada* era usar espora de ouro de cavaleiro. Banho ao sábado. Acordar com as últimas estrelas. Dormir à "boca-da-noite". Simplicidade. Solidez. Reservas.

Esse sertão, dos primeiros Vice-Reis às festivas comemorações do Centenário da Independência, conservou as superstições como a cinza de Pompeia aos testemunhos de sua civilização, sob os Flávios. Vivi anos nesse clima e sob esse regime. Quase no tempo do Brasil, Vice-Reino, El-Rei D. José, e o Marquês de Pombal.

Recordando é como se afirmasse à vista do original, ao qual me reporto e dou fé.

VIII

Fisiopsicologia mórbida e superstição. Maia Monteiro e um estudante de medicina perguntador. Os inquietos diabinhos teimosos e a repressão educacional

Conheci e privei em Natal com o pernambucano José Gomes da Maia Monteiro (1877-1931), fundador da "Farmácia Monteiro" ainda existente. Farmacêutico, doutorando-se em Medicina, outubro de 1908, defendera na Bahia a Physio-Psycologia Mórbida dos Grandes Homens, cadeira de Clínica Psiquiátrica e de Moléstias Nervosas, de que era professor Luiz Pinto de Carvalho. Em Natal viveu, casou e morreu. Está sepultado no cemitério do Alecrim.

De estatura abaixo de mediana, pele rósea, penetrantes olhos azuis, invariavelmente escanhoado, sorridente, mantinha uma cortesia impecável, de gesto e frase, mas incapaz de intimidade e confidência no meio de nossa má-educação, afetuosa e tropical. Não clinicando, dispensava maiores relações com os colegas, que lhe ignoravam o espírito. Pareceu-me um cerebral, fleumático, introvertido. A "Farmácia Monteiro" e a redação d'*A Imprensa*, onde eu trabalhava, eram prédios vizinhos na rua Doutor Barata. Um médico nosso amigo, Octávio Varela,* falara-me da tese de Maia Monteiro. Diariamente, daí em diante, passava pela "Farmácia Monteiro", tentando aproximação com as vênias profiláticas do arredio e gentil proprietário. Terminamos conversando. Deu-me a tese em maio de 1921, com autógrafo. E abriu uma janelinha comunicante. Eu então estudava Medicina. Os nossos diálogos ficavam no terreno das psicopatias, esquizofrênicos e paranoicos. Naquele tempo a endocrinologia e a biotipologia não determinavam prognósticos convincentes, presentemente atenuados e dispersos no quadro dos "elementos complementares". Os famosos "grandes-homens" eram doentes e não herdeiros de sugestões propedêuticas, irradiadas da família e humano ambiente. Explicavam pelas taras, malformações congênitas, predisposições. *Nullum magnum ingenium sine mixtura dementiae.*

Maia Monteiro nunca deixara de interessar-se pelo assunto mas se convencera da "normalidade" supersticiosa, como potência convergente, enleamento mistificador e mirífico. Não era *morbus* mas "estado natural" que atravessávamos recalcando-o para o subconsciente pela vontade orientada na educação lógica. Teríamos sempre a necessidade repressora, recolocando os fugitivos diabinhos em sua clausura orgânica. Estariam, dentro de nós, rebeldes à impotência, ávidos pela exteriorização funcional. Carga empurrada para a mala do carro, forcejando em libertar-se e retomar o volante da direção. Seria uma *aura*, podendo determinar os fenômenos de possessão, dos Catimbós e Candomblés, por exercer-se sem as travas disciplinares da consciência reguladora. Nega-se às iaôs e babalorixás a impulsão desordenada da histeria, clássica e aposentada.

Muitos anos depois atinei que uma boa percentagem das atividades mórbidas nos gênios seriam positivas manifestações supersticiosas, fobias, evitações, pavores incoercíveis, tomando o nome de manias, esquisitices, idiossincrasias de caráter pessoal, quando o super-homem estava à mercê da tradição-opressiva, comandando-lhe o sistema nervoso. Maia Monteiro lembrava-me que os nomes orgulhosos do patrimônio cultural brasileiro, homens do Império e da República, políticos, cientistas, professores, figuras altas na administração, economia, literatura, foro e cátedra, eram, quase todos, supersticiosos, respeitando o gato preto, a borboleta negra, uivo de cão, número 13, primeira sexta-feira de agosto, pé esquerdo. Negavam, mas

---

(*) Octávio de Gouveia Varela (1880-1963), recordado com tanta saudade, era um conversador incomparável. Formara-se na Bahia em 1905 com a tese: *Contribuição ao estudo da heterotaxia*, aprovada com distinção. O motivo estudado era o próprio médico. Octávio Varela tinha o coração no lado direito.

sempre resistia um macaquinho na loja de louça. O português Visconde de Santo Thyrso, diplomata, vivendo sua vida na terceira República Francesa e na Inglaterra da rainha Vitória e do rei Eduardo VII escreveu: *"Para não falar da antiguidade, era supersticioso Napoleão, e era supersticioso Bismarck. É livre de toda a superstição qualquer jumento, o que prova que a liberdade do espírito não é incomparável com o comprimento das orelhas"*.

Escreveu Gilberto Amado: "Não creio que haja quem, tendo uma parcela de inteligência, deixe de ser supersticioso".

Razoável, em fase de averiguações psicanalíticas e origens *fundamentais* de soluções psicológicas, afirmar, teimando, que a universalidade da superstição não concorre para a letalidade do gênero humano como certos "específicos" medicamentosos. A superstição portuguesa não retardou a epopeia navegadora nem a superstição espanhola evitou o domínio territorial do maior império na história do mundo. Santos Dumont, Ruy Barbosa, Joaquim Nabuco, o Barão do Rio Branco, Machado de Assis, Raimundo Correia, Coelho Neto, Olavo Bilac eram supersticiosos. Devemos-lhes infinitamente mais do que a muitos *livres-pensadores*, que se libertaram do pensamento.

Freud citava os supersticiosos emotivos, incapazes da prática do mal pelo temor da represália supersticiosa. É verdade que o cangaceiro Lampeão era supersticioso e profissionalmente malvado. Talvez fosse pior sem a superstição, como o famoso Dioguinho paulista seria mais sádico sem a leitura diária das *Horas Marianas*.

A superstição determina uma hipersensibilidade, percepção de suspeita de reações punitivas dos ofendidos, também pela via mágica. O homem pressente presságios evidentes por toda a parte. Tudo é vivo, consciente, com mensagens ambivalentes de amor-e-ódio. Não fica *ad libitum* a capacidade malévola, semeadora de espinhos e cacos de vidro.

IX

Vereda e rodovia. O conceito do "pré-científico". Repetição fiel e não recriação. A "percepção endopsíquica" de Freud. Os nobres exemplos gloriosos.

Uma rodovia asfaltada, iluminada, com sinais de trânsito, ladeada de residências ou de granjas confortáveis, teria sido, inicialmente, uma picada de caça, caminho de boiadas para as feiras, estradas de transporte pelas récuas de muares e asininos, carros de bois, automóveis de carga. O solo calcado e batido pelos comboios animais foi comprimido mecanicamente, coberto de pedras lisas, depois a camada de asfalto facilitou a velocidade do tráfego pelos motores de explosão. A primitiva paisagem lateral transformou-se gradualmente, substituindo-se, até o aspecto atual. O eixo alargara-se, corrigira-se, ampliando o raio das curvas e diminuindo o ângulo dos aclives. Percorrendo-a ninguém mais evoca que por ali corriam veados, pacas e porcos-do-mato. Nem a esquecida existência de ranchos de palha, casebres de taipa, abrigando misérias renitentes. A direção útil, coordenada geográfica, orientação azimutal, não mudaram através do tempo. Sul e norte. Leste a oeste. Inderrogavelmente, a mesma.

A superstição é o teimoso *rumo* desse caminho. Os cultos desaparecidos, a vereda de caça inicial.

Denominamos superstições gestos e palavras, ações e atitudes, antigamente fórmulas lícitas de exorcismo, rogativas para que uma ameaça extraterrena não se materializasse no ato punidor ou apenas maléfico. Freud resumiu na versão de Lopez-Ballesteros: *"En la concepción del mundo que se tenia en tiempos y por pueblos precientificos, la superstición estaba justificada y era lógica"* (*Obras Completas*, I, VI-12, Madrid, 1948). Apenas não concebo "povos pré-científicos" senão relativamente a nós, e não fixando ausência de uma ciência coeva. Seremos "pré-científicos" para os vindouros do século LX.

Não sei quantos compreendem o sentido *lógico* dos "sacrifícios" gregos, romanos, persas e judeus. E se o ato da oração, oral ou mental, não constitua embargos às divinas disposições da justiça, ou mesmo sejam ousadas tentativas de aprovação para notórios pecados, capitulados teologicamente. Essencial, para mim, é ressaltar a existência *lógica* da superstição como uma persistência de defesas permitidas, regulares e naturais para o tempo em que determinado culto era coletivo e legal. O supersticioso apenas obedece a mecânica de processos milenares, escapando ou dispensando, totalmente, a colaboração do raciocínio contemporâneo. É preciso atentar para a ancestralidade funcional supersticiosa e a nenhuma intenção *criadora*, e sim *repetidora*, em sua utilização.

Quem usa da superstição, confia na sua suficiência. O emprego de um modo arcaico não obriga à ignorância dos demais, modernos. Ernest Robert Curtius informa: "O distinto filólogo David Ruhnken (1723-1798) era um grande caçador. Baseado numa informação de Arrian sobre os celtas, perseguia os animais de caça apenas com rede, arco e flecha" (*Literatura europeia e Idade Média latina*, 55, nota, Rio de Janeiro, 1957). Não ponho dúvidas à filologia de Ruhnken pelo emprego das flechas caçadeiras, na Alemanha, finais do século XVII. Charlie Chaplin convencera-se de que suas velhas botinas arremendadas davam sorte... Noutro ângulo da visada, essas alucinações miraculosas, sonhos proféticos, comunicação telepática, presença maravilhosa, mereceram do Prof. A. da Silva Mello um libelo, inexorável de argumentação e brilhante variedade dialética (*Mistérios e realidades deste e do outro mundo*, Rio de Janeiro, 1950). A sempre crescente bibliografia do Espiritismo comprova a fidelidade às intervenções preternaturais, independentes de forma religiosa, enfrentando, inabalável, a ofensiva poderosa. Não compreendo maior testemunho da imperturbável vocação humana pelo sobrenatural, coexistente à desintegração atômica e ao conhecimento da topografia astral. Sob pretexto de pesquisa científica e mais comumente na prática da comunicação, desvelada aproximação confortadora aos espíritos dos *entes queridos que vivem no Além*, e deles recebendo doutrinação moral e vagas revelações do *outro mundo*, o Espiritismo desafia, em centenas de milhões de adeptos, o desencanto do materialismo racional, numa surpreendente quotidianidade. A maga de Endor continua invocando a sombra de Samuel para as angústias de Saul.

Sucedeu que, na primeira metade do século XVI, Agrippa de Nettesheim, médico e doutor em Kabala, autor do *De Incertitudine et Vanitate Scientiarum Declamatio Invectiva* (1527), tendo a mesma fama pretérita e milagreira de Jamblico da Caldeia, de quem o futuro imperador Juliano foi ouvinte em Éfeso, convencera-se pertencer ao homem, e não ao Céu ou ao Tártaro, a responsabilidade dos fantasmas e obsessões intemporais. A intemporabilidade como dimensão supersticiosa é estar, logicamente, no tempo e fora dele. No tempo, pela ação. Fora do tempo, pela razão do ambiente presente, tornando-a incompreensível e longínqua. Como se o Padre Eterno me mandasse degolar meu filho para provar-me a devoção.

Agrippa de Nettesheim declarou: "*Nos habitat, non Tartara, sed nec sidera coeli, Spiritus in nobis qui viget illa facit*". Daí mestre Montaigne, seu leitor, concluiu que o espírito humano era "*un grand ouvrier de miracles*". Mas Cornélio Agrippa não acreditava em Deus nem no Diabo. Acreditava nele mesmo mas não sempre...

Uma síntese provisória, espécie de anteprojeto para discussão preliminar, seria considerarmos a superstição como uma *percepção endopsíquica*, como dizia Freud, viva na memória e, ocorrendo clima favorável para a eclosão, projetando-se como uma realidade exterior.

Todos os poetas líricos acusam a Memória de causadora de mágoas, tristezas e saudades. Ponhamos, como fonte conservadora da superstição, mais essa culpa à deusa Mnemosina, filha do Céu e da Terra, irmã do Tempo, mãe das nove Musas.

A Memória amável e pérfida oferece o esconjuro oportuno, mesmo na inoportunidade cultural.

O meu velho e lembrado amigo José Mariano Filho (José Mariano Carneiro da Cunha Filho, 1881-1946, médico, esteta, urbanista) era um espírito original e brilhante, sol de inteligência em perene meio-dia, sem sombras. Andando e conversando (José Mariano foi um dos maiores conversadores do seu tempo), íamos pela Praça Paris ao anoitecer, rumo à rua Paissandu. Inopinadamente, um cão deteve-se, verticalizou o pescoço e sacudiu um longo, estranho e tenebroso uivo, como se enxergasse todos os espectros do cortejo de Hécate, *Nocturnisque Hecate triviis ululata per urbes,* em pleno Rio de Janeiro, faiscante de luzes, sonoro de automóveis. Estacando, suspensa a exposição magistral, o escritor recebeu a mensagem sublimadora da Memória pernambucana, pronunciando o esconjuro secular, infalível, enviado de Portugal: – *Todo o agouro para o teu couro!* E, aliviados, retomamos o debate sobre arranha-céus e túneis cariocas.

Poderia multiplicar as reminiscências pessoais, dando ao estudo o dispensável sabor de reportagem.

Coelho Neto (1864-1934) recusa as obras artísticas feitas com gesso porque, invariavelmente, anunciavam contrariedade. Mandava defumar seu gabinete, afastando o *peso*, caiporismo, forças contrárias.

Olegário Mariano (1889-1958) considerava as borboletas claras portadoras de sucessos.

Rodolfo Garcia (1873-1950) e Gustavo Barroso (1888-1959) tinham o uivo do cão como um infalível agouro.

Olavo Bilac (1865-1918) evitava o número par como soma de suas poesias reunidas em volume ("Numero deus impare gaudat", Virgílio, *Bucólica*, VII).

Alberto de Oliveira (1857-1937) fugia aos compromissos nas sextas-feiras. Santos Dumont (1873-1932) fez construir em sua residência, em Petrópolis, uma escada onde só se pode subir ou descer com o pé direito.

Pedro Lessa (1859-1921) e Alberto Faria (1869-1925) mantinham respeitosa evitação ao pé esquerdo e ao número 13.

Oliveira Lima (1867-1928) não tomava uma refeição com treze pessoas à mesa.

Mário de Alencar (1872-1925) era claustrófobo e evitava o transporte mecânico.

Humberto de Campos (1886-1934), aparentando incredulidade e ceticismo, convencera-se de que os dias 14 de janeiro e 22 de agosto eram aziagos.

O almirante Barão de Jaceguai (1843-1914) cuidava entrar discretamente com o pé direito nos salões onde ia participar de solenidades.

Oliveira Viana (1883-1951) tinha como avisos secretos os rumores insólitos nos móveis do seu gabinete.

Joaquim Nabuco (1849-1910) não passava por baixo de uma escada.

Ribeiro Couto (1898-1963) detestava as borboletas negras.

Aloysio de Castro (1881-1950) ouvia as frases vagas nas ruas como intenções proféticas.

Adelmar Tavares (1888-1963) acreditava que certas pessoas auguravam ou anulavam os futuros êxitos.

Rodrigo Octavio (1866-1944) não usava a cor marrom. Nem o Barão do Rio Branco.

Rocha Pombo (1857-1933) impressionava-se com os sonhos repetidos.

O Barão do Rio Branco (1845-1912), Guimarães Passos (1881-1909), Paulo Barreto (1881-1921), Pereira da Silva (1876-1944), Celso Vieira (1878--1954), viam no gato preto a inutilidade da próxima pretensão. Notadamente se o felino viesse pelo lado esquerdo, afirmava Gustavo Barroso.

Graça Aranha (1868-1932) sentia que a aranha pequena, descendo imprevistamente sobre ele, era *mascotte* indiscutível, no mínimo para aquele dia.

João Luís Alves (1870-1925) não continuava a redação em que se enganasse três vezes seguidas.

Eduardo Ramos (1854-1923) preferia não sair de casa na primeira sexta-feira de agosto.

Afrânio Peixoto (1876-1947), depois de três pequeninas decepções, não tentava trabalho novo no mesmo dia.

Goulart de Andrade (1881-1936) explicava a mensagem misteriosa contida nos sonhos, destinada ao sonhador.

Luís Murat (1861-1929) era perseguido por um inimigo *desencarnado,* mantendo ferrenha animosidade no astral. Travavam combates furiosos.

Silva Ramos (1853-1930) ostentava, infalivelmente, um cravo vermelho. Era uma elegância tornada superstição porque, sem a flor, o ritmo normal complicava-se.

Essas "curiosidades" ligadas aos nomes mais prestigiosos da literatura nacional contemporânea, fama permanente, glória notória, todos membros da Academia Brasileira de Letras, foram-me comunicadas por Afrânio Peixoto, Gustavo Barroso, Rodolfo Garcia e algumas pelos próprios acadêmicos.

Afrânio Peixoto dizia possuir grande documentário, compreendendo deputados, senadores, professores do ensino superior, ministros de Estado, diplomatas, jornalistas, médicos, notadamente cirurgiões. A maioria desses recebia de sinais exteriores os bons ou maus prognósticos da intervenção. Anunciava-me um futuro ensaio no assunto, na graça feiticeira com que escrevera *Nome da gente*, no *Miçangas*. Eloy de Sousa (1873--1959), que pertencera ao Legislativo Federal de 1897 a 1930, entre Câmara e Senado, era inesgotável nas reminiscências. Raro seria o homem público, escritor ou político, sem seus receios, prevenções instintivas, herdadas ou adquiridas no convívio social. Semelhantes na Europa de todos os tempos. Os imperiosos e solenes mentores da política mundial, os mais famosos *coupolards* franceses, irônicos e superiores, cumprem reservada obediência às superstições. Não há recanto sem possuir exemplos expressivos e locais.

Alcindo Guanabara, Carlos Peixoto, Medeiros e Albuquerque eram devotos da Cartomancia.

Mas todos os tipos citados são superstições clássicas. Nenhum dos ilustres fiéis maquinais modificou pormenor. Exatamente como o povo pratica. Entre letrados e iletrados a superstição funciona como uma ponte niveladora e comum, estabelecendo a unidade da assombrosa circulação. Os meus principais informadores, Afrânio Peixoto, Gustavo Barroso, Rodolfo Garcia, cultos, ágeis, com frequência europeia, examinando todos os ângulos da atividade intelectual com percepção imediata e viva – Afrânio e Barroso, autores de duzentos livros; Garcia, pesquisador de História, anotador erudito de Varnhagen – não conseguiram, e creio mesmo que não tentaram, libertar-se dos saldos milenários carreados pela Memória para a quotidianidade social, utilizando derrelitos como utilidades inapreciáveis. Com outros convivi no Rio de Janeiro ou, juntos, em capitais estrangeiras, tivemos momentos de confidência irreprimível. Lamento que apenas insignificante percentagem restasse na minha retentiva.

Mário de Andrade (1893-1945) foi em 1928 meu hóspede em Natal, na saudosa e desaparecida residência, Av. Jundiaí, 93, rodeada de jardins, com varanda larga para as refeições no verão. No jantar, primeiras horas da noite, invariavelmente apontava as borboletas crepusculares, com um rosnado surdo: – *Olha a bruxa!* Não era literatura porque, vez por outra, lá voltava a mirá-las, levemente irritado. Minha mãe mandava enxotá-las. Já lembrei Ribeiro Couto. Este recordava que Monteiro Lobato (1882-1948) não suportava uivo de cão ou gato preto, não distingo bem qual dos dois temores.

Não digo as contemporâneas, bem vivas, nos nomes claros do Brasil letrado.

X

Técnica da compreensão assombrosa. Lembranças de Bestherew. Herança de receios e agouros. O amuleto no teatro, televisão, cinema, esportes. Adaptação vitoriosa. O número 13 e a ferradura, convergentes. A cor marrom. A contemporaneidade dos gestos milenários. Porte e tamanho.

Creio muito pouco na pequenina contribuição individual contemporânea para a criação supersticiosa. Não existe superstição moderna, superstição nova, forjada pela necessidade atual do receio ao desconhecido-sinistro. Os gestos e fórmulas que *dão sorte, afastam azar*, são em maioria recriações, adaptações, reajustamentos de processos antigos em motivos materiais novos.

O *fortis imaginatio generat casum* aplica-se, na espécie, à identificação motivadora. Vemos, apavoramo-nos com o que já fora outrora visto e apavorador. É indispensável a intuição do assombro, prévio acomodamento da imagem à sensibilidade do *assombrado*, com a instantânea movimentação neuropsíquica possibilitando a impressão, mesmo alucinada e temerosa, do aparentemente *anormal*. É preciso o *vestígio das reações anteriores*, como afirmara Bestherew, determinando o *processo da descarga*, que é a percepção. Quanto provoque angústia, medo, obrigando ao recurso de fórmulas mágicas defensivas em nossos dias, é uma contemporaneidade milenar e sabida dos indígenas, portugueses, africanos, antepassados. Impõe-se o insubstituível antecedente. O mistério provoca o temor pela reincidência indecifrável à compreensão imediata. *Abyssus abysum invocat...*

Quero apenas afirmar que uma superstição não pode ser criada fácil e momentaneamente porque exige a quarta dimensão. Exige uma capitalização de hábitos na invariável insistência da mesma reação, até a mecânica do reflexo.

O que atualiza a superstição é o fascínio miraculoso de sua força de adaptação. A esparsa e confusa galharia disfarça a verdadeira articulação ao mesmo tronco e esse a projeção da única raiz terebrante.

As superstições dos modernos *chauffeurs* são *permanências* das *abusões* dos velhos cocheiros dos carros de aluguel, nas últimas décadas do século XIX. Os primeiros fregueses, os primeiros encontros durante a marcha, grupos, transeuntes isolados, trajes, funções sugerem as mesmas impressões, associando-se às antigas prevenções dos condutores de tílburi, caleche, *coupé*, a sege do tempo de Machado de Assis. Nunca foram ouvidos mas conservariam algumas reminiscências dos defuntos colegas das *cadeirinhas* e *serpentinas* do século XVIII.

Pelo teatro, televisão e cinema a superstição talvez possua um dos reinos mais poderosos, dominadores e sólidos. Haverá ator ou atriz sem uma *mascotte?* Sem a desconfiança em algo que ajuda ou *atrasa?* Objetos e atos são inevitáveis, públicos ou discretos. Pé direito em cena, bater na madeira, rezar, evitar certas cores, roupa nova, gravatas, sapatos, tais vestidos, encontros que são *de azar* infalível, frases soltas ouvidas sem querer e ajustadas ao acaso, trechos musicais casualmente ouvidos, recebimento de cartas, desaparecimento de joias, enfeites, cão, gato, pombo, vistos, ausência de determinado frequentador que dá ou não dá *sorte*; difícil gente do palco sem os motivos protetores, mania, predileção auspiciosa, auxílio mágico.

Durante quase uma noite, em nossa casa em Natal, Luiz Iglezias (1905--1963) evocou o teatro-por-dentro brasileiro e a superstição veio à baila. Disse-me ser impossível ator e atriz sem confiança num amuleto portátil. Essa mesma disponibilidade estende-se ao teatrólogo, notadamente na noite da estreia da peça, inquietação da *première*, expectativa de aplausos ou fracasso, *caída pelo buraco do ponto*. O elenco responsável pelos principais papéis passa a sofrer de ansiedade idêntica e recorre todo aos amuletos mais estranhos. Escondem nos bolsos ou nas bolsas, moedas, figas, pedrinhas, pedaços de madeira, castanhas, fragmentos de ferro, trevos, ponta de ferradura, fios de arame, papel amassado, imagens de santos, fotografias, cordões com nós, ossos de peixes, vinte disparatados mas prestigiosos "padrinhos" do sucesso teatral. Boa parte herança dos atores portugueses reinando no Brasil. Outra percentagem, sugestão de colegas estrangeiros, visitando a América.

Aqueles que trabalham em filmes serão duas mil vezes mais supersticiosos. Os "astros" mais parecem depender dos amuletos e gestos propiciatórios que do próprio esforço intelectual no desempenho artístico. Hollywood é a cidade mais supersticiosa do mundo. Muito além de New York, Chicago ou Los Angeles. É a Meca dos astrólogos, cartomantes, quiromantes, mágicos hindus, italianos, persas, chineses, balcânicos, egípcios, negros d'África Ocidental e Oriental, árabes da setentrional e Ásia, todos com grandes clientelas, aparelhagem luxuosa, consultórios excelentes e fama bem organizada, comercialmente, quanto à das firmas produtoras. Teatro e cinema franceses alinham-se na mesma vanguarda. Quase todos os berloques e joias ornamentais têm intenção mágica; miniaturas curiosas, obras-primas de síntese paciente, destinam-se a afastar *la guigne*. As superstições são como as de Londres ou Itália, Espanha ou Portugal, humanamente as mesmas de Hollywood... e do Rio de Janeiro.

Não aludi ao povo dos *shows*, cantando, bailando, declamando diante dos microfones e câmaras de televisão. Nem das três classes dos cantores tradicionais dessas atividades artísticas, *debutantes*, *teimosos* e *acabantes*, como dizem as más-línguas concorrentes. Nas pulseiras, colares, brincos, anéis, figuram os amuletos clássicos, animais, aves, peixes, figas, corcundinhas, estrelas, tamancos, corações etc. Os rapazes são mais reservados, ocultando os "feitiços" ou usando cabelo na nuca, que é *mascotte* de Sansão, ou do imaginário Tarzan.

Outro território humano sob a ditadura supersticiosa é o mundo dos esportes. Inglaterra e Estados Unidos têm expressiva documentação, divulgando as simpatias mágicas das grandes organizações e dos campeões nacionais e internacionais. Raro será o atleta que tivesse pisado o *podium* olímpico sem uma confessada *mascotte* protetora. A associação, a seleção, o jogador individual, confidenciam, jubilosamente, a origem supersticiosa da vitória. Nas competições de supremo interesse, pugilismo, luta livre, judô ou jiu-jítsu, os lutadores têm suas madrinhas secretas, pequeninos amuletos disfarçados ou deixados na cabina depois de um bom olhar súplice, assim como as equipes de voleibol, *baseball*, basquete, futebol, hockey; as unidades para tênis, polo, golfe; os náuticos, remo, *cricket*, water polo, natação etc. Os que correm, saltam livremente ou no impulso da vara, atiradores de pesos, martelos, dardos, discos, não se afastam das preferências escondidas ao conhecimento dos competidores, facilitando êxito. Um grande número se limita aos gestos propiciatórios ou evita o contato com objetos considerados de má influência.

Os grandes jogadores de *baseball*, glórias da popularidade norte--americana, os *eight* de Oxford e Cambridge, os inscritos em Wimbledon, os "selecionados" para disputas de campeonato mundial, não enfrentam desarmados de elementos sobrenaturais os acasos da decisão desportiva. Referente ao meu país, é o campo que menos informação obtive. Não são críveis diferenciações com os seus colegas de outras paragens. Devem estar sob auras semelhantes.

Entre os estudantes de ambos os sexos dos cursos elementares aos universitários, em qualquer região do mundo, os testes, provas, concursos, pesquisas, exames orais e práticos, determinam o apelo ao socorro supersticioso. Os inquéritos nos Estados Unidos e Grã-Bretanha, feitos por professores, revelam acima de 50% o uso confiado de amuletos e atos premonitórios. Minhas indagações, diretas e continuadas, confirmam a mesma percentagem no Brasil. As negativas pertencem ao exercício da demagogia otimista.

Se infinitas superstições são mantidas na velha forma arcaica, outras sobrevivem pela convergência, aliança ou fusão com outros tipos. O número 13 foi excluído das poltronas dos aviões e dos camarotes transatlânticos, reaparecendo *12-A* ou *12-bis*, cautelosamente. Difícil, ou impossível, hotel e residência francesa com esse número. Idem, na Inglaterra. Mr. Justice Luxmore, "English High Court Judge", não despachava processos com o indicial 13.013, entretanto, está passando a *mascotte*, associado à ferradura que lhe serve de moldura. Sabemos, em técnica de propaganda, que nenhum produto deva possuir nome contrário a uma superstição notória.

Os fósforos de cera foram retirados do consumo porque lembravam minúsculas velas mortuárias. As compras baixaram sempre. Os fósforos deixaram de ser fabricados.

Há uma atualidade surpreendente na correspondência supersticiosa. Uma vez contava o caso da cor marrom, referindo-me a Rodrigo Octavio (*Minhas memórias dos outros*, 198, Rio de Janeiro, 1935), então Ministro do Supremo Tribunal Federal, e ao ex-Presidente da República Venceslau Brás. Os dois amigos que me ouviam eram magistrados. Um deles, incrédulo, sorriu. O outro, desembargador João Maria Furtado, é crente e convencido da periculosidade do marrom. Contou-nos casos impressionantes, com o prof. Luís Torres (1906-1944), falecido moço e inexplicavelmente preterido na vida, e como ele próprio, fugitivo, perseguido, acusado, recuperando tranquilidade e êxito, desde que abandonara o marrom. Não lera Rodrigo Octavio. Trazia reforço à prevenção.

Os *treze* à *mesa* que estudei (*Superstições e costumes*, Rio de Janeiro, 1958),* lembro: "O ministro Oliveira Lima contou-me que, num jantar íntimo em Bruxelas, um dos convivas saiu à procura de amigo para evitar o 13 sinistro, enquanto os doze diplomatas esperavam". Esperavam, concordando...

A superstição é um fundamento da Cultura Popular, conservadora, defensiva da morfologia, concentrativa, impermeabilizante. Movimenta-se no plano da adaptação atualizadora. De *superstitio* passa a ser *tradicionis*, entregar, *tradere*, transmitir. Não teria existência se não possuísse movimentação.

A potência assombrosa é que a superstição é conteúdo do que a tradição é continente. Oculta-se, como figurado homenagem aos antepassados, no âmago das inutilidades arcaicas, dizendo ingratidão o seu repúdio. Uso dos antigos ritmos da velha circulação veneranda.

---

* Em *Superstição no Brasil*, Global Editora, 3ª ed., 2002. (N. E.)

Esconde-se, sub-repticiamente, nos costumes, hábitos, normalidades sociais.

Imenso número de nossos hábitos atuais foram gestos religiosos, comuns e rituais. Evaporou-se a essência, perdendo-se a função sagrada, ficou-nos o ato indispensável e natural às necessidades modernas. Dançamos sem música na cadência do velho bailado, seguindo simples notas perdidas de uma melodia interior e silenciosa.

Inútil lembrar o cerimonial jurídico, vivo no costume popular porque fora consagrado pela legislação portuguesa, derrogada pelo tempo. Desapareceu na obrigatoriedade processual mas o povo não esqueceu a maneira tantas vezes secular, e repete, no automatismo do costume, atos de posse, o ramo nos leilões, ao soar da campainha, corrido da justiça, timbres das saudosas *Ordenações do Reino*.

Limitando-me a lembrar gestos, recordo: saudações com a mão, toque na testa ou na fronte, dobrar os joelhos, ajoelhar-se, prosternação, braços na horizontal ou vertical, curvar a cabeça; aperto de mão, abraço, beijo; falar aos superiores na posição *de sentido*, perfilado; cobrir a cabeça com o manto; a vênia feminina; simbologia do pé direito e esquerdo, sair sem voltar as costas, não cruzar uma perna sobre a outra, especialmente mulheres; gestos de repulsa, desprezo, significação obscena; bater no ombro, pôr a mão, apoiar-se nele; chamar ou bater à porta; aplaudir; a marcha correspondendo à representação social; cortesias; prioridades, não perguntar inicialmente; aclamação, imprecação, cerimonial do hóspede, visitante, convidado, recepção e despedida solenes, apresentação, índices de respeito, contrariedade negativa. Centenas de fórmulas são presentemente vivas porque a tradição encarregou-se de trazê-las até nós, independentes de imposição legislativa e formal. As áreas da compreensão mímica são infinitamente superiores às do entendimento verbal. Força do consuetudinário. Os gestos mais novos têm mais de dois mil anos.

A percentagem ameríndia ou africana é mínima. Menos de 10%.

Esses gestos se tornam supersticiosos quando participam de intenções mágicas. Perdem a normalidade da função comum, assumindo valores convencionais, com outra mensagem.

Há gestos que ficam na orla da dupla função. Alcancei no sertão-oeste do Rio Grande do Norte dois gestos popularíssimos, indicando estatura de seres humanos ou irracionais. Querendo-se fixar o tamanho de um bezerro ou de um burrinho, o sertanejo estendia o braço, a mão com os dedos unidos, em vertical, informando: "O bicho é desse *porte*!". "Porte" era privativo para a comparação de animais. Fosse a referência a uma criatura humana, o vocábulo empregado seria *tamanho* e não *porte*. No braço na horizontal, a mão ficava em pronação, a palma para baixo: "O menino já está desse *tamanho!*". Érico Veríssimo registrou esses dois gestos no México. O sr. Francisco de Assis Iglesias no Piauí. Teriam vindo da península ibérica. Fossem nativos, não se divulgariam amplamente.

Era uma provocação hilariante quando, de propósito, fingindo-se distraído, alguém punha a mão na vertical, dizendo: "O rapaz está com esse *porte!*". Desatavam todos a rir porque o rapaz estava sendo comparado a um animal.

Devia ser muito antigo o uso, com o privilégio evocador, para que pudesse sugerir ao auditório, analfabeto em sua maioria, a ilusão cômica da alimária, em vez do "cristão" mencionado.

XI

Códigos e limitações legais. Continuidade do recurso simbólico. 1152 em Alafões e 1951 na cidade do Natal. Fórmulas de ataque à sobrevivência supersticiosa. Apelo ao raciocínio.

Todos os antigos códigos, *Lei das 12 Tábuas, Hamurábi, Manu*, os fragmentos revelados pela arqueologia registam penalidades para atos que já não merecem punição e autorizam usos que consideramos reprováveis. *In illo tempore* os resíduos dos cultos anteriores significavam insubmissão e desobediência à religião oficial vigente. Os velhos deuses eram demônios novos.

A proibição não extinguia a fé. Determinava protestos, fidelidades, martírios, *martyrem, marthys*, testemunha. Desaparecendo o ritual, permanecem nervos vivos do organismo morto, prendendo a esperança sempre que coincide com as aflições provocadoras da súplica. O povo ficou guardando essas direções supremas para encaminhar as rogatórias. O Tempo trouxe outras fórmulas, lícitas depois vedadas, mas recolhidas aos escaninhos da reminiscência popular. É a técnica criadora da superstição, *super--stitio*, o-que-sobreviveu, resistindo ao desgaste dos atritos das culturas sucessivas.

Vezes ocorre apenas um ato permitido outrora, mas ausente de todos os formulários jurídicos contemporâneos.

Na manhã de 9 de agosto de 1951, o pedreiro Mariano dos Santos foi detido pelo Polícia por haver arrancado a porta da casa de um seu inquilino, no Carrasco, bairro do Alecrim, cidade de Natal. Lembrei-me de que, em princípios de 1912, numa povoação no município de Augusto Severo, Rio Grande do Norte, Ubaeira ou Goiana, um credor, esgotados os pedidos de pagamento, veio à residência do devedor e arrancou-lhe a porta da casa, levando-a. Vivia eu na fazenda Logradouro, vizinha, e recordo os comentários deliciados do meu tio e primos, não no sentido da anormalidade da decisão, mas no acordo da justiça que esse singular ato de cobrança pessoal significava.

Não sabia eu tratar-se de um uso jurídico que os velhos forais do século XII autorizavam. No foral de Balneo, terra de Alafões, concedido em 1152 pelo rei D. Afonso Henrique, lê-se: "Quando algum dos ditos moradores for chamado para fazer emenda e não quiser comparecer, tirem-lhe a porta da casa..." (Alexandre Herculano, *História de Portugal*, VII, 121 ed. 1916).

> Curioso é que esse direito consuetudinário tenha resistido na memória popular, não no imperativo, legal, mas expressão reivindicadora de posse, revivido num ato de homem brasileiro no alto sertão do Rio Grande do Norte e na capital do Estado, numa distância de oitocentos anos – (Luís da Câmara Cascudo, *Leges et consuetudines nos costumes do Brasil*, Miscelánea de Estudios dedicados al Dr. Fernando Artiz etc. I, 335, La Habana, 1955).

Invenção pessoal, coincidência na resolução ou reminiscência instintiva? Certo é que reapareceu uma fórmula arcaica, legal oito século antes, totalmente olvidada na legislação. Não quero salientar a misteriosa transmissão. Essencial é notar o perfeito ajustamento psicológico entre a normativa do foral de Balneo em 1152 e a decisão do operário de Natal em 1951. Ocorreu-lhe a solução satisfatória, completa, suficiente para a momentânea sublimação. Oitocentos anos não haviam envelhecido a justiça, a lógica, a utilidade da aplicação inusitada. Um assunto para o *Believe it or not*, de Bob Ripley, se não tivesse falecido dois anos antes.

Estava a *disposição* em potencial aguardando a provocação para a *descarga* materializadora. Quais seriam os outros elementos "disponíveis", adormecidos nas reservas mnemônicas, esperando a hora da ação? Esse episódio recente, verídico, inegável, constituirá documento probante da contemporaneidade do milênio. Imóvel na atalaia da memória, a superstição ganha a estrada real da consciência, impondo-se à exteriorização. Alfred Adler afirmava que *"para a psicologia individual, o consciente e o inconsciente formam uma só unidade"*.

Somente a Instrução serena, evidenciadora, persistente murará o caminho da superstição para a quotidianidade prática.

Todo o engano reside na forma do combate. Não devemos negar-lhe a origem veneranda, antiguidade ilustre, força avassaladora de percurso através do tempo sem história. Um Cronos sem Clio. A técnica pedagógica de esmagá-la pelo ridículo é contraproducente e falaz. É mister, bem ao contrário, expor o perigo da presença, a inutilidade da função, o anacronismo da participação mentirosa.

Não ocultar a legitimidade das fontes criadoras mas demonstrar a dispensabilidade manifesta da colaboração. Explicar que o seu mandato executivo terminou há séculos. Sua dinastia, inegavelmente nobre, foi deposta. Não pode e nem deve tentar coroar-se para governar os atos humanos. Sua influência é inútil, humilhante, prejudicial a quem pretende socorrer. Resigne-se a ocupar uma poltrona na Etnografia, no Folclore, na História das Religiões dispensadas do divino serviço pelo limite da idade. Não tentar vencê-la, então invencível, mas convencer os fiéis de que a madrinha não tem potência para ajudá-los porque é uma sombra: *oi ombre vane, fuor ne l'aspetto,* como disse Dante, abraçando Casella às margens do Purgatório. É uma grandeza desmesurada mas de penumbra e neblina. Age pela inconsciência da credulidade. Stentor sem laringe. Briareu paralítico. Hércules no Hades, Deuses mortos. Templos desertos. Fanus derruídos. Pitonisa sem voz, transmitindo oráculos na sucessão dos pavores.

Mas, como dizia Charcot ao jovem Freud: *Ça n'empêche pas d'exister.*

XII

Casa nova e velho alicerce. Ensino versus reminiscência. O hábito invencível. Autocrítica corretora pela constatação. O velho José Graciano e o espelho. Cultura Popular evidenciadora.

Pelo exposto, não me parece lógico considerarmos a superstição como um índice de retardamento intelectual quando verificamos a existência em potencial desse fermento, independente dos processos de aquisição pessoal. Ninguém procurou decorar, acreditar e exercer um ato supersticioso, com intenção deliberada. Não se nasce supersticioso. Disse que era reflexo associado. Digamos ser um vício sugerido pela emanação ambiental. Depois torna-se hábito, aparentemente congênito, como certos esgares nervosos.

Culpa de sua persistência é do "critério" da Instrução, baseado unicamente na transmissão do *conhecimento*, sem atender aos fundamentos anteriores existentes na retentiva dos homens, examinando-os no plano da utilidade e resistência, numa prévia catarse, prudente e minuciosa. Constrói-se sobre ruínas vivas. Não se consolida o terreno.

A nova mobília educacional é disposta sob sugestão moderna sem que sejam retirados alguns dos móveis antigos, agenciados pelo subconsciente, povoado de saldos, derrelitos, reminiscências obscuras, armazenadas nos socavões misteriosos da memória. Esses dois estilos, frente a frente, obrigados a uma coexistência vital, *hurlaient de se trouver ensemble*.

A "nossa" Instrução tem a insaciável predileção feminina pelas novidades expostas. Vai adquirindo-as e atirando-as para dentro do cérebro sem preocupar-se com o espaço indispensável à colocação estética e funcional. Como o material preexistente não se elimina por autoexclusão, porque jamais se considera desnecessário, o espírito, sempre em possibilidade receptiva, atravessa a existência social asfixiado pelas remessas sucessivas de utilidades, técnicas, sabedorias, sob o fascinante rótulo do *vient de paraître*. Somos, pelo lado de dentro, uma Arca de Noé sem a higiene da renovação espacial. O resultado é que um lulu-da-Pomerânia, flor de processos seletivos, esbarra com a série de todos os antepassados, inadaptáveis e brutos, numa assombrosa contemporaneidade.

Os nossos psicólogos são muito mais alpinistas que espeleólogos. Mais aviadores que mineiros. A superstição continua inabalável pela ausência dessas investigações elucidadoras na geologia do entendimento. Quando algum desses mestres desce ao labirinto da mentalidade, busca comprovações às conclusões já feitas, afastando documentos em contrário. Daí as nossas cidades culturais terem unicamente praças com estátuas e arcos. Não ruas articuladoras.

A superstição não é apenas uma permanente nas culturas primárias. É uma constante nas organizações luminosas e altas. No carroceiro Zebedeu, do Alecrim, e em Goethe, de Weimar. Por que não enfrentar uma evidência?

O menino e a menina, de dez anos, em Brasília ou Baturité, são doutores de borla e capelo na ciência oral, cursando a Universidade doméstica. Sabem mitos, crendices, lendas, estórias, gestos defensivos e agressivos mágicos, uma parafernália informe, complexa, poderosa e sempre crescendo pelas contribuições diárias da grande voz coletiva. E essa *cultura* não morrerá substituída pelas aulas, esquemas, diagramas, mapas, filmes coloridos. Seguirá vida em fora, nas obstinadas paralelas inflexíveis, Pólux universitário, Castor folclórico, imortais Dioscuros com lumes na testa: estrela de livro, estrela da conversa do povo, *ad immortalitatem*.

A indagação catártica será provocar a curiosidade pesquisadora para o mundo interior, a paisagem imóvel e viva, incessantemente mantida pela tradição, livre de exames, desconhecendo totalmente explicações derrubadoras daquela cidade de poeira, teimosa como uma lenda, obstinada como um vício. É possível o ataque frontal à superstição pela análise feita pelo próprio supersticioso. De outra forma é uma contensão que glorifica, tornando-a desejada pela proibição.

O avô materno do meu amigo Luís Veiga, o velho José Graciano de Góis Lyra, inteligente, hábil em todos os trabalhos, mecânico, pintor, escultor, já ancião, perdera a esposa. Desolado, percorria a casa cheia de amigos, nas proximidades do sepultamento, chorando sem consolo. Debalde tentavam acalmá-lo. Numa dessas voltas, o viúvo, soluçando, esbarrou com um grande espelho. O cristal reproduziu-lhe a fisionomia dolorosa, contraída pelos rictos do pranto. Alto, magro, macerado pelas vigílias, pálido, hirsuto, enrolado no imenso camisolão, o velho Zé Graciano contemplou-se, surpreendido e desagradado. E teve um reparo breve, inopinado e justo, de autocrítica: – *Oh! bosta danada!* A visão convencera-o da inutilidade do choro prolongado. Conteve-se, sereno, com outra impressão íntima da sublimação. A careta de sofrimento não comunicaria aos amigos a intensidade da mágoa sem o leve e sensível timbre da comicidade burlesca. A fórmula única foi o velho Zé Graciano avistar-se, face a face, num espelho fiel.

Um curso de Cultura Popular no *curriculum* colegial, último ano, deter-se-ia nesse ângulo, delicado, comum, natural da superstição. Pela primeira vez alguém daria combate ao dragão do tesouro imemorial. Combate com o auxílio do auditório conquistado pela tranquila exposição da História, Etnografia, Arqueologia, terapêutica, nesse ondulante e fascinante setor. Apelo ao raciocínio. Levar o supersticioso ao espelho.

Os nossos cursos ensinam tudo, exceto raciocinar. Essencial é o cuidado inarredável pelo raciocínio, aquele que decorre da nossa *Civilização* e não das nossas *culturas*, volúveis modalidades de doutrinas mutáveis. Conseguir defender e fixar o crescimento dessa plantazinha exigente e rara. Raciocínio funcionando, não haverá clima para as tiriricas e matapastos supersticiosos. No comum, o raciocínio que manejamos é o raciocínio dos outros, de empréstimo, assimilado pela preguiça de criar o próprio filho, adotando o bastardozinho que já vem astuto e loquaz para o nosso serviço.

Lembro que a superstição possui o raciocínio dela, amável e prestante, correndo ao encontro da nossa carência. É o mais usual, pela facilidade com que se oferece.

Resta-nos a receita de Pascal: *Travaillons donc à bien penser.*
Mas *are many persons beyond convincing…*

XIII

A Mater Roma, supersticiosa irradiante. O bando de Cibele e os grupos do Natal, Reis, folia do Divino. O carro-barca de Ísis-Pelágia e as Panateneias no Brasil. Ideias velhas recepcionam noções novas. Agouros clássicos. Por que Caprimulgus? Haeckel e Fustel de Coulanges. O Passado imóvel em nós.

Se os portugueses deram ao brasileiro o sangue supersticioso, tê-lo-iam recebido, em maior percentagem, do romano dominador.

Roma foi o estuário acolhedor de todas as religiões. Durante longo tempo a ortodoxia reagiu contra a delirante invasão, trazida pelos soldados, marinheiros, traficantes, colonos, escravos, milícia estrangeira. Os templos surgiam pelos recantos urbanos e depois competiam, no próprio Capitólio e mesmo no recinto do *Pomerium*, com as égides supremas do Povo Romano. Uma nuvem de caldeus, persas, egípcios, ralé astuta e despudorada da Ásia Menor e das ilhas do Egeu, caiu sobre a população da imensa cidade, conquistando-a pelas promessas de felicidade, dádivas de entes ignotos e longínquos. Ísis tornou-se tão cultuada quanto Cibele, outra deusa invasora. Os cultos orgiásticos, as iniciações *tenebrosas*, as liturgias sangrentas, as previsões *horoscópicas* seduziram a gravidade romana. Meio século antes de Cristo nenhum operário ousou erguer a mão para abater os santuários de Sebasius-Serápis-Osíris, condenados pelo Senado. O cônsul L. Emílio Paulo, pessoalmente, despida a toga pretexta, de acha em punho, derrubou o Altar. Dois anos depois o fervor era maior. Sob os Flávios, nenhuma devoção superava a de Ísis, mantida pelos fiéis por quase toda a península, notadamente nas ricas cidades de veraneio. As alianças bárbaras, embaixadas, intercâmbio comercial, as ondas sucessivas de aventureiros asiáticos alagaram Roma, as almas dos legionários, semeadores infatigáveis no mundo calcado pelas cáligas insaciáveis. As legiões foram grandes irradiadoras de superstições.

Todos os primeiros Concílios lutaram contra a alucinante sobrevivência pagã, onímoda, complexa, inextinguível. Nos finais do século VI o Papa Gregório Magno manda adaptar às exigências mínimas dos dogmas as festividades populares, resistentes a todas as repressões canônicas. *"Nós não subimos aos altos lugares aos saltos, mas nos elevamos de passo a passo",* aconselhava o grande Pontífice. Essas festividades eram comemorações religiosas. Tornar-se-iam lícitas. *"Ces rites ont cessé d'être paiens lorsqu'ils ont été acceptés et interprétés par l'Église"*, deduzia Loisy. *"Des fêtes paiennes devenues chrétiennes, des temples paiens consacrés au culte du vrai Dieu, des fontaines, des statues de dieux baptisés et devenant des patrons chrétiens"*, confirma dom Cabrol. Nas terras ibéricas o espírito romano não perdera a devoção inquieta e sucessiva. Incluíra nas rogatórias os deuses locais ao lado dos *Dii Majorum*, cuja jurisdição talvez não se estendesse aos novos territórios. Aqueles deuses regionais teriam, como os de Roma, mobilidade e potência. *"Un dieu oisif n'a plus de place dons la Nature"*, anotou A. Bouché-Leclercq. Muitas centenas de monumentos votivos proclamam a gratidão pelos benefícios alcançados em favor de numes romanos, radicados nas terras da Espanha e Portugal. Rabbat Tanit deixou ao redor de Cartago mais de três mil estelas atestando a divina intercessão aos fiéis de várias raças. Rabbat Tanit era Astarté, Artemisa, Afrodite, Juno. Da Fenícia e Síria, viajou para a Grécia e Roma; outro nome e profissão inalterável. Esse potencial de confiança não se evaporou nos âmbitos da angústia humana. Transferiu-se para centros-de-interesse sobrenaturais, atraído pela coincidência dos mesmos atributos. Como dizia Shelley com a nuvem: *"I change, but I cannot die..."*.

Muito populares pela Espanha e Portugal, Europa inteira, até a Rússia de outrora, as festas do Natal ao dia de Reis, e reaparecendo nas *"Festas do DIVINO"*, os grupos de rapazes foliões, cantando, bailando, com instrumentos musicais, improvisando versos de louvor aos generosos ou deslouvor às negativas, pedindo auxílios de alimento ou dinheiro para a jubilosa e privativa comemoração. Esses grupos passaram para a América, do México à Argentina. No Brasil não desapareceram, havendo farto documentário, notadamente a denominada "Bandeira do Divino".

Qual, seria a origem desse bando precatório? A referência mais antiga liga-se ao culto da *Magna Mater*, Kibélé, Cibele, deusa frígia, vinda para Roma do ano 204 a.C. Obedientes à tradição oriental, os sacerdotes da Boa Deusa percorriam as ruas, em março, cantando, dançando com trombetas, tambores e pandeiros, detendo-se de casa em casa, angariando donativos para a festividade. Dinheiro ou víveres. O Senado tentou evitar a bulhenta exibição, oferecendo um subsídio, mas os filhos de Cibele e de Átis recusaram. O peditório, com canto, dança, música, participava do cerimonial indeformável. Nenhum outro culto possuiu essa ruidosa manifestação exterior, solicitando contribuição para uma função religiosa com semelhante processo tumultuoso de propaganda. O cortejo não se limitava a Roma mas peregrinava pelas cidades e povoações próximas, com o mesmo estridor, aliciando a coleta que terminou sendo vulgar, como narra Apuleu, então partícipe entusiasta.

Essa teria sido a velocidade inicial. A técnica modificou-se, adaptou-se e veio aos nossos dias, sempre no rumo de um peditório para alegria religiosa. O mais velho dos modelos é a colheita para Cibele, em março, há mais de vinte e dois séculos em Roma. Pela Ásia Menor e Grécia, é a duração imemorial.

São conhecidas no Brasil as procissões religiosas, onde a imagem do Santo é conduzida num carro em forma de navio, arrastado pelos devotos. O registo mais recuado é a narrativa do jesuíta Fernão Cardim, descrevendo na cidade de Salvador, Bahia, em 21 de outubro de 1584, a festividade das Onze Mil Virgens: "Saiu na procissão uma nau a vela, por terra, mui fermosa, toda embandeirada, cheia de estandartes, e dentro dela iam as Onze Mil Virgens, ricamente vestidas, celebrando seu triunfo". Todo o piedoso enredo subsequente decorre a bordo dessa barca. Na cidade da Barra, Espírito Santo, festejam a São Benedito expondo a bandeira verde do Santo em "um enorme barco de dois mastros, todo enfeitado de bandeirolas de papel de seda, e a ostentar na proa outra bandeira com a efígie de S. Benedito", informa Guilherme Santos Neves.

Não se trata de *ex-votos* de náufragos, comuns em Portugal, Espanha, Itália, Brasil (procissão do *Círio de Nazaré* em Belém do Pará) e pela América Latina. Como e onde começaria o uso da nave processional, vinda de Portugal e vulgar no Brasil?

Recordo uma pesquisa pessoal (*Superstições e costumes*, "Barco de São Benedito", in *Superstição no Brasil*, Global Editora, São Paulo, 2002): "A deusa egípcia Ísis tinha, na sua evocação de protetora das jornadas marítimas, o título de 'Pelágia' e na sua procissão aparecia a barca arrastada pelos devotos, especialmente na ilha de Faros, tão fiel à deusa que esta também se chamava Fária. É, como se sabe, a origem do 'farol', por ter sido aceso na ilha de Faros, perto de Alexandria, o mais antigo de que há notícia no mundo".

No carro-barca ia Ísis-Pelágia e não um símbolo ou objeto votivo como no carro-barca do S. Benedito capixaba. O culto de Ísis-Pelágia derramou-se por todo o Mediterrâneo e influiu decididamente para a mais tradicional, pomposa e querida festa das comemorações populares da Grécia, a *Panathenaia* anual, em Atenas. O carro-barco de Ísis-Pelágia determinou o aparecimento do carro-barco de Atenas-Minerva. Era um carro em forma de navio, munido de um mastro com uma verga. O peplo sagrado que ia ser entregue à deusa fingia de vela. O povo inicialmente impelia o carro. Depois surgiram animais e, finalmente, um maquinismo propulsor de que não há pormenor. Do Cerâmico, no lugar Leokorion, até o Pelasgikón, na entrada da Acrópole, onde se detinha a barca, o cortejo entrava processionalmente pelos Propileus.

Não há testemunho da presença de carro em desfile processional anterior a Ísis-Pelágia em Alexandria e, subsequentemente, Palas-Atenas na Grécia. Ambos tinham forma de barco e eram característicos da solenidade, participando entusiasticamente o povo, puxando, cantando, homenageando seus deuses daquele tempo passado. É óbvio que o carro-nave surgiu de cultos marítimos do Mediterrâneo e constituiu elemento posterior noutras festas pagãs, nas áreas de sua influência.

A Igreja Católica, realmente *católica*, universal, acolheu todos os povos e todos os ritos desde que não violentassem a pureza dos dogmas essenciais. O carro processional, como tantíssimos outros elementos milenares, veio na onda com os primeiros fiéis, convertidos à Boa-Nova, fiéis da região onde a barca era tradicional.

Não nos devemos estarrecer com esses milênios, atribuídos a costumes dos nossos dias. Entidades muitíssimo mais antigas são contemporâneas, de encontro e uso diários. Alguns milhares de quotidianidades envelheceram no mundo antes que nascesse, em 1501, o primeiro menino brasileiro, futuro manejador natural de quase todas elas.

De Bonstetten pensava que *"les hommes ne reçoivent des idées nouvelles qu'autant qu'elles sont en rapport avec celles qu'ils ont déjà"*. Acontece às vezes que a impressão estonteadora da *novidade* provém da falta de lembrança de alguns dos elementos formadores. O rei Salomão ensinou, há mais de vinte e oito séculos: *"Não há memória das coisas antigas, mas também não haverá memórias das coisas que hão de suceder depois de nós entre aqueles que viverão mais tarde"*.

Parecerá demasiadamente recuada a fonte dos exemplos fixados por mim. Mas não imaginados ou falsos. Lucina-Ilitia em Santa Cruz e o foral de 1152 na cidade de Natal de 1951 são insuscetíveis de controvérsia negativa. Fatos positivos, testemunhados e reais. A malta precatória de Cibele, deusa da Ásia Menor transportada a Roma, o carro-nave de Ísis-Pelágia em Alexandria e o de Minerva em Atenas, ambos correndo no Brasil, darão impressão de que tento o índice de ruptura, esticando demasiado a semelhança, com recordações eruditas. Não se podendo recusar a existência dos símiles brasileiros, é possível recorrer-se à inverossímil transmissão Egito--Grécia, via Roma-e-portugueses, aos nossos dias, na segunda metade do século XX, fórmula visivelmente irrecusável.

Não se trata, evidentemente, de ideias elementares provocando analogias pela indispensabilidade da cultura, mas atos realizados materialmente, conhecidos, populares. Poderia a ideia transmitir-se mas não na absoluta identidade da reprodução. O carro-barca de S. Benedito em Espírito Santo como a réplica no "Círio de Nazaré" em Belém do Pará, contemporâneos, repetem o modelo de Ísis-Pelágia e o grego das Panateneias, fiéis às linhas gerais da construção clássica. Mesmo a matula de Cibele é perfeitamente imitada pela súcia foliona que angaria auxílios para a festiva devoção tradicional, Natal, Reis, "Bandeira ou Folia do Divino".

Os gregos e romanos acreditavam que o cão uivava quando via a sinistra Hécate a cujo culto era sacrificado. Hoje afirmam que o cão uiva porque está vendo fantasmas. Quando há criança pagã é aconselhável deixar uma tesoura aberta no aposento, afugentando as bruxas e os malefícios. Assim as mães romanas afastavam espectros malévolos e o sadismo lúbrico de Silvanus.

Os nossos bacuraus, curiangos, noitibós são cientificamente *Caprimulgídeos*, de *Capra-mulgere*, o *Goat-sucker* dos ingleses, porque, desde a Grécia, acreditam os campônios que a pobre ave tem a técnica miraculosa de ordenhar as cabras. A tradição não alcançou o Brasil e sim a grave denominação "científica". É uma superstição que Aristóteles registrou e a Ornitologia consagra até nossos dias (*Canto de muro*, 49, Global Editora, São Paulo, 2006). Inútil relembrar que o curiango, como a cobra que mama nas parturientes adormecidas, não tem o movimento da sucção.

As duas tradições, agora recordadas, teriam séquito de crendices anciãs, rejuvenescidas na credulidade hereditária.

De não menor intensidade receptiva eram os amerabas e africanos, nossos avós. Estavam mais próximos da Gênese miraculosa. O poder transformador não se esgotara nos limites das espécies naturais. O morcego fora rato, o beija-flor borboleta; os sapos lama, os gafanhotos gravetos de pau; as cobras cabelos n'água. As tribos nasciam de animais, pedras, vegetais, trovões, estrelas. Todas as coisas viviam e cumpriam missão supernormal. Falavam, cantavam choravam, avisavam, castigavam, premiavam. Tudo era divino, misterioso, surpreendente. O Criador não se separava da Criação. Rios, lagos, montanhas, florestas, tinham sido criaturas humanas. Podiam retomar a forma anterior. As espécies se fundiam numa unidade assombrosa.

Até certo ponto atualiza-se a velha lei biogenética de Haeckel, em que a ontogênese recapitula a filogênese, a evolução do indivíduo reproduzindo a evolução da espécie. Fustel de Coulanges, bem mentalmente anterior ao professor de Iena, lembrava que *"s'il descend en son âme, il peut y retrouver et distinguer ces différentes époques d'après ce que chacune d'elles a laissé en lui"*.

Os pequeninos índices de respeito pelo lume, pelo cadáver, pelas águas vivas, intransponíveis aos duendes, monstros e fantasmas; pela luz do sol e da lua, pelas estrelas; por certas horas do dia ou da noite quando os remédios têm mais energia e as pragas mais eficácia, positivam a presença do Passado. *"L'homme peut bien l'oublier, mais il le garde toujours en lui"*, dizia o mestre da Faculdade de Letras de Strasburgo.

XIV

A unidade mágica da matéria orgânica. Totum ex-parte. Joias mutiladas. A personalidade transmite-se pelo hálito. Nomen, Numen. Envultamento.

Para o nosso povo, e não excluímos classes letradas e *esclarecidas*, essa unidade espantosa tem sido, noutra modalidade, uma verdade natural, implicitamente incluída entre os elementos básicos das normas consuetudinárias.

O organismo é indivisível. A separação em partes não altera a primitiva coesão. Todos os acessórios permanecem inseparáveis do principal. Tudo quanto pertença fisiologicamente ao corpo, embora dele distanciado, transmite-lhe a impressão recebida em sua intenção. Mesmo as excreções, também aparas de cabelos e unhas, a roupa usada, objeto de contato habitual, o simples rasto, conservam o prolongamento físico, constituindo material de aplicação feiticeira. Daí o *totum ex-parte*, perpétuas continuidades, sínteses, resumos da pessoa humana. Certos indígenas amazônicos, Jurunas do rio Xingu, Tupari do rio Branco, aspiram fortemente o objeto vendido, recuperando o alento individual de que está impregnado. Não querem separar-se de uma parte vital da própria personalidade. Saint-Hilaire, visitando Goiás em 1819, notara as joias vendidas aos pedaços, sem atinar explicação. Ainda em Natal, 1942-1945, muitas famílias cediam as velhas joias tradicionais aos norte-americanos, então sedeados em Parnamirim. Lamentavam-se os compradores das joias serem, normalmente, incompletas. A mutilação era intencional e prévia, interrompendo a integridade mágica. O sopro respiratório é símbolo da vida. Pelo hálito, Deus criou a vida do primeiro homem (*Gênesis*, 2,7). Alma, espírito são sinônimos de sopro, respiro, suspiro. Exalou o espírito, rendeu a alma, deu o último suspiro, são traduções mortais.

Esse critério determina a consequente lógica. O *efeito* provoca a *causa* pela irresistível atração do ato analógico. *Qui se ressemble s'assemble*. Reprodução do fenômeno pela provocação simpática. Espargir água pelo solo, mergulhar imagens n'água, molhar cruzeiros, atrairão chuvas. Espalhar farinha seca e branca pelo ar, atirando-a ao vento, é impor a claridade atmosférica, cessação do meteoro. O rosário, terço de contas alvas, operam idêntica terminação. Exposição ao ar livre de coisas claras, fitas votivas, atoalhado do altar, rendas de andor processional. Nomes alusivos ao propósito, com potência evocatória, *nomen, numen,* Santa Clara: "Quis Nossa Senhora e a bem-aventurada Santa Clara, cujo dia era, que alimpou a névoa, e reconhecemos ser a ilha de Cananeia" (*Diário de navegação de Pero Lopes de Sousa,* referente ao dia 12 de agosto de 1531). Saint-Clair, bispo de Nantes, do século III (Sta. Clara é italiana do século XIII) dissipa nevoeiros e restitui a vista aos cegos. Santa Luzia, Lúcia, luz e madrinha dos olhos.

Do primeiro preceito, *totum ex-parte,* decorre o envultamento, já comum no Egito sob Ramsés III, 1100 a.C., feitiços de ódio e de amor. Indispensável que a figurinha simbólica, assim como o sapo de boca cosida, enfim o *preparo* para a paixão fulminante, tenha algo pertencente ao representado. Servirá até cera de ouvidos, secreção nasal, água servida em banho, lenço com vestígio de mãos sujas.

Mas não estudo a magia, branca ou negra, feitiço, encantamento provocado. Estudo a superstição, reação humana, defendendo-se do mistério, anunciado pelos agouros.

XV

Etiqueta e superstição. Ignorância de usos comuns. Roma, e não África, para bater na madeira e tocar o chão. A presença onímoda. A vida muda de rumo. Ortega y Gasset. Vida interior compensadora. O exterior-suficiente. O celacanto de 300 milhões de anos e a superstição. Atualidade mental dos milênios. O espanhol incrédulo das bruxas.

Last but not at least, pergunto até onde a superstição, *super-stitio,* confunde-se com a toda-poderosa Etiqueta, a exigência protocolar na plana do mundo social. Gestos, frases, ademanes, programas de recepções e despedidas oficiais, o traje negro, continências militares, gritos nos navios de guerra, armas apresentadas, voltadas para baixo em funeral, espadas erguidas e descidas em três posições, visando o céu, o horizonte, o solo; não fumar ao ser recebido por altas autoridades, a lembrança do *eu nunca fumei diante de meu Pai*; passar na frente, em primeiro lugar; banquete, comer juntos, discursos de oferecimento, agradecimento, o brinde, *brindisl,* de honra, beber à saúde de alguém, chocar as taças, centenas e centenas de sobrevivências, de origens comumente ignoradas mas por todos obedecidas.

Ninguém sabe por que usa gravata, botões nas mangas do casaco, tira o chapéu, dá adeus com a mão aberta (de mão fechada seria insulto), aperta a mão confirmando o pacto, o que fazia há vinte e cinco séculos o rei Salomão desconfiar *daqueles que se obrigam apertando as mãos*; bate palmas aplaudindo, usa interjeições no desagrado, nega abanando a cabeça e afirma inclinando-a.

Aceitamos, maquinalmente, esses hábitos imemoriais, integrados no nosso quotidiano, valendo o que valiam há milênios, e ficamos assombrados com a vitalidade supersticiosa, *pars magna* desses elementos tranquilamente usuais.

Acontece um antigo ato ritual perder a função num terminado grupo e existir noutro, permitindo a impressão de pertencer-lhe. Bater em madeira ou tocar o solo não são tradições africanas mas legitimamente de Roma, fazendo parte do cerimonial religioso. Bater na madeira era tocar no altar, pedindo proteção e bênção, como ainda hoje fazemos com a imagem dos Santos. Pôr os dedos no solo era uma homenagem votiva aos deuses da terra, autóctones, ctonianos, os soberanos do Averno, subterrâneos, severos, ciosos pela fidelidade cultual. A frase *saravá é salvai*, português na prosódia sudanesa. *Saravá, Egum!*

Não há, pois, boa lógica pela incompreensão do canto da coruja, pé esquerdo, sonho confuso, borboleta negra, uivo de cão, primeiro encontro desagradável, anúncios de contrariedades, quando utilizamos, comumente participando de nossa parafernália "civilizada", outros elementos contemporâneos a esses presságios. Essencial é o processo diferenciador dos motivos dispensáveis, prejudiciais ao ajustamento social e conduta humana no plano coletivo, *as creatures of society*, como diria a sra. Ruth Fulton Benedict, da Columbia University.

Já recordei Spengler advertindo que os homens de outrora *no quisieron lo mismo que queremos nosotros*. Ortega y Gasset adianta a marcação: "*Los hombres de ahora ni siquiera nos acordamos de que en otros tiempos la vida era otra cosa... la forma misma del vivir era otra*".

Essas distâncias ocorreram através do social ou funcional, critério de sentir e manter a vida, exercendo-a no ângulo do proveito e não da vida interior, que era uma dimensão moral ampliando as pequeninas vantagens da recatada modéstia econômica. Esse sentimento de vida interior, em plenitude "suficiente", evaporou-se como normalidade. Resiste como exceção, quase injustificável. A *corrida para a Notoriedade* é o maior impulso criador intelectual, tentando alcançar a popularidade visual onde a memória admirativa recusa solidariedade. A cultura "literária" é obtida pelas *emanaciones impresas*, na frase de Ortega y Gasset. Raros não perderam os caminhos das fontes.

Com a sua ilusão de conhecimento para o "universal" escapa ao homem a percepção de milhares de formas palpitantes, vencendo as "idades", mesmo geológicas, coexistindo às conquistas deslumbrantes da Física e da Mecânica.

Pessoa alguma nesse mundo admitiria a possibilidade de existir uma testemunha viva da época devoniana, o celacanto, um crossopterígio nadando há trezentos milhões de anos, autêntico, intato, legítimo. Desde dezembro de 1938 aparecem espécimes ao largo das costas d'África do Sul e Oriental, Madagascar e Moçambique, arquipélago de Comores, comparecendo às mãos pescadoras, numa alucinante demonstração de vitalidade orgânica; peixe inútil para a alimentação mas gentilmente apelidado pré--avô aquático da Humanidade, inicial de todos os vertebrados terrestres.

A superstição não pode competir com o celacanto na extensão do tempo. Iniciar-se-ia desde que o primeiro culto religioso, derramando-se na multidão devocional, concedeu as modificações ou sugeriu as variantes nascidas à sombra ortodoxa, quando o manejo dos metais criou os primeiros impérios avassaladores. A temperatura marítima, constante e misteriosa, alimentando o celacanto nas águas do Oceano Índico, corresponde ao ambiente mental mantenedor da superstição.

O celacanto, fóssil vivo de espantosa velhice sadia, desorganiza a dedução somática de sua evolução. Está como estava há três milhões de séculos. A identificação, vinda dos vestígios impressos nos calcários do Devonshire, atesta-se na indiscutível semelhança. É, realmente, um ganoide que se debateu nas águas de um mundo sem climas estáveis e definidos. Mas, prevista ou não sua capacidade de viajar na quarta dimensão, veio ao século XX. A verdade pode ser inverossímil.

Quero ainda evocar a Nessus, frustrado estuprador de Djanira. Ensopou, agonizante, com o seu sangue, envenenado pelo sangue da hidra de Lerna, a véstia que seria um veículo de amor. A túnica do centauro do Evênus, vestida pelo Herói, matou-o. Hércules, o mais forte de todos os deuses, não pôde arrancá-la do corpo.

Quanto às superstições, que as podemos encontrar no ar respirável, porque perdemos a acuidade policial da pituitária, vamos dizer como o espanhol que não acreditava nas bruxas, *pero que las hay, las hay...*

Nota: Com o título *Voz de Nessus*, este ensaio foi editado pela Universidade Federal da Paraíba, em 1966, distribuído a professores e alunos, desta e da Universidade do Rio Grande do Norte, pela generosa colaboração do magnífico Reitor Guilardo Martins Alves.

Obras de Luís da Câmara Cascudo
Publicadas pela Global Editora

Contos tradicionais do Brasil
Mouros, franceses e judeus – três presenças no Brasil
Made in Africa
Superstição no Brasil
Antologia do folclore brasileiro – v. 1
Antologia do folclore brasileiro – v. 2
Dicionário do folclore brasileiro
Lendas brasileiras
Geografia dos mitos brasileiros
Jangada – uma pesquisa etnográfica
Rede de dormir – uma pesquisa etnográfica
História da alimentação no Brasil
História dos nossos gestos
Locuções tradicionais no Brasil
Civilização e cultura
Vaqueiros e cantadores
Literatura oral no Brasil
Prelúdio da cachaça
Canto de muro
Antologia da alimentação no Brasil
Coisas que o povo diz
Viajando o sertão
Câmara Cascudo e Mário de Andrade – Cartas 1924-1944
Religião no povo
Folclore do Brasil
Prelúdio e fuga do real*

*Prelo

Obras juvenis

Contos tradicionais do Brasil para jovens
Lendas brasileiras para jovens
Vaqueiros e cantadores para jovens
Histórias de vaqueiros e cantadores para jovens
Contos de exemplo*

Obras infantis

Contos de Encantamento

A princesa de Bambuluá
Couro de piolho
Maria Gomes
O marido da Mãe d'Água e A princesa e o gigante
O papagaio real
Contos de animais*

Contos Populares Divertidos

Facécias

*Prelo